Anna Jacobs

Töchter des Südsterns – Die Freiheit am Horizont

Weitere Titel der Autorin

Töchter des Horizonts – Träume im Glanz der Morgenröte
Töchter des Horizonts – Sehnsucht unter weitem Himmel
Töchter des Horizonts – Silberstreif des Glücks
Töchter des Horizonts – Goldene Stunde in der Ferne
Töchter des Horizonts – Hoffnung unter dem Südstern

Die Australien-Töchter – Wo die Liebe dich erwartet
Die Australien-Töchter – Wo die Hoffnung dich findet
Die Australien-Töchter – Wo das Glück erstrahlt

Töchter der Insel – In der Ferne die Hoffnung
Töchter der Insel – In der Weite das Glück
Töchter der Insel – In den Träumen die Sehnsucht

Über die Autorin

ANNA JACOBS wurde in Lancashire geboren und wanderte 1970 nach Australien aus. Sie hat zwei erwachsene Töchter und wohnt mit ihrem Mann in einem Haus am Meer. Bis heute hat sie bereits mehr als siebzig Bücher verfasst.

Anna Jacobs

Töchter des Südsterns

Die Freiheit am Horizont

Aus dem Englischen von Michael Krug

Lübbe

Vollständige Taschenbuchausgabe
der bei beHEARTBEAT erschienenen E-Book-Ausgabe

Titel der britischen Originalausgabe: »Lancashire Lass«
Originalverlag: Hodder and Stoughton, London

Bei Fragen zur Produktsicherheit wenden Sie sich bitte an:
produktsicherheit@bastei-luebbe.de

Textredaktion: Stephanie Röder
Lektorat/Projektmanagement: Anne Pias
Umschlaggestaltung: Guter Punkt, München unter Verwendung von Motiven © ana/AdobeStock; © kritdarat Atsadayuttmetee/Gettyimages; © SebastianHamm/Gettyimages; © Oknopo/Gettyimages
Satz: 3w+p GmbH, Rimpar (www.3wplusp.de)
Druck: GGP Media GmbH, Pößneck

ISBN 978-3-404-19479-7

be-heartbeat.de
lesejury.de

KAPITEL 1

März 1857

Dorothy Pringle stand an der Tür und sah ihrem aufgeweckten jungen Dienstmädchen lächelnd bei der Arbeit zu. Es duftete nach Politur und Blumen. Durch die Fenster schien strahlend die Frühlingssonne herein. Und Liza, die nicht bemerkte, dass sie beobachtet wurde, summte leise vor sich hin, während sie den Tisch deckte, behutsam jeden Teller platzierte und das Besteck penibel daneben anordnete.

Als der Türklopfer ertönte, schaute die junge Frau auf. Erschrocken zuckte sie zusammen. »Oh. Ich wusste nicht, dass Sie da sind, Mrs P.«

Eindringlich ertönte der Klopfer erneut. Er bat nicht um Aufmerksamkeit, er verlangte danach.

»Soll ich hingehen, Ma'am?«

»Nein, das übernehme ich. Mach du hier fertig.«

Liza setzte die Arbeit fort. Es bereitete ihr Freude, den Tisch schön zu gestalten. Tatsächlich liebte sie alles daran, einer so netten Herrin zu dienen. Als sie eine gedämpfte Unterhaltung hörte – eine tiefe, grollende Männerstimme und die leisen Töne ihrer Arbeitgeberin –, hielt sie stirnrunzelnd inne. Der Mann klang wie ... Aber das konnte nicht sein, oder?

Mrs Pringle kehrte zurück. Sie wirkte verwirrt. »Es ist dein Vater.«

Als Con Docherty ihr unaufgefordert ins Zimmer folgte, warf Liza ihrer Herrin einen besorgten Seitenblick zu. Was wollte ihr Vater hier? Und obendrein drängte er sich mit seinen schmutzigen Stiefeln in den Salon. Es war nicht der letzte

Freitag im Monat, an dem er regelmäßig ihren Lohn abholen kam. Beklommen schlug ihr Herz schneller. Gab es zu Hause etwa Ärger?

Con warf einen mürrischen Blick auf die Hausherrin, die ihm kaum bis zur Schulter reichte und ihn doch stets einschüchterte. »Ich fürchte, ich bin hier, um meine Tochter mitzunehmen, Mrs Pringle. Sie kann nicht länger für Sie arbeiten. Ihre Mutter ist krank. Sie wird zu Hause gebraucht.« Er wandte sich an seine Tochter. »Geh und pack deine Sachen, Mädchen!«

Zweifelnd schaute Liza zwischen den beiden hin und her und wartete darauf, dass ihre Herrin das Wort ergriff.

»Du kannst wiederkommen, wenn es deiner Mutter besser geht«, meinte Dorothy beschwichtigend.

Con räusperte sich. »Ich fürchte, wir werden sie von jetzt an zu Hause brauchen. Wenn Sie mir also noch bezahlen, was ihr zusteht, belästigen wir Sie nicht länger.«

Liza hatte an der Tür innegehalten und gelauscht. Unwillkürlich rutschte ihr ein enttäuschtes Wimmern heraus. Als ihr Vater ihr einen finsteren Blick zuschleuderte, klatschte sie sich die Hand auf den Mund. Wenn man wusste, was gut für einen war, stritt man nicht mit ihm und handelte nicht seinen Wünschen zuwider. Aber diesen Ort zu verlassen, war das Letzte, was sie wollte. Zu Hause fand sie es grauenhaft.

Innerhalb einer halben Stunde hatte sie ihre Sachen gepackt und ging mit ihrem Vater in Richtung des Orts. Auf der Schulter trug er die Korbtruhe, die sie nur mit Müh und Not anzuheben vermochte, wenn sie voll war. Er hingegen schien das Gewicht kaum zu bemerken. Liza sorgte sich entsetzlich um ihre Mutter, doch er hatte ihr den Mund verboten, als sie erneut herauszufinden versucht hatte, was nicht stimmte. Also lief sie schweigend und bang neben ihm einher.

Sobald sie die Erhebung hinter sich hatten, die das Dorf Ashleigh von Pendleworth trennte, gingen die hübschen

Wege in kopfsteingepflasterte Straßen über. Beherrscht wurde der Ort von der riesigen Fabrik mit ihrem hohen, rauchenden Schornstein und den beiden großen Häusern, Pendleworth Hall und Rawley Manor. Sie lagen im Nordosten und Nordwesten, von wo sie alles aus sicherer Entfernung überblickten. In der Pendleworth Hall wohnten die Ludlams – ihnen gehörte neben der Fabrik noch etliches anderes im Bezirk. Die Rawleys lebten schon ewig in ihrem Herrenhaus, engagierten sich jedoch neuerdings nicht mehr sonderlich in der Ortschaft, die in den letzten zwanzig Jahren auf die doppelte Größe angewachsen war.

Von Ashleigh aus konnte man weder die Fabrik noch die beiden großen Herrensitze sehen. Dort draußen schmeckte die Luft süßer. Besonders liebte Liza die mächtigen schattenspendenden Bäume rund um das Haus. Im Ort bekam man allein vom Atmen einen rußigen Geschmack im Mund. Außerdem wirkte alles düsterer, von den grauen Schieferdächern bis hin zu den quadratischen Steinen des Pflasters der Hauptstraßen. Sogar die roten Backsteine der kleinen, von den Ludlams zur Unterbringung ihrer Arbeiter gebauten Reihenhäuser hatte der Rauch aus dem großen Schornstein der Fabrik zu einer ungewissen trüben Schattierung von Braun verdunkelt. Jeden Monat, wenn ihr Vater den Lohn abholen kam und sie für ihren freien Sonntag mit nach Hause nahm, hatte Liza das Gefühl, von den schmalen Gassen wie von einem Schraubstock erdrückt zu werden. Das hatte sie nicht weiter gestört, als sie gewusst hatte, dass sie abends zu den Pringles zurückkehren würde. Doch vor dem Gedanken, hierbleiben zu müssen, graute ihr.

Sie versuchte nicht noch einmal, etwas zu sagen, sondern konzentrierte sich allein darauf, mit den langen Schritten ihres Vaters mitzuhalten. Da Liza und ihre Schwester ganz nach ihrer Mutter kamen, reichte sie ihm nur bis zur Schulter. Ihre beiden älteren Brüder gerieten nach Pa und waren bereits stämmige Männer. Bei Kieran ließ es sich noch nicht abschätzen. Er war eben erst neun Jahre alt geworden.

Am unteren Ende der Market Road bogen sie in die Underby Street. Dort befand sich der Laden mit dem verblassten Schild über dem Schaufenster – DOCHERTY, GEBRAUCHTBEKLEIDUNG. Auf einer schmuddeligen Karte an der Tür stand: *Bestpreise geboten.* Lizas Schritte gerieten ins Stocken. Sie wollte nicht an diesen Ort zurück. Nicht, nachdem sie eine Kostprobe einer anderen Art von Leben erhalten hatte, bei dem man jeden Tag genug zu essen bekam. In einem Haus, das allzeit ordentlich und sauber gehalten wurde – und in dem man nicht angebrüllt wurde, geschweige denn für eine unpassende Bemerkung geschlagen.

Während sie den Laden mit seinen Kleiderstapeln und dem säuerlichen Geruch durchquerten, rümpfte sie die Nase und versuchte, nicht einzuatmen. Beim Betreten der Küche sah sie ihre Schwester an der Tür zur Spülkammer. Aber da ihr Vater »Beeilung!« raunte, winkte sie Nancy nur zu und folgte ihm nach oben.

Durch die offene Tür des vorderen Schlafzimmers sah sie ihre Mutter unruhig schlafen. Allerdings sah sie Gott sei Dank nicht so schlecht aus, wie Liza befürchtet hatte. Ihr Vater lud die Truhe im hinteren Zimmer ab und schaute zurück zum vorderen.

»Wird ihr guttun, dass du hier bist und dich um alles kümmerst. Und mir wird es guttun, wenn du mir wieder im Laden hilfst. Jetzt raus aus den feinen Sachen. Zieh dich um und komm dann nach unten. Ich will was essen, und du kochst besser als unsere Nancy.«

»Ja, Pa.« Aber sobald Mama wieder auf den Beinen wäre, würde sie bestimmt zurückdürfen – wenn ihre Stelle dann noch frei wäre. Liza drückte fest die Daumen. *Bitte lass sie niemanden finden, der meinen Platz einnimmt!* Die Pringles zahlten keinen hohen Lohn. Deshalb hatten sie ein Mädchen aus der Underby Street eingestellt. Vielleicht bestand also eine Chance.

Als Liza unten ankam, war ihr Vater in den Laden verschwunden. In der Spülküche wusch Nancy, gerade erst zwölf und klein für ihr Alter, halbherzig das Geschirr ab. »Ich bin so froh, dass du zurück bist. Pa hat schon die ganze Woche fürchterliche Laune, und Niall hat mich heute Morgen geschlagen.« Sie schniefte trübsinnig und rieb sich mit einer nassen, geröteten Hand über einen Bluterguss auf ihrer Wange.

»Tja, da kann man jetzt nichts machen. Sieh zu, dass du mit dem Abwasch fertig wirst. Mama würde einen Anfall kriegen, wenn sie herunter in diese Unordnung käme. Sobald sie aufwacht, bringen wir ihr eine Tasse Tee nach oben.«

»Ich kann nicht alles machen«, brummelte Nancy mit mürrischer Miene.

»Natürlich nicht. Ich koche Pa zuerst etwas zu essen, danach räumen wir zusammen auf.«

Nur musste sie davor in den Laden gehen und ihn um Geld bitten, damit sie Tee und Lebensmittel kaufen konnte, da sie kaum etwas zu Hause hatten. Natürlich verschlimmerte sich dadurch seine Laune, und er schrie sie an. In den zwei Jahren, die sie woanders gelebt hatte, schien sich nichts geändert zu haben, dachte Liza kläglich. Nur sie. Und sie hatte sich stark verändert. Dieser Ort fühlte sich nicht mehr wie ein Zuhause an – und sie hatte auch keine Lust, sich alles gefallen zu lassen.

Am nächsten Tag sah Pa ihre Truhe durch und entnahm ihr Lizas feine Arbeitskleidung, um sie in seinem Laden zu verkaufen.

Als sie ihn anflehte, es nicht zu tun, setzte es heiße Ohren. Da wurde ihr klar, dass er sie nicht zu den Pringles zurückkehren lassen würde. In jener Nacht weinte sie ins Kissen. Und als sich Nancy umdrehte und sich an sie kuschelte, flüsterte sie: »Hier bleibe ich nicht! Da kann er machen, was er will, ich bleibe nicht!« Sobald es ihrer Mutter besser ginge, würde sie sich einen Weg ausdenken, um zu entkommen – irgendwohin, so weit weg, dass ihr Vater sie nie wieder finden würde.

Als er kurz ausging, um sich »die Gurgel mit Bier zu befeuchten«, holte sich Liza aus dem Laden einige ihrer besseren Sachen, versteckte sie unter den Haufen derer, die eher Lumpen glichen, und hoffte, er würde es nicht bemerken.

Die nächsten zwei Wochen blieb ihr kaum eine Minute zum Nachdenken, weil sie nicht nur Mama versorgen musste, sondern auch ihre älteren Brüder Niall und Dermott. Die beiden erwarteten, von vorn bis hinten von ihr bedient zu werden, sobald sie von der Mühle nach Hause kamen. Sie nahmen sich zusammen mit Pa stets den Großteil des Essens, wodurch herzlich wenig für die jüngeren Kinder verblieb.

Liza wusste, dass es fortan wieder darben hieß, und in ihr regte sich verbitterte Verärgerung über die gierige, rücksichtslose Art ihrer Brüder. Die jüngeren Mitglieder der Familie Docherty verhungerten zwar nicht, bekamen aber auch nicht genug zu essen. Mehr als einmal lieferte sie sich scharfe Wortgefechte mit Niall. Er war von jeher weitaus garstiger als Dermott gewesen. Als er sie eines Tages schlug, zückte sie die Bratpfanne und drohte ihm Vergeltung an, wenn er sie je wieder anfasste.

Zum Glück lachte Dermott an der Stelle.

»Was ist so komisch?«, fragte Niall mit knurrendem Unterton.

»Die Größe – damit droht sie dir?« Und mit der Wortmeldung zog sich Dermott aus dem Geschehen zurück.

Niall setzte ein Grinsen auf. »Unsere Liza will mich also verprügeln? Mit welcher Armee?« Er hob sie von den Beinen und warf sie mehrmals lachend hoch, während sie panisch kreischte.

Die beiden jungen Männer schmunzelten, als sie gingen.

Liza schaute ihnen nach, die Hände in die Hüften gestemmt. Tja, sie hatte die Worte durchaus ernst gemeint. Diese grobe Behandlung würde sie sich nicht länger gefallen lassen.

Als Andrew Pringle von einem seiner ausgedehnten Streifzüge durch das Land heimkehrte, begrüßte Dorothy ihn mit den Worten: »Lizas Vater hat sie mitgenommen, damit sie zu Hause aushilft. Anscheinend ist ihre Mutter krank. Ich muss mich nach einem Ersatz umsehen. Und dabei hatte ich das Mädchen gerade so gut angelernt.«

Er schürzte die Lippen und bedachte sie mit einem Seitenblick.

Da wusste sie, dass er etwas im Schilde führte. Vor angespannter Erwartung setzte ihr Herz einen Schlag aus. Diese Miene verhieß nie etwas Gutes.

»Spar dir die Mühe der Suche nach einem anderen Dienstmädchen, meine Liebe. Wir hätten Liza ohnehin bald kündigen müssen.«

»Sie kündigen … aber warum?« Hatte er etwa noch mehr von ihrem Geld durch einen seiner dummen Pläne verloren? Doch hoffentlich nicht, oder? Nein, denn er strahlte sie an wie ein Dorftrottel, mied nicht ihren Blick und murmelte kein Verlustgeständnis wie schon so oft.

Er legte ihr einen Arm um die Schultern. »Ich habe gute Neuigkeiten für dich, Liebste.«

Mit bangem Herzen begleitete sie ihn in den kleinen Salon. Vor lauter Anspannung fragte sie, noch bevor sie Platz genommen hatten: »Worum geht es?«. Seine und ihre Vorstellungen von guten Neuigkeiten unterschieden sich oft erheblich voneinander.

»Ich habe entschieden, dass es uns hier in Pendleworth nie

wirklich gut gehen wird. Ein Industriebezirk bietet für einen Mann wie mich schlichtweg nicht genug Möglichkeiten.«

Dorothy spürte, wie sich ihre Beklommenheit steigerte und wie ein Bleigewicht in ihrem Magen einnistete. »Sag es einfach rundheraus, Andrew«, bat sie.

Nach einem weiteren seiner abwägenden Blicke holte er tief Luft und sagte schnell: »Nun – ich habe beschlossen, nach Australien auszuwandern.«

Einen Moment lang dachte sie, sich verhört zu haben. Sie konnte ihn nur blinzelnd anstarren, während sie die Worte verarbeitete. Doch wie sie es auch versuchte, sie ergaben immer dieselbe Bedeutung. *»Nach Australien auswandern!«*, sagte sie matt. »Aber … aber warum willst du dorthin?«

Nun mied er ihren Blick doch. »Wir gehen *alle*, Dorothy. Tatsächlich … tatsächlich habe ich unsere Überfahrt bereits gebucht.«

»Was?« Einige Augenblicke lang drehte sich alles um sie herum. Am liebsten hätte sie ihn angebrüllt. Aber hatte es schon je etwas gebracht, wütend zu werden? Auf seine eigene ruhige Weise war er so unverrückbar wie die Pennine Hills. »Das verstehe ich nicht. Warum sollten wir nach Australien wollen? Das ist ein Ort für Sträflinge, nicht für anständige Leute.« Und anständige Leute waren sie, so verarmt sie auch sein mochten. An dem Gedanken richtete sie sich immer auf.

»Du denkst an Sydney. In Westaustralien gibt es weitaus weniger Sträflinge, und selbst die nur, weil man dort danach verlangt hat. Überwiegend reisen die Menschen als freie Siedler hin.«

»Tja, ich will das trotzdem nicht.«

»Das Urteil darüber musst du schon mir überlassen, meine Liebe. Immerhin bin ich das Familienoberhaupt, und ich bin aufrichtig davon überzeugt, dass wir uns auf der anderen Seite der Welt ein besseres Leben erschaffen können. In England verschlimmert sich die Lage nur zusehends. Und man hat mir gesagt, dass die Kolonien großartige Möglichkeiten bieten, wenn man bereit ist, hart zu arbeiten – was ich hoffentlich bin.«

Andrew schenkte ihr ein strahlendes Lächeln. Wie ein kleiner Junge, der ihr ein Geschenk überreicht hatte. Ihre Stimmung sank weiter, denn diesen Ausdruck hatte er nur in den Augen, wenn er tief in einen seiner Pläne eingetaucht war. Durch seine gute Laune zuletzt hätte sie ahnen müssen, dass er etwas im Schilde führte. Allerdings erfreute es sein Gemüt immer, wenn der Frühling nahte und er mehr Zeit draußen in seinem geliebten Garten verbringen konnte. Deshalb hatte sie sich nichts dabei gedacht. »Du kannst ja einfach alleine hinreisen. Finde heraus, wie es dort ist. Und wenn es vielversprechend aussieht, folgen Kitty und ich dir später.«

»Ich fürchte, das geht nicht. Ihr hättet nämlich keine Unterkunft, wenn ihr bleibt. Abgesehen davon ist der Platz einer Frau an der Seite ihres Ehemanns. Und eine Tochter sollte bei ihren Eltern leben, bis sie heiratet. Vor allem ein Einzelkind wie unsere liebe Kitty.«

Einen Moment lang konnte Dorothy kaum atmen. Dann drangen die Worte doppelt so laut wie üblich aus ihr. »Was soll das heißen, wir hätten keinen Platz zum Wohnen? Wir haben doch dieses Haus.«

»Nicht mehr. Ich habe es an Mr Ludlam verkauft. Weißt du, wir werden das Geld brauchen, um ein Stück Land in Australien zu kaufen. Ein Gehöft. Meine Vorfahren waren Bauern, und jetzt werde ich auch einer. Deshalb ist es bisher nicht so gut für mich gelaufen. Ich habe gegen meine Natur gehandelt.«

Dorothy hatte Mühe, die Worte richtig zusammenzusetzen. Sie platzten in kurzen, zornigen Schüben aus ihr hervor. »Aber … aber was, wenn alles … was, wenn es schiefgeht?« Die meisten seiner Pläne scheiterten, doch bisher hatten sie dann immer das Haus gehabt – und ihre kleine Rente. Diesmal würden ihnen nur noch die fünfzig Pfund bleiben, die sie jedes Jahr erhielt, das Vermächtnis einer alten Tante, eigentlich als Taschengeld gedacht, nicht für Haushaltsausgaben. Er nahm es ihr ohnehin immer sofort ab.

Andrew wischte ihre Einwände weg. »Ich lasse nicht zu, dass es schiefgeht. Jetzt muss ich dringend anfangen, meinen Schuppen zu räumen. Und du musst im Haus beginnen, wir stechen nämlich nächsten Monat in See. Mitnehmen können wir nur das Nötigste – und keine Möbel. Tatsächlich kommt es uns gelegen, dass Liza gegangen ist. Aber Maggie begleitet uns natürlich. Immerhin ist sie seit fünfzehn Jahren bei uns. Ich bin sicher, sie lässt uns nicht im Stich. Deshalb habe ich auch für sie eine Überfahrt gebucht.«

Nachdem er gegangen war, saß Dorothy eine lange Weile steif, regungslos und entsetzt da. Das war schlimmer als alles, was er bisher getan hatte. Viel schlimmer. Sie beschloss, Kitty vorerst nichts zu sagen, weil ihr vor der Reaktion ihrer Tochter graute. Aber sie vertraute sich Maggie an, die sie fassungslos anstarrte, bevor sie in Tränen ausbrach.

»Mrs P., hat er das wirklich getan?«

Dorothy konnte nur unglücklich nicken. »Du kommst doch mit uns, Maggie, oder?«

»Wie könnte ich denn? Ich muss an Mama denken – und an meine Schwestern. Wie könnte ich denn?«

Nachdem ihre Tochter an jenem Abend zu Bett gegangen war, unternahm Dorothy einen neuen Versuch. »Andrew, ich habe nachgedacht. Es wäre so viel sinnvoller, dass du zuerst nach Australien reist und die Lage dort begutachtest. Kitty und ich können einstweilen bei meiner Schwester bleiben. Du weißt ja, wie vernarrt Nora in das Mädchen ist. Sie nimmt uns bestimmt auf.« Und sie würde sie dafür mit kleinen Diensten und regelmäßig zum Ausdruck gebrachter Dankbarkeit bezahlen lassen. Aber das wäre es wert.

Er bedachte sie mit einem finsteren Blick. »Kommt nicht

infrage! Du bist meine Ehefrau und kommst mit. Dasselbe gilt für unsere Tochter. Hast du ihr schon davon erzählt?«

»N-Nein.«

»Dann mache ich es morgen früh selbst.«

Die Neuigkeit stürzte Kitty zunächst in einen Koller. Danach weinte sie in regelmäßigen Abständen immer wieder, bis ihre Augen verquollen und ihre Nase gerötet waren. Dorothy argumentierte, schimpfte und bettelte. Sie versuchte alles, was ihr einfiel, um ihren Mann zur Vernunft zu bringen, umso mehr, da Maggie sie eindeutig nicht begleiten würde. Aber nichts, was Kitty oder sie taten oder sagten, konnte ihn von seiner Entscheidung abbringen.

Es kam nicht oft vor, dass sie weinte, doch diesmal tat sie es genauso bitterlich wie die fünfzehnjährige Kitty.

Ihre Tränen vertrieben Andrew zwar aus dem Haus in den von ihm so geliebten Garten, den er selbst pflegte. Aber seine Meinung änderten sie nicht.

Als es Lizas Mutter gut genug ging, um auf dem Schaukelstuhl in der Küche zu sitzen, besserten sich die Umstände in der Underby Street ein wenig. Mary Docherty war so sanftmütig und zurückhaltend wie eh und je, aber Con ließ seine Frau von niemandem herumkommandieren. Das Recht behielt er sich ausschließlich selbst vor. Deshalb konnte sie die jüngeren Kinder etwas vor den beiden ältesten Söhnen schützen und auch das Essen gerechter aufteilen.

Eines Abends ein paar Tage später kam Pa mit strahlender Miene ins Hinterzimmer und gab Liza ein Zeichen. »Komm kurz in den Laden, Mädchen, ja? Ich habe gute Neuigkeiten für dich.«

Ihr Gesichtsausdruck hellte sich auf, als sie ihm in der Hoffnung folgte, er würde sie zu ihrer früheren Stelle zurückkehren lassen. Die von ihr versteckte Kleidung hatte er nicht gefunden, und bestimmt hätte Mrs P. Verständnis dafür, wenn sie nicht mehr alle ihre alten Sachen hätte.

»Komm hier rüber ins Licht.« Er packte sie und fuhr mit der Hand auf eine Weise über ihren Körper, die ihr einen protestierenden Laut entlockte. Sie versuchte, zurückzuweichen. »Jetzt steh gefälligst still!«, herrschte er sie an, bevor er leidenschaftslos die Erhebungen ihrer Brüste betastete, die Haut ihrer Oberarme kniff und sie erst in die eine, dann in die andere Richtung drehte. Nach dem anfänglichen Schrecken traute sie sich nicht mehr, zu protestieren, denn Con Docherty war voll und ganz der Herr in seinem Haus. Selbst Niall und Dermott wagten es nicht, ihm zu trotzen.

Schließlich schob er sie weg, schürzte die Lippen, legte den Kopf schief und fragte: »Wie alt bist du jetzt?«

»Achtzehn.«

Er nickte. »Dachte ich mir. Du bist eine erwachsene Frau, so viel steht fest.«

Was war an diesem Abend nur in ihn gefahren? Wann hatte er sich schon je für sie interessiert? Für ihn zählten seine Söhne, nicht die Töchter.

»Teddy Marshalls Frau ist inzwischen seit zwei Monaten tot. Ist schwer für einen Mann, auf sich allein gestellt zu sein. Er braucht eine Frau, die sich um ihn kümmert.« Mit einem wissenden Lächeln fügte er hinzu: »Und ihm natürlich das Bett wärmt.«

Liza starrte ihn entsetzt an. Sie ahnte, was als Nächstes folgen würde.

»Also hab ich ihm gesagt, dass er dich heiraten kann. Ich hab gesehen, dass du ihm gefallen hast, als er letzte Woche in den Laden gekommen ist. Das wird besser für dich, als für die hochnäsige Pringle zu arbeiten. Du wirst dein eigenes Haus haben, und Teddy wird anständig für dich sorgen. In ein paar Minuten kommt er vorbei, dich besuchen. Dann bringen wir gleich alles unter Dach und Fach.« Nachdem er sie erneut gemustert hatte, fügte er spontan hinzu: »Nur machst du besser was anderes mit deinem Haar, als es wie ein altes Weib zu einem Dutt zurückzuknoten. In der unteren Lade da sind Bänder. Benutz eins davon.« Sein Blick wurde sanfter. »Ist schön, dein Haar. Eine schwarzhaarige Irin, ganz wie die Familie deiner Mama. Sind gut aussehend, die Brennans.« Er ballte die Hand zur Faust und betrachtete sie bewundernd. »Dafür sind die Dochertys stärker gebaut.«

Einen Moment lang konnte sich Liza nicht rühren! Und als sie schließlich die Stimme wiederfand, drang sie schrill und fiepend aus ihr. »Aber Pa, Mr Marshall ist *alt!*«

Seine Miene verfinsterte sich. »Er ist höchstens fünfunddreißig. Jünger als ich. Mit fünfunddreißig ist ein Mann in der Blüte seiner Jahre, lass dir das gesagt sein, junge Dame. Nur die Frauen verwelken, wenn sie die dreißig hinter sich haben. Schau dir nur deine Mutter an. Früher hatte sie rosige Wangen und strahlende blaue Augen wie du.« Kurz wurde sein Blick abwesend, bevor er in sanfterem Ton ergänzte: »Und auch, wenn man's ihr nicht mehr ansieht, Mary war hübscher, als du es je sein wirst – deine Züge sind zu scharf geschnitten.«

Verzweifelt zermarterte sich Liza das Hirn nach einer Möglichkeit, ihn umzustimmen. »Aber Pa, ich will noch nicht heiraten. *Niemanden.*« Schon gar nicht Mr Marshall. Ähnlich wie ihr Vater war er ein großer, plumper Mann, nur hässlicher. Mrs Marshall war unlängst zusammen mit dem jüngsten Baby im Kinderbett gestorben, aber er hatte noch drei Söhne, und so jung sie auch sein mochten, sie entwickelten sich bereits zu Tyrannen. Lizas kleiner Bruder Kieran hatte eine Heidenangst vor ihnen. Sie schauderte bei der Erinnerung daran, wie Mr Marshall sie bei seinem letzten Besuch des Ladens in einem Winkel überrascht und sich an ihr gerieben hatte. Ihr war davon übel geworden, und sie hatte erwartet, dass ihr Vater dagegen protestieren würde. Aber das hatte er nicht. Nun wurde ihr klar, worum es ging. Es war der wahre Grund, warum sie von Mrs Pringle nach Hause geholt worden war. Zweifellos hatte Mr Marshall ihren Vater mit Geld dazu geködert, die Sache zu beschleunigen. Tja, sie würde dem nicht zustimmen. Auf keinen Fall!

Ihr Vater stupste sie an. »Das ist die beste Chance, die du je kriegen wirst. Du wirst dauerhaft gut versorgt sein. Junge Männer haben nicht so viel Geld wie ältere.«

»Das mache ich nicht.«

Finster starrte er sie an. »Sei nicht dumm, Mädchen! Zeig ausnahmsweise mal ein bisschen Vernunft!«

Auf der Straße draußen ertönte das Geräusch von Holzschuhen. Dann bimmelte die kleine Messingtürklingel an ihrer gekringelten Feder. Lächelnd drehte sich Con um. »Da bist du ja, Junge. Hab meinem Mädel hier gerade gesagt, dass du sie heiraten wirst.«

Teddy Marshall nickte. »Gut.« Seine Aufmerksamkeit galt allein Liza. Gemächlich wanderte sein Blick ihren Körper auf und ab.

Voller Grauen starrte sie zurück. Er hatte schütteres braunes Haar, eine klobige Nase und roch immer säuerlich, als wüsche er sich noch seltener als ihr Vater. Seine verstorbene Frau hatte er geschlagen, ihr so manchen Bluterguss beschert und ihr einmal gar den Arm gebrochen – das wusste jeder.

»Es tut mir leid, aber ich will nicht heiraten«, sagte sie mit möglichst fester Stimme. Innerlich schlotterte sie dabei vor Angst beim Gedanken, sich ihrem Vater zu widersetzen.

Beide Männer ignorierten sie.

»Dann rede ich gleich morgen früh mit dem Priester, ja?«, sagte Teddy über ihren Kopf hinweg.

»Aye. Je eher es erledigt ist, desto besser. Unsere Nancy ist zwölf. Sie kann mir stattdessen im Laden helfen, und meine Mary wird sich einfach zusammenreißen müssen.«

»Aber, Pa …«

Con drehte sich seiner Tochter zu. »Von dir wollen wir keine Albernheiten mehr hören, Mädchen. Du wirst tun, was ich dir sage, oder bei Gott, du bekommst meinen Handrücken zu spüren.«

Sie schüttelte den Kopf. »Tut mir leid, aber ich will niemanden heiraten.« Liza nickte dem anderen Mann zu und versuchte, ihre Weigerung zu mildern. »Trotzdem danke, Mr Marshall.«

Ihr Vater trat auf sie zu und versetzte ihr einen Schlag auf den Hinterkopf, ehe er sie zu seinem Freund stieß. »Bleib hier und rede mit Teddy. Er wird dich schnell umstimmen. Ich muss etwas mit deiner Mama besprechen.« Bevor Liza protestieren konnte, war er weg.

Mr Marshall näherte sich ihr rasch und packte sie. Liza kreischte und versuchte, sich zu befreien. Er achtete nicht darauf und begann, sie zu betatschen. Seine Finger kniffen ihre Nippel. Sie wand sich, sollte ihn treten, doch er war so viel größer und massiger, dass sie sich wie ein Spielzeug in den Händen eines ungeschickten Kinds vorkam.

»Ich mache es nicht!«, stieß sie hervor und schaute finster zu ihm hoch. »Niemand kann mich zwingen, in der Kirche Ja zu sagen. Lassen Sie mich *los!*«

»Du wirst es tun«, widersprach Marshall. »Und ob wir dich zwingen können.« Wieder kniffen sie seine Finger. Unwillkürlich schrie sie vor Schmerz auf.

Als er dazu ansetzte, ihren Rock hochzuschieben, ertönte hinter ihnen ein Hüsteln. Dann sagte ihr Vater: »Das reicht, Kamerad. Ein bisschen Anfassen ist eine Sache, aber mehr kriegst du vor der Hochzeit nicht. Meine Liza ist 'ne anständige junge Dame. Sie bleibt unberührt, bis Pater Michael euch vermählt hat.«

Teddy ließ Liza los, atmete tief durch und rückte seine Hose zurecht. »Tja, dann erledigen wir das besser schnell.«

»Gehen wir ins Pub und besprechen wir die Einzelheiten. Ein, zwei Bierchen werden dir die Wartezeit verkürzen.«

Lachend brachen die beiden Männer auf. An der Tür drehte sich Marshall noch einmal um und starrte das bleiche, zitternde Mädchen im Laden an. »Ich freu mich schon darauf, 'ne Frau aus dir zu machen, Liza Docherty.«

Sie schüttelte den Kopf und riss sich zusammen, bis die beiden verschwunden waren. Dann holte sie tief und schluchzend Luft. Mr Marshalls Holzschuhe klapperten laut über den Gehweg. Die Sohlen ihres Vaters klangen daneben wie ein schwaches Echo. Mr Marshall war generell ein lärmender Mensch. Und seine Söhne verbreiteten mit ihren Holzschuhen mit Eisenkappen unter anderen Kindern regelrecht Angst und Schrecken. Für eine junge Stiefmutter wären die drei die Hölle auf Erden.

Liza konnte sich erst wieder rühren, als die Schritte der Männer am Ende der Straße verklungen waren. An der Stelle kam ihre Mutter in den Laden zu ihr. »Er hat es dir gesagt, Liebes, nicht wahr?«

Liza wischte sich die Tränen ab. »Du hast gewusst, was er vorhat, Ma – *du hast es gewusst!*«

Die Stimme ihrer Mutter klang müde. »Er hat es mir erst heute Morgen gesagt.«

»Warum hast du mich nicht gewarnt?«

»Was hätte das gebracht?«

»Ich hätte vielleicht Zeit gehabt, mir etwas zu überlegen. Eins kann ich dir sagen, Ma. Ich werde Mr Marshall nicht heiraten.«

Mary sah ihre Tochter an. »Dein Vater wird dich dazu zwingen.« Ihre Stimme klang so tonlos, als wäre es ihr einerlei.

Liza starrte sie an. Mit Mr Marshall verheiratet, würde auch sie bald so aussehen. Wie ihre Mutter und seine vorherige Frau. Gebrochen. Deprimiert. In dem Moment entschied sie, dass sie alles tun würde, um einem solchen Los zu entrinnen. Wenn nötig, würde sie sogar von zu Hause ausreißen.

»Liza, Schatz …«

»Ich werde ihn nicht heiraten«, wiederholte sie, bevor sie lauthals hinzufügte: »*Das mache ich nicht!*« Die Haufen alter Kleidung dämpften ihre Worte allerdings, und ihre Mutter war bereits zurück ins Hinterzimmer geschlurft. »Ich mache es sicher nicht«, flüsterte Liza und schniefte weitere drohende Tränen weg, bevor sie ihrer Mutter folgte.

KAPITEL 2

Josiah sah seinen Vater an. Bei dem Ausdruck völliger Abscheu in Saul Ludlams Gesicht zog sich alles in ihm zusammen. Jene volltönende Stimme hörte sich bei Predigten in der Kirche gut an, bestürmte die Ohren jedoch wie ein Hammer, wenn sie in einem Haus erhoben wurde.

»Wenn deine Mutter nicht wäre, würde ich dich auf der Stelle vor die Tür setzen!«

Josiah holte tief Luft. Die Erleichterung darüber, nicht verstoßen zu werden, vermengte sich mit der Wut, die sich in den vergangenen Jahren in ihm aufgestaut hatte. Verflucht sollte sein Vater sein! Für wen hielt er sich eigentlich, dass er seine Söhne zwang, von ihm für sie ausgewählte Frauen zu heiraten, ob sie ihnen gefielen oder nicht. Obendrein verlangte er von ihnen allen, zu Hause zu bleiben, wodurch sogar ein so riesiger Herrensitz wie Pendleworth Hall ständig vor übellaunigen Erwachsenen und ihrer Frustration überzuquellen schien.

Erschwerend kam hinzu, dass Saul Ludlam äußerst knausrig Geld an seine Angehörigen verteilte. Für jegliche größere Ausgaben musste man um zusätzliche Mittel betteln. Er behandelte seine drei erwachsenen Söhne – zwei davon mittlerweile selbst Väter – nach wie vor wie Schuljungen, ließ sie als Befehlsempfänger in den Familienbetrieben arbeiten und erwartete, dass sie jedem seiner Worte gehorchten. Matthew und Isaac schien das nicht zu stören. Josiah jedoch hasste sowohl das ihm aufgezwungene Leben als auch seinen Erzeuger – und sich selbst verachtete er, weil er nichts dagegen unternahm.

Dröhnend ertönte die Stimme seines Vaters erneut. Zur Betonung schlug der Mann auf den Schreibtisch. »Nun? Hast du nichts zu erwidern?«

»Ich bin dankbar für deine … deine Nachsicht.« Als sich Josiah die Worte abrang, wurde ihm regelrecht übel von der Heuchelei seines Vaters, eines Schürzenjägers, der seine sanftmütige Ehefrau vielfach betrogen hatte, doch stets so tat, als führte er ein untadeliges Leben. Aber wenn ein wenig ums Maul geschmierter Honig den Zorn seines Vaters zu lindern vermochte, musste sich Josiah wohl oder übel auf die Zunge beißen, bis sie blutete. Denn ohne eigenes Geld war er hilflos.

»Spar dir die vermaledeite Dankbarkeit für deine Mutter auf. Sie hat mich auf Knien angefleht, dich nicht hinauszuwerfen.« Saul atmete tief durch. »Obwohl ich es immer noch möchte. Und vielleicht auch mache, wenn das jemand in der Kirche herausfindet …«

Die Uhr tickte laut, während Josiah auf die Verkündung seine Strafe wartete. Es hagelte immer Vergeltung, wenn jemand seinen Vater erzürnte. Der Mann verstand sich meisterlich darauf, es einem auf verschiedenste Weise heimzuzahlen, wenn man ihn beleidigte.

»Hörst du mir eigentlich zu, Josiah?«

»Ja, Sir. Und … und ich bin dankbar für die Chance, Wiedergutmachung zu leisten.«

Sauls Stimme wurde noch lauter. »*Wiedergutmachung*? Aus meiner Sicht gibt es keine Möglichkeit, wie du Wiedergutmachung leisten kannst. Der einzige Weg, diese Familie vor Schimpf und Schande zu bewahren, besteht darin, dich loszuwerden. Und das habe ich vor.«

»Sir?«

»Also schicke ich dich« – um die Folter zu verlängern, legte er eine gefühlt ewig währende Pause ein, bevor er mit sichtlichem Genuss fortfuhr – »nach Australien.« Er lächelte zufrieden über den entsetzten Ausdruck im Gesicht seines

Sohns, ehe er hinzufügte: »Das ist der am weitesten entfernte Ort, den ich kenne. Anscheinend nimmt man dort so gut wie jeden als freien Siedler auf. Sogar dich.« Insgeheim war er Andrew Pringle dankbar, der ihn auf die Idee gebracht hatte.

In seiner Fassungslosigkeit vergaß Josiah, die Zunge zu hüten. »*Australien!* Was zum Teufel soll ich denn dort? Das mache ich nicht.«

»Es ist deine Entscheidung. Aber du willigst entweder ein, nach Australien zu reisen, oder du verschwindest noch heute aus meinem Haus.« Saul lehnte sich mit vor der Brust verschränkten Armen lächelnd in das weiche braune Leder seines Stuhls zurück.

Nach einer angespannten Stille zwischen ihnen platzte Josiah heraus: »Herrgott noch mal, du meinst das ernst, nicht wahr?«

»Missbrauche nicht den Namen des Herrn.« Saul Ludlam beugte sich vor und stützte die Hände auf den breiten Mahagonischreibtisch. Die Reaktion seines Sohns erfüllte ihn eindeutig mit Befriedigung. »Mir ist egal, was du dort machst. Aber ich kann dir versichern, Josiah, wenn du je wieder einen Fuß in dieses Land setzt, melde ich dich persönlich den Behörden – die dich mit Sicherheit hinter Schloss und Riegel stecken werden.«

Josiahs Kehle fühlte sich vor Frustration wie zugeschnürt an. Er hatte keine Möglichkeit, sich der Verbannung ins Exil zu widersetzen, denn sogar die großzügige Mitgift seiner Frau war von den Rawleys an seinen Vater bezahlt und von ihm in das Familienunternehmen »investiert« worden. Während er um Kontrolle über seine Wut kämpfte, konnte er einige Augenblicke lang weder sprechen noch klar denken.

Mit einem breiten Lächeln warf Saul ihm einen weiteren Brocken hin. »Ich habe für dich nächsten Monat eine Überfahrt auf der *Louisa Jane* gebucht und gebe dir genug Geld mit, um dort ein Stück Land zu kaufen. Du hast dich ja immer gern draußen aufgehalten. Landwirtschaft sollte zu dir passen.«

»*Landwirtschaft?*«

»Was denn sonst?«

»Aber davon verstehe ich nicht das Geringste.«

»Das ist mir durchaus bewusst. Deshalb habe ich vor, Benedict Caine mit dir nach Australien zu schicken, und sei es nur um Catherines willen. Es ist ihre Pflicht, ihren Ehemann zu begleiten, trotzdem möchte ich nicht, dass es ihr an etwas mangelt. Caine ist der geborene Unruhestifter, und ich werde froh sein, ihn aus dem Haus zu haben, aber er kennt sich mit Landwirtschaft aus und kann dir alles Nötige beibringen.«

»Es muss doch etwas anderes geben, was ich tun kann. Einen anderen Ort. Vielleicht Amerika? Dort bieten sich einem Mann wie mir viel mehr Möglichkeiten und …«

»Australien oder gar nichts. Und Landwirtschaft habe ich gewählt, weil mir das eine solide Lebensweise zu sein scheint.« Saul setzte jenes Lächeln auf, mit dem er zeigte, dass er die Oberhand über jemanden hatte und es genoss. »Wohlgemerkt, du wirst hart arbeiten müssen, wenn du vernünftig essen willst, nachdem dein Startkapital aufgebraucht ist – und glaub bloß nicht, dass ich dich großzügig damit ausstatte. Du bekommst genug, um etwas zu beginnen, und nicht mehr.«

Josiah brauchte Abstand von dem Hass, der aus den Augen seines Vaters sprach, deshalb entfernte er sich zum Fenster. Er bemühte sich, seiner Stimme einen ruhigen Klang zu verleihen. »Ist dir dabei auch in den Sinn gekommen, dass ich Pendleworth vermissen könnte?« Er schaute hinaus auf die Landschaft, die er aufrichtig liebte, und verfluchte zum wiederholten Mal das Schicksal, das ihn nur zum dritten Sohn erkoren hatte. Dem, der keine Chance darauf hatte, das Anwesen je zu erben, umso weniger, da seine beiden Brüder bereits eigene Söhne gezeugt hatten.

Von hinten prasselten weitere Worte auf ihn ein. »Mich kümmert nicht, was du vermissen magst und was nicht.«

Josiah schloss die Augen und fürchtete, er könnte zu weinen beginnen. Wie üblich ließ einem sein Vater keine andere Wahl, als sich seinen Wünschen zu beugen. Nur waren sie diesmal regelrecht furchterregend.

»Ich tue das auch für Catherine, die einen Ehemann wie dich nicht verdient. Vielleicht versuchst du ja in den Kolonien einen Neubeginn und baust dir ein anständiges Leben auf. Bekommst Kinder.«

Darauf fiel Josiah keine Erwiderung ein. Sein Vater hatte sein Eheweib für ihn ausgesucht und prompt das von ihr mitgebrachte Geld beschlagnahmt. Dabei hatten sie beide nichts mitzureden gehabt, obwohl er später herausgefunden hatte, dass Catherine durchaus bereitwillig gewesen war. *Er* hingegen nicht, wie er in ihrer Hochzeitsnacht verdeutlicht hatte. Das hatte sie damals aufgebracht und kränkte sie nach wie vor, wie er wusste und bedauerte. Aber obwohl er immer noch in einem Ausziehbett in ihrem Ankleidezimmer schlief, hatten sie sich mittlerweile gut angefreundet. Immerhin kannten sie sich schon seit der Kindheit. Für ihn war sie mehr wie eine Schwester. Manchmal, wenn sein Mut sank und die Welt allein von Elend erfüllt zu sein schien, hielt nur sie ihn davon ab, seinem Leben ein Ende zu setzen.

»Hör gefälligst zu, wenn ich mit dir rede, Josiah!«

Er nickte, während er verzweifelt überlegte, wie er diesem Los entrinnen könnte. Es musste einen Weg geben. Vielleicht durch seine Mutter. Oder Catherines Vater. Falls es eine Möglichkeit gab, würde er sie finden.

»Ich stelle dir Saatgut und Werkzeug zur Verfügung. Alles, was ein Bauer braucht, um Land zu bewirtschaften. Danach liegt es an dir, ob du überlebst oder nicht.«

»Vater, bitte …« Mit brüchiger Stimme beendete Josiah

sein Flehen abrupt, als er den entschlossenen Ausdruck im Gesicht seines Vaters sah.

»Wenn du knapp bei Kasse bist, gäbe es natürlich eine Möglichkeit, dir mehr von mir zu verdienen …« Saul verstummte und wartete.

Schließlich fragte Josiah: »Wie?« Dabei wappnete er sich innerlich für das Schlimmste.

»Am Tag der Geburt deines ersten Kinds schicke ich dir fünfhundert Pfund. Für jedes Weitere danach bekommst du zweihundert.« Saul schmunzelte humorlos. Seine Miene vermittelte deutlich, dass er nicht wirklich damit rechnete. Schließlich zog er seine große goldene Taschenuhr hervor und warf einen Blick darauf. »Du solltest besser los und Catherine mitteilen, was beschlossen worden ist. Deine Mutter unterrichte ich selbst davon. Bestimmt wird sie den Rest des Tags weinen.«

»Und Benedict Caine? Weiß er schon, was du für ihn geplant hast?« Verbarg sich vielleicht darin eine Möglichkeit, noch etwas zu ändern?

Aber nein, auch Benedict war ein drittgeborener Sohn. Sein Vater hatte die Northbrook Farm gepachtet, das größte Grundstück auf dem Pendleworth-Besitz. Zweifellos würde Martin Caine den Hof übernehmen, sobald sein Vater zu alt für die Bewirtschaftung wäre. Der mittlere Bruder Paul war nach Lancaster gezogen und arbeitete wie sein Großvater mütterlicherseits als Möbelschreiner. Auch Benedict besaß ein Händchen für Holzarbeiten. Als Junge hatte er erstaunliche Schnitzereien hervorgebracht. Aber da er wie sein Vater das Land liebte, war er in Northbrook geblieben. Er war ein gut aussehender Bursche und bei den jungen Frauen in der Gegend überaus begehrt, doch er hatte bislang nicht geheiratet. Klug von ihm. Weiber verursachten mehr Ärger, als sie wert waren.

Saul Ludlam hantierte bereits mit irgendwelchen Unterlagen. »Caine ist noch nicht über meine Pläne informiert.«

»Was, wenn er nicht mit mir nach Australien will?«

»Oh, er wird dich begleiten. Ich werde es ihm unmöglich machen, sich zu weigern – obwohl es mir nichts ausmacht, ihm die bittere Pille ein wenig zu versüßen, wenn er meinen Wünschen nachkommt.« Saul stand auf.

Damit war die Unterhaltung eindeutig zu Ende. Josiah wusste, dass er die Lage nur verschlimmern würde, wenn er bliebe und weiter diskutierte. Also ging er und trat den Weg zum Rosengarten an, um nachzudenken, bevor er mit Catherine darüber reden würde. Es musste einen Ausweg geben. Irgendeinen!

Beim Essen an jenem Abend blickte Jack Caine den Tisch entlang zu seinem jüngsten Sohn. »Mr Ludlam möchte dich morgen früh sehen, Benedict. Pünktlich um neun Uhr in seinem Haus.«

»Mich?«

»Aye. Hat heute eigens die Kutsche angehalten, um es mir zu sagen.«

Benedict runzelte die Stirn. »Was um alles in der Welt will der alte Teufel?«

Jack zuckte mit den Schultern.

»Ach, Junge, was hast du bloß angestellt?«, fragte seine Mutter. »Du weißt doch, wie wütend Mr Ludlam war, als du mit seinen Arbeitern geredet und zu ihnen gemeint hast, sie sollten besser bezahlt werden. Das hast du nicht etwa schon wieder gemacht, oder?«

»Ich hab gar nichts gemacht. Aber er sollte ihnen *wirklich* mehr zahlen. Alle anderen Arbeitgeber in der Gegend tun es. Sogar der alte Rawley.«

»Mr Ludlam lässt seine Arbeiter nicht darben. In harten

Zeiten stellt er ihnen Lebensmittel und dergleichen zur Verfügung.«

»Die Leute könnten sich selbst kaufen, was sie brauchen, wenn sie einen gerechten Lohn bekämen. Das würde nicht mal seine Kosten erhöhen. So macht er es nur, weil er gern mehr Kontrolle über die Leute auf seinem Besitz hat.«

»Sohn, sprich morgen bloß nicht vorlaut mit ihm!«, sagte Jack Caine eindringlich. »Immerhin ist er unser Grundherr – und der Pachtvertrag für den Hof steht nächstes Jahr zur Verlängerung an.«

Benedict atmete tief durch. »Er muss doch irgendetwas darüber gesagt haben, was er will. Hast du denn gar keine Ahnung?«

Jack schüttelte zwar den Kopf, allerdings fiel Benedict auf, dass sein Vater seinen Blick mied. »Sag mir doch einfach, was du weißt.«

Aber er rückte mit nichts heraus. Am meisten auf der Welt fürchtete Jack Caine den Verlust seiner Farm, deshalb achtete er penibel darauf, Saul Ludlam nicht zu verärgern. Hätte sein Verpächter ihn aufgefordert, nackt durch den Ort zu laufen, er hätte auch das gemacht, um das Gehöft zu behalten. Die Caines lebten dort bereits seit weit über hundert Jahren, die Ludlams hingegen erst seit etwa fünfzig Jahren in dem großen Haus. Benedict wusste, dass es seinen Vater umbringen würde, wenn er woanders hinziehen müsste.

Er seufzte. »Na schön. Ich gehe morgen zu ihm.«

»Sieh zu, dass du dich davor ein bisschen herausputzt«, sagte seine Mutter eindringlich. »Zeig Respekt.«

Liza sah das Plakat beim Einkaufen für ihre Mutter. Es hing im Schaufenster von Mrs Baxters Stoffladen in der Nähe des Markts und war ein wenig verrutscht. Liza blieb stehen, um es zu lesen, musste jedoch bei den längeren Wörtern einen Passanten um Hilfe bitten. Der freundliche ältere Herr ging danach weiter, sie hingegen verharrte, betrachtete die großen schwarzen Buchstaben und murmelte bei sich, was sie besagten.

EMIGRANTIN NACH AUSTRALIEN
BEDIENSTETE MIT UNTADELIGEM
CHARAKTER GESUCHT
ÜBERFAHRT WIRD FÜR GEEIGNETE JUNGE DAMEN BEZAHLT
REFERENZEN UNERLÄSSLICH

Liza wünschte, sie könnte besser lesen. Aber sie hatte gerade lang genug zur Schule gedurft, um das Alphabet zu lernen und sich durch einfache Lesebücher zu mühen. Danach hatte sie zu Hause mithelfen müssen.

Als ein junger Mann anhielt und das Plakat betrachtete, nahm sie allen Mut zusammen und fragte ihn, wo Australien lag.

»Auf der anderen Seite der Welt, meine Liebe. Viel weiter weg von England geht es kaum.« Noch etwa eine Minute lang ließ sie den Blick sehnsüchtig auf das Plakat gerichtet, bevor sie weiterging.

»Dort könnte er mich nie und nimmer finden.« Kurz gestattete sich Liza den Traum, eine Stelle als Dienstmädchen für eine nette Familie zu bekommen, über das Meer zu segeln und ihren Vater oder Mr Marshall nie wiederzusehen – dann holte sie wie immer die Wirklichkeit ein. Für Töchter von Con Docherty hielten Träume nie lang dem unbarmherzigen Tageslicht stand.

»Aber wenn ich könnte, würde ich gehen!«, beteuerte sie in die Richtung des Plakats und blieb wieder stehen. Sie balancierte den schweren Einkaufskorb auf der Hüfte, während sie ein drittes Mal die Einzelheiten über das Schiff und die Kosten für Migranten durchging. Ihr war alles recht, um die

Rückkehr nach Hause hinauszuzögern. Die für ihre Mutter übernommenen Besorgungen verschafften ihr die einzige kleine Freiheit, die sie hatte.

Sie seufzte. Ungeachtet ihrer Haltung hatten ihr Vater und Mr Marshall bereits mit Pater Michael die Vermählung vereinbart. Für Liza hatte es mehrmals heiße Ohren gesetzt, als sie sich weiterhin geweigert hatte, den Freund ihres Vaters zu heiraten, dennoch ließ sie sich nicht von ihrer Meinung abbringen. Der Priester war zu ihnen nach Hause gekommen, um Liza zu besuchen. Allerdings war ihr Vater dabei anwesend, weshalb sie nicht offen sprechen konnte. Und der Geistliche hatte gemeint, Kinder sollten ihren Eltern gehorchen. Nur war Liza kein Kind mehr, und sie würde sich von Pa nicht das gesamte Leben ruinieren lassen.

Die Worte auf dem Plakat verschwammen, als ihr Tränen in die Augen traten. Mürrisch senkte sie den Blick auf den neuen braunen Rock und das blaue, in keiner Weise dazu passende Oberteil. Beides hatte muffig nach Schweiß gerochen, als ihr Vater ihr die Sachen zugeworfen hatte, doch Liza hatte sie seither gewaschen. Was sollte sie nur tun? Ihre Mutter erwies sich als keine Hilfe – sie flehte Liza nur unablässig an, den Wünschen ihres Vaters zu gehorchen, weil er es am besten wüsste. Und sie betonte immer wieder, Mr Marshall würde anständig verdienen, was für eine Frau das Wichtigste wäre.

Liza sah keinen anderen Ausweg, als von zu Hause auszureißen – nur wie bewerkstelligte man das ohne Geld?

Sie warf einen Blick zur Uhr der Bank ein Stück die Straße hinunter. *Noch fünf Minuten*, nahm sie sich vor. *Dann gehe ich zurück.*

»Be-dien-stete mit un-un…«, las sie erneut.

»Untadeligem Charakter«, half ihr eine Stimme neben ihr.

Liza drehte den Kopf und erblickte Mrs P.

»Wie geht es dir, Liebes? Und was ist mit deiner Mutter? Ist sie auf dem Weg der Besserung?«

»Danke, Mrs P., mir geht's gut, und meiner Mama auch schon viel besser.«

»Denkst du etwa daran, nach Australien auszuwandern?« Dorothy bemühte sich, ihrer Stimme einen unbeschwerten Klang zu verleihen. Allerdings hatte sie mittlerweile angefangen, das Wort regelrecht zu hassen.

»Wenn ich könnte, würde ich gleich morgen aufbrechen.«

»Tatsächlich? Ich … ich reise selbst bald dorthin.«

Liza starrte sie überrascht an. »Das haben Sie nie erwähnt, Ma'am.«

»Mr Pringle hat es … arrangiert. Er hat es sich in den Kopf gesetzt.«

»Oh.« Einer weiteren Erklärung bedurfte es nicht. Liza hatte Mr Pringles unverhoffte Begeisterungsschübe für etwas bezeugt – und in der Regel war Mrs P. deren Leidtragende.

»Also … Maggie weigert sich, mitzukommen. Deshalb bin ich auf der Suche nach einem Dienstmädchen, das ihren Platz einnimmt.«

»Wirklich?« Kurz flammte Hoffnung in Liza auf, verblasste jedoch sogleich, als sie daran dachte, wie entschlossen ihr Vater sie zu verheiraten gedachte.

»Ja. Ich brauche eine bodenständige junge Frau. Keine mit dem Kopf in den Wolken. Hast du ernst gemeint, was du vorhin gesagt hast, Liebes?«

»Oh ja. Ich würde nur zu gern dorthin.« Oder irgendwohin sonst, solange es nur weit genug von Pendleworth entfernt wäre.

»Sag, möchtest du mit uns kommen?« Liza war umgänglich, fleißig und trotz ihrer zierlichen Statur obendrein stark.

»Würde ich liebend gern – nur würde mich Pa nicht lassen.«

»Ich könnte mitkommen und mit deinen Eltern reden. Würde das vielleicht helfen?«

»Nein. Wissen Sie, mein Pa hat mich nur deshalb von Ihnen weggeholt, weil er mich an seinen Freund verheiraten will. Nur ist Mr Marshall schon fünfunddreißig, und« – Liza verzog das Gesicht zu einer Grimasse – »mir wird schlecht, wenn er mich anfasst.«

Dorothy verspürte einen Anflug von Mitgefühl. Den Vater des Mädchens konnte sie kein bisschen leiden. Con Docherty war ein ungehobelter, verbitterter Mann. »Dann wirst du diesen Mr Marshall ablehnen müssen.«

Lizas Tränen quollen über. Sie konnte nicht verhindern, dass sie ihr über die Wangen kullerten. »Das habe ich, aber die beiden hören nicht auf mich. Sie haben einfach einen Termin für die Eheschließung vereinbart.« Liza schauderte. »Pa hat mir erst gestern Abend gesagt, dass er mich dazu *zwingen* wird.« Sie richtete einen flehentlichen Blick auf die andere Frau. »Meine einzige Chance besteht darin, auszureißen, Mrs P. Nur habe ich kein Geld. Sie wissen ja, dass Papa mir immer den Lohn abgenommen hat. Er überlässt uns nie auch nur einen Penny. Was er verdient, gibt er restlos beim Trinken mit seinen Freunden aus.«

Nachdenklich musterte Dorothy das Mädchen. Liza wirkte mittlerweile erkennbar dünner, als bekäme sie nicht genug zu essen. Die lebhaften blauen Augen hatten ihr Funkeln verloren. Sogar das dunkle, gewellte, ordentlich zurückgebundene Haar sah stumpfer und schlaffer aus.

Wie üblich überließ es Andrew seiner Frau, sich um die praktische Umsetzung seiner Pläne zu kümmern, in diesem Fall um den Verkauf und das Packen. Er ging leichtfertig davon aus, dass sie in Australien ein Vermögen machen – oder es mit seinem bescheidenen Einkommen zumindest weiter bringen würden. Anscheinend verkauften die Behörden dort Land sehr billig. Dorothy war von all dem nicht annähernd überzeugt. Dass sie ihren gesamten Besitz für ein derart ungewisses Unterfangen aufs Spiel setzten, brachte sie in den langen Stunden der Nacht, wenn sie nicht schlafen konnte, regelmäßig zum Schaudern.

Sie wusste, dass sie eine junge Frau nicht dazu ermutigen sollte, vor ihrer Familie zu flüchten. Aber alle, die sie bisher gebeten hatte, als Dienstmädchen statt Maggie mitzukommen, hatten rundheraus abgelehnt. »Möchtest du *wirklich* nach Australien?«

Lizas Herzschlag beschleunigte sich, als Hoffnung sie durchströmte. »Ich würde überallhin gehen, um meinem Vater zu entkommen. Und für jemanden, der mich davor bewahrt hat, Mr Marshall heiraten zu müssen, würde ich mir die Finger wund schuften. Oh Mrs P., nehmen Sie mich mit! *Bitte!* Sie wissen, dass ich fleißig bin.«

»Also … ich werde darüber nachdenken. Und das solltest du auch. Treffen wir uns nächste Woche am Markttag hier. Dann gibst du mir deine Antwort, in Ordnung?«

»Das kann ich jetzt schon. Ich will auf jeden Fall weg.«

Aber Dorothys Gewissen ließ sie das Angebot nicht sofort annehmen. »Nein, Liebes. Ein so großer Schritt will reiflich überlegt sein. Vielleicht solltest du mit deiner Mutter darüber reden.«

»Das kann ich nicht. Sie würde meinem Vater davon erzählen. Das macht sie immer.«

»Nun, trotzdem möchte ich, dass du sorgfältig darüber nachdenkst. Weißt du, wenn du mitkommst, siehst du deine Familie vielleicht nie wieder.«

»Das wäre mir nur recht.«

Dorothy musterte sie traurig. »Ach Liza, ist es bei dir zu Hause wirklich so schlimm?«

»Oh ja, Mrs P. Ist es. Sogar noch schlimmer.«

»Tja, dann sehen wir uns nächste Woche hier.«

Als Lizas ehemalige Dienstherrin davonging, schaute sie

ihr nach. Schließlich entsandte sie ein Stoßgebet gen Himmel, dass es sich Mrs P. in der kommenden Woche nicht anders überlegen möge. Denn aus Lizas Sicht verkörperte die Frau ihre einzige Hoffnung auf Flucht. Ihr war einerlei, ob sie nach Australien segeln oder zum Mond fliegen würde. Das Leben eines Dienstmädchens wäre bestimmt überall dasselbe. Und es wäre ihr völlig egal, wenn sie ihren Vater und ihre älteren Brüder nie wiedersehen würde. Liza hasste sie regelrecht.

Auf dem Heimweg gedieh Hoffnung in ihr. Die Vermählung sollte erst in einigen Wochen stattfinden. Mit etwas Glück wäre sie bis dahin bereits weit weg.

KAPITEL 3

Nach dem Gespräch mit seinem Vater ging Josiah in sein Zimmer. Seine Frau Catherine lag auf einer Chaiselongue am Fenster und schaute hinaus auf den kleinen See und die gepflegten Gärten. Der Ausdruck dauerhafter unterschwelliger Traurigkeit, den er ihr so kurz nach der Hochzeit beschert hatte, ließ sich nicht übersehen. Ihr weiches blondes Haar wirkte unter der dünnen Spitzenkappe leblos. Ihr Gesicht kam ihm schmaler vor als sonst.

»Geht es dir gut, Liebes?«, erkundigte er sich. »Du siehst müde aus.«

»Reden wir nicht über mich. Was ist passiert, Jos? Ich konnte deinen Vater bis hierher brüllen hören.«

Er ging zum Fenstersims und fingerte an dessen Ornamenten. »Er hat … das über mich herausgefunden.«

Catherine schnappte nach Luft und drückte sich die Hand an die Brust, als wollte sie den Schmerz in sich halten. Schlagartig galt all ihre Aufmerksamkeit allein seinen Bedürfnissen. Mochte der Himmel ihr beistehen, sie liebte ihn. Das hatte sie immer, schon als kleines Mädchen. Wenn sie ihn nur als Freundin statt als wahre Ehefrau haben konnte, war sie bereit, sich sogar damit abzufinden.

Als er aufschaute, streckte sie den Arm nach ihm aus. Seufzend setzte er sich auf den Rand ihres Sofas und ergriff ihre Hand. Seine wesentlich Größere fühlte sich warm an. »Erzähl es mir, Jos.«

»Er schickt mich weg.«

Ihre Stimme ertönte als kaum hörbares, heiseres Flüstern. »Wohin?«

»So weit weg, wie er kann.« Kurz zögerte er, aber sie musste es erfahren. »Nach Australien.«

Alle Farbe entwich aus ihrem Gesicht. »Jos, nein!«

»Ich fürchte doch. Und … und ich bezweifle, dass er sich umstimmen lässt, Cat. Er will mich aus den Augen und aus dem Sinn haben. Dauerhaft.« Er spielte mit dem Ehering an ihrem Finger und runzelte die Stirn, als ihm auffiel, wie lose er mittlerweile saß. »Vielleicht ist es der richtige Zeitpunkt, dich von mir loszusagen. Du bist jung genug, um mühelos einen anderen Ehemann zu finden.«

Sie schüttelte den Kopf, musste nicht mal darüber nachdenken. »Nein. Niemals. Du bist mein Ehemann, Jos. In guten wie in schlechten Zeiten. Und … und du bist auch mein Freund. Ich will niemand anders heiraten.«

Er hob sich ihre Hand an die Lippen und küsste sie – die einzige Art von Kuss, die er ihr je freiwillig entbot. »Oh verdammt, Cat, was soll ich nur tun? Er will, dass aus mir ein Bauer wird. Ein vermaledeiter Bauer, um Himmels willen! Was verstehe ich schon von der Landwirtschaft? Oder was will ich davon verstehen?«

Er rutschte zu Boden, vergrub das Gesicht an ihrem Schoß und fing laut schluchzend zu weinen an. »Das bedeutet auch … Cat, ich werde Pendleworth nie wiedersehen.«

So trostlos ihr Blick war, sie streichelte weiter seinen Kopf. Sie war auf dem Nachbaranwesen aufgewachsen und liebte die Gegend ebenfalls – die kahlen Moore im Osten der Ortschaft, die Waldstücke in den geschützten tieferen Gefilden und die kleinen Heidelandbäche, in denen sie als Kind geplanscht hatte. Fortzuziehen, würde sie genauso sehr schmerzen wie ihn. Doch sie sprach es nicht aus, um ihn nicht zusätzlich zu belasten. In gewisser Weise glich Jos einem Jungen – dem Sohn, den sie nie haben würde.

»Dann müssen wir uns eben dort draußen in den Kolonien ein neues Pendleworth aufbauen«, meinte sie ermutigend, als sein Kummer nachließ.

Da schaute er auf, die Wangen noch feucht vor Tränen. Der Vorschlag hatte sichtlich seine Aufmerksamkeit erregt. Und obwohl er danach wieder in einer seiner düstersten Stimmungen aller Zeiten verfiel, wusste sie, dass sich der Gedanke in ihm festgesetzt hatte. Catherine war erleichtert, dass sie ihm etwas hatte geben können, woran er sich festklammern konnte.

An jenem Tag wählte sie die Kleidung zum Abendmahl sorgfältig aus, wenngleich sie sich nicht wohlfühlte und eigentlich lieber in ihrem Zimmer gegessen hätte. Wenn jemand mehr Geld aus Saul Ludlam herauskitzeln konnte, dann sie, und sie hatte vor, ihr Bestes zu geben. Auch an ihren eigenen Vater würde sie sich wenden. Könnte sie vorgeben, in anderen Umständen zu sein? Ja, genau. Ihre Familie würde außer sich vor Freude sein. Und wenn sie ein paar Andeutungen fallen ließe, würde ihre Mutter ihren Vater überreden, ihr mehr Geld mitzugeben. Am schwierigsten würde es werden, ihren jüngeren Bruder zu belügen. Nick und sie hatten sich von jeher sehr nahegestanden. Umso mehr, da ihr Vater ein Mann voll Stolz auf seinen uralten Namen und seine Stellung in der Grafschaft war. Er ging mit jedem hart ins Gericht, der seine anspruchsvollen Erwartungen nicht erfüllte – was auf einen so lebhaften Burschen wie Nick zwangsläufig zutraf.

Wenn sie Jos nur zu einem anständigen Start in Australien verhelfen könnte, würde ihr alles andere leichter fallen. Ihr gesamtes Leben würde sich nicht mehr sinnentleert anfühlen.

Am nächsten Morgen beobachtete Benedict, wie das knochige Hinterteil der letzten Kuh den schlammigen Weg hinunter zum Stall wackelte. Dort warteten seine Schwägerin und die Milchmagd bereits darauf, die Tiere zu melken. Er schloss das Tor, bevor er sich daran lehnte, um die Gedanken zu ordnen.

Lange konnte er nicht mehr bleiben, das wusste er. Seiner Familie zuliebe würde er herausfinden, was Mr Ludlam wollte. Danach würde er sich nach einem kleinen Gehöft zur Pacht umsehen. Irgendwo musste es für ihn eine Möglichkeit geben, anzufangen – aber nicht auf Ludlam-Land. Er hatte genug davon, vor dem alten Geizkragen zu kuschen. Ebenso wenig wollte er eines der kleinen, öden Fleckchen Erde im Moorland. Man konnte sie recht billig pachten, allerdings aus dem offensichtlichen Grund, dass sich das unfruchtbare Land nicht zur Viehzucht eignete und man seine Familie nicht vernünftig ernähren konnte. Es musste eine andere Möglichkeit geben, zu einer brauchbaren Landwirtschaft zu kommen.

Er sparte schon eine ganze Weile und verdiente sich etwas dazu, indem er seinem Bruder Paul half, Möbel bei Eilaufträgen rechtzeitig fertigzustellen. Außerdem hatte er bei der Sparkasse die hundert Pfund, die sein Großonkel ihm vermacht hatte. Und wenn er Grace Newton heiratete, was er ernsthaft in Erwägung zog, würde sie auch etwas in die Ehe mitbringen. Mit sechsundzwanzig Jahren fühlte er sich mehr als bereit, sein Zuhause zu verlassen. Allerdings würde er eine Ehefrau brauchen, wenn er einen eigenen Hof bewirtschaften wollte. Grace war eine kundige Milchmagd und besaß ein einnehmendes Wesen, auch wenn sie sein Blut nicht so in Wallung versetzte, wie es anderen jungen Frauen schon gelungen war – in der Regel Frauen der falschen Art für einen Bauern.

Vor einigen Jahren hatte er miterlebt, wie Martin überhastet geheiratet hatte, weil Tabby in anderen Umständen war. Seither war die Liebe zwischen ihnen verwelkt. Sein Bruder zeigte nur noch Gleichgültigkeit und bisweilen sogar Verärgerung für seine Gemahlin, der seine Mutter alle Pflichten auf dem Hof beibringen musste – und die sich trotzdem schlechter anstellte als die von ihnen beschäftigte Milchmagd. Ha! Martin war schon immer dumm gewesen. Paul hatte sich als klüger erwiesen. Er war bei einem Zimmermann in die Lehre gegangen und hatte die Tochter seines Meisters geheiratet. Mittlerweile war er selbstständig, der Glückspilz. Benedict würde sich nicht von einem hübschen Gesicht den Kopf verdrehen lassen, sondern sein Leben vernünftig planen.

Beim Frühstück schaute er über den Tisch zu seiner einzigen Schwester. Die beiden lächelten sich gegenseitig an. Jenny würde ihm sehr fehlen, wohin er auch gehen würde. Seine kleine Schwester war ein ausgesprochen nettes Mädchen, das seine Eltern spät bekommen hatten. Sie war erst vierzehn und sah jung aus für ihr Alter. Ihr sonniges Gemüt hellte die Stimmung im gesamten Haus auf. Für Benedict war sie die Einzige, mit der er wirklich reden konnte. Er hatte seinen Vater eindringlich davor gewarnt, sie in Pendleworth Hall arbeiten zu lassen, sollte sie so hübsch werden, wie es sich abzeichnete. Aber Jack besuchte nie das Wirtshaus, hörte nicht auf den Klatsch über ihren Verpächter und beharrte, dass Mr Ludlam nicht so wäre, wie behauptet wurde. Tja, andere wussten mehr, und im Verlauf der Jahre hatten so einige Dienstmädchen das Haus mit anschwellenden Bäuchen verlassen.

Später ging Benedict nach oben, um sich gründlich zu waschen und seine Sonntagssachen anzuziehen. Er würde Saul Ludlam nicht wie ein Knecht gekleidet oder riechend gegenübertreten. Am liebsten würde er dem Mann gar nicht gegenübertreten. Der Grundherr galt als launischer, verschlagener alter Teufel, der mit seiner Familie ebenso unsanft umsprang wie mit der Dienerschaft und seinen Pächtern. Jack Caine war trotz all seiner Schwächen ein weitaus besserer Vater.

Verwegen klopfte Benedict an der Vordertür von Pendleworth Hall, nicht am Dienstboteneingang.

Als der Butler öffnete und ihn erblickte, bekam er große Augen und zischte: »Geh hintenrum, du Narr! Für wen hältst du dich denn, dass du zur Vordertür kommst?«

Benedict stellte den Fuß in die Tür. »Mr Ludlam hat mich eingeladen.«

»Der Master hat jemanden wie dich bestimmt nicht dazu eingeladen, die Vordertür zu benutzen.«

Einen Moment lang zögerte Benedict. Dann überwog sein Zorn darüber, wie ein Schuljunge herbeordert worden zu sein. Er drückte eine Hand gegen die Tür und hielt sie mühelos offen. »Ich komme hier rein oder gar nicht. Dann kannst du ja deinem Meister erklären, warum ich nicht da bin.«

Nach einem kurzen Rundumblick und einem unentschlossenen Grummeln lenkte Mattley ein und zog die Tür weiter auf.

Benedict schlenderte hinein, sah sich mit großen Augen um und erfreute sich am Prunk der Umgebung. Wie es wohl wäre, in solchem Luxus zu leben und jeden Wunsch erfüllt zu bekommen, indem man einfach eine Glocke läutete und einen Befehl erteilte? Als Catherine Ludlam aus einem Raum rechts kam, nickte er ihr grüßend zu. Als Kind hatte er sie gut gekannt, weil sie sich oft am Bach begegnet waren, der die Farm der Caines vom Anwesen ihrer Familie trennte. In jenen Tagen hatte sie so gern im klaren Wasser geplanscht und sich mit ihm unterhalten. Kinder waren nicht so hochnäsig und wählerisch wie Erwachsene, mit wem sie sich abgaben.

Er runzelte die Stirn, während er ihr blaues Seidenkleid mit dem riesigen, glockenartigen Rock und dem zarten Spitzenbesatz um den Hals betrachtete. Wann war sie so dünn geworden? Sie nickte zurück, bevor sie die Treppe hinauf verschwand, während er dem Butler in den hinteren Bereich des Gebäudes folgte. Er wurde zum Warten auf eine Holzbank im Korridor vor dem Arbeitszimmer gesetzt, in dem der Hausherr seine Pächter empfing.

Natürlich verspätete sich Ludlam. Wahrscheinlich absichtlich. Benedict unterdrückte ein Seufzen, stand auf, ging zum Fenster und schaute hinaus zu den wunderschönen, im gesamten Bezirk berühmten Gärten. Kinder hungerten, aber Ludlam gab Geld für Rasenflächen und Blumenbeete aus.

Ganz zu schweigen von der Torheit eines neu angelegten Sees. Ein angewiderter Laut rutschte ihm heraus.

»Gefällt dir mein Garten nicht, Caine?«

Er wirbelte herum. Ganz gleich, wie oft man beschloss, nicht mehr vor dem Mann zu duckmäusern, Saul Ludlam hatte irgendetwas an sich, das selbst Kleinadelige behutsam mit ihm umgehen ließ. »Doch, Sir. Er ist wunderschön. Aber noch schöner fände ich ihn, wenn darin Nahrung für die Hungrigen wüchse.«

»Tja, nur würde er mir mit lauter Kohlreihen nicht mehr gefallen. Komm rein.«

Benedict betrat das große, gemütliche Arbeitszimmer und trat zu einem bereitstehenden Stuhl. Er wartete, bis sich Ludlam auf seinem breiten lederbezogenen Thron niedergelassen hatte, bevor er den Hintern auf den harten Sitz aus Holz senkte.

Mit nachdenklicher Miene starrte Ludlam ihn über den Schreibtisch hinweg an.

Benedict betrachtete gleichmütig das gut aussehende alte Gesicht mit der weißen Mähne und wartete.

Am Ende brach Ludlam das Schweigen. »Nächstes Jahr steht die Verlängerung des Pachtvertrags für deinen Vater an.«

»Ja.« Benedicts Mut sank. Damit brachte Ludlam auf Anhieb das einzige Druckmittel ins Spiel, das vielleicht bei ihm wirken würde. Was konnte der Mann nur wollen, dass er das Gespräch gleich mit einer unterschwelligen Drohung einleitete?

»Ich bin nur unter bestimmten Bedingungen bereit, die Verlängerung abzusegnen.«

»Was hat das mit mir zu tun?«

»Dein Einverständnis mit einem meiner Pläne ist eine der Bedingungen.«

Benedict erstarrte. »Ach ja?«

»Also, was sagst du, Caine?«

»Ich warte darauf, den Plan zu erfahren, bevor ich ihm zustimme.« Diesmal ließ er das »Sir« weg. Er hatte es satt, dem arroganten Mistkerl diese Ehre zu erweisen.

»Es geht um nichts, was dir zum Nachteil gereichen würde. Jetzt mach schon! Ich brauche dein bedingungsloses Einverständnis.«

Benedict schüttelte den Kopf. »Ich höre mir Ihren Vorschlag gern an, Mr Ludlam. Aber zustimmen kann ich nicht, ohne zu wissen, wie er aussieht.«

»Sogar, wenn dein Vater sonst enteignet werden könnte?«

»Sogar dann. Weder bin ich der Beschützer meines Vaters, noch wäre damit mein Erbe gefährdet.«

Ludlam atmete tief durch und starrte auf seine aneinandergelegten Hände.

Als er wieder aufschaute, jagte Benedict die Entschlossenheit in der Miene des Mannes einen Schauder über den Rücken.

»Dann hör zu. Mein Sohn Josiah wandert nach Australien aus. Er soll sich dort Land beschaffen, denn Pendleworth Hall kann er niemals erben. Aber da er wenig von der Landwirtschaft versteht, habe ich beschlossen, dass du ihn begleitest und ihm hilfst, sich dort niederzulassen.«

Einen Moment lang riss Benedict die Augen verdattert auf. Dann holte er tief Luft, um rundheraus abzulehnen. Aber kaum hatte er den Mund geöffnet, hob Ludlam die Hand. Also wartete er.

»Ich hoffe, du erkennst die Gelegenheit darin. Wie Josiah bist du ein jüngerer Sohn, der seinen Weg auf der Welt finden muss.«

Benedict verschränkte die Arme vor der Brust. »Ich verspüre nicht die geringste Lust, England zu verlassen.«

Saul verengte die Augen berechnend zu Schlitzen. »Wenn du meinem Wunsch entsprichst, stelle ich dir genug Mittel für eine eigene kleine Farm in Australien bereit. Allerdings unter der Bedingung, dass du bei meinem Sohn bleibst, bis er seinen Betrieb auf vernünftige Beine gestellt hat. Sagen wir, für fünf Jahre.«

Benedict stieß gedehnt und langsam den Atem aus. Woher konnte der alte Kauz wissen, wie sehr ihn nach eigenem Land verlangte? Ludlam fand wirklich immer eine Schwachstelle, die er nutzen konnte. »Wie viel Geld wäre das?«

»Einhundert Pfund.«

»Das ist nicht annähernd genug.«

Ah, dachte Saul. *Ich habe ihn!* Aber er lächelte nicht, sondern beobachtete nur weiter den jungen Mann, einen Vertreter der neuen Generation nach Unabhängigkeit Strebender, die er aus tiefstem Herzen verabscheute. Männer, die ihren Platz in der Welt nicht kannten. »Und wie viel würdest du als angemessene Entlohnung erachten, Caine?«

»Dafür müsste ich mich kundig machen, was Land dort drüben kostet – und ich bräuchte auch genug für Werkzeug.«

Saul hatte nicht damit gerechnet, dass der Mann sein erstes Angebot annehmen würde. »Darüber könnten wir uns einig werden. Nur treibst du mich besser nicht zu weit. Und ich brauche dein schriftliches Einverständnis mit meinen Bedingungen.«

»Mein Wort sollte gut genug sein.«

»Ich ziehe es vor, Vereinbarungen schriftlich zu treffen. So geh denn hin und stell die Zahlen zusammen. Komm so bald wie möglich – spätestens in ein paar Tagen – mit einer Aufstellung der Dinge wieder, die du brauchst. Dann reden wir weiter. Das Schiff sticht nächsten Monat in See. Und ich will dich an Bord haben.«

Nachdem Benedict durch die Hintertür hinausgeführt worden war, entlud sich seine Überraschung mit einem leisen Pfeifen. Womöglich war ihm soeben tatsächlich eine lohnende Gelegenheit in den Schoß gefallen. Im Schaufenster eines Ladens in Pendleworth hatte er ein Plakat über die Auswanderung nach Australien gesehen. Bevor er nach Hause ginge, würde er dorthin zurückkehren und es sich noch einmal aufmerksam ansehen. Morgen würde er dann anfangen, sich kundig zu machen.

So viel anders konnte es in Australien nicht sein, oder? Bestimmt konnte man ein Stück Land überall lieben lernen, wenn man es bestellte – und vor allem, wenn es einem *gehörte.*

Dorothy Pringle verpackte das Porzellan aus dem Salon. Dabei betrachtete sie jedes Stück aufmerksam, um zu entscheiden, ob es mit nach Australien sollte. Sie hatte kaum eine Vorstellung, wie es in dem weit entfernten Land wirklich sein würde. Und sie bezweifelte, dass sich ihr Mann wesentlich besser informiert hatte. Heißer als England, sagten die Leute. Tja, der Kälte konnte Dorothy ohnehin nichts abgewinnen. Zumindest das könnte sich also als Vorteil erweisen.

Seufzend gestand sie sich ein, wie besorgt sie war. Groß war Andrews Erbe nie gewesen, dennoch hätten sie einigermaßen bequem davon leben können, hätte er es nicht Stück für Stück durch wertlose Investitionen und leichtsinnige Anflüge von Begeisterung verloren. Mit Tränen in den Augen sah sie sich im Salon um. Eigentlich wollte sie nirgendwohin fortgehen. Andererseits hätten sie in diesem Haus ohnehin nicht viel länger bleiben können, weil sie sich schlichtweg den Unterhalt nicht mehr leisten konnten. Das Dach musste dringend repariert werden. Jedes einzelne Möbelstück war alt und abgewetzt. Nur die Gärten befanden sich in gutem Zustand. Zwar konnten sie sich auch keinen Gärtner leisten, doch Andrew arbeitete mit Begeisterung draußen. Ihr Obst und Gemüse baute er zum Großteil selbst an.

Kitty trat rein. »Maggie weint wieder, Mutter. Und sie hat den Abwasch noch nicht gemacht.«

Dorothy riss sich zusammen und drehte sich ihrer Tochter zu. »Dann übernimmst du das und schickst sie zu mir.«

»Aber …«

»Tu ausnahmsweise ohne Widerworte, was ich dir sage!«

Steif vor Entrüstung stolzierte Kitty mit zornig wippenden braunen Locken hinaus. Sie hatte darum gebettelt, bei ihrer kinderlosen Tante Nora leben zu dürfen, die sie gern aufgenommen hätte, doch Andrew war stur geblieben. Kitty war *seine* Tochter. Sie würde bei ihm bleiben, und damit hatte es sich.

Maggie kam mit geröteten Augen und einem feuchten Taschentuch in der Hand in den kleinen Salon. »Ich kann nicht fassen, dass Sie wirklich gehen, Mrs P.! Ach, was wünschte ich doch, ich könnte mitkommen, ganz ehrlich.«

»Oh Maggie!« Dorothys Zorn verpuffte. Sie ging zu der Frau hinüber und umarmte sie. Eine Weile verharrten sie so. Dann schob sie das ältere Dienstmädchen von sich und heuchelte Frohsinn. »Anscheinend haben wir beide keine große Wahl. Also bitte versuch, den Kopf nicht hängen zu lassen. Du bekommst hervorragende Empfehlungen von uns. Jetzt mach dich wieder an die Arbeit.«

Kaum war Dorothy allein, verblasste ihr Lächeln. Künftig würde sie sich nur auf Liza verlassen können. Jemand hatte Andrew gesagt, sie würden in Australien schwerlich Bedienstete finden, wenn sie keine eigenen mitnähmen. Dorothy konnte sich ein Leben ohne Hilfe im Haus nicht mehr vorstellen. Ihr graute davor, was sie in den Kolonien erwarten mochte. Sie würde Kitty umfassender einspannen müssen. Was zweifellos zu ständigen Auseinandersetzungen führen würde, denn mit fünfzehn war ihre Tochter ebenso eigensinnig wie faul.

Eines Abends, als sich Liza gerade mit dem Gedanken trug, den Laden zu schließen, schlenderte Niall zur Tür herein. Ihr

Vater war längst ins Pub verschwunden, und es hatten sich schon eine ganze Weile keine Kunden mehr blicken lassen. Sie hatte Hunger, doch in der Kasse befanden sich nur ein paar Münzen. Und sie wusste, dass Pa die Einnahmen gezählt haben würde. Deshalb traute sie sich nicht, etwas herauszunehmen, um Essen für Nancy, Kieran und sich selbst zu kaufen.

»Viel verkauft heute?«, erkundigte sich Niall höhnisch.

»Nein.«

»Weißt du, Liza, du wirst den alten Marshall heiraten müssen. Mit ein bisschen Glück wirst du jung genug Witwe, dass du noch Spaß im Leben haben kannst.«

Überrascht starrte Liza ihn an. Wann hatte er sich schon je für ihre Umstände interessiert? »Ich heirate ihn nicht, und das ist endgültig.«

»Pa wird dich zwingen, Ja zu sagen.«

Unwillkürlich fasste sie sich an die wunde Wange, die ihr Vater ihr am vergangenen Abend verpasst hatte, als sie unhöflich zu Mr Marshall gewesen war. Dann sah sie ihren ältesten Bruder unverwandt an. »Er kann mich schlagen, so oft er will, ich werde meine Meinung nicht ändern.«

Niall zog eine Augenbraue hoch. »Marshall hat ihm Geld versprochen, sobald ihr verheiratet seid.«

»Das habe ich mir schon gedacht.«

»Für Ma wird das eine große Erleichterung.«

Damit würde sie nicht ködern lassen. »Nein, wird es nicht! Pa wird es nur genauso versaufen wie den Rest.« Lizas Magen knurrte.

Niall lachte schnaubend. »Was bist du doch dumm. Hättest du auch nur einen Funken Verstand, würdest du dich an Marshall ranwerfen und dafür sorgen, dass er dich anständig behandelt. Aber wenigstens wirst du bei ihm genug zu essen haben.«

»Der Mann hat keine Ahnung, wie man eine Frau richtig

behandelt. Er wird mich genauso schlagen wie früher die arme Fanny. Also kann ich gleich bleiben, wo ich bin. Essen ist nicht alles. Jetzt geh und lass mich abschließen.«

»Marshall will mit dir reden. Er hat gefragt, ob du kurz zu ihm rüberkommst. Seine Jungs sind unterwegs. Ihr wärt ungestört. Wenn du möchtest, kümmere ich mich um den Laden, während du weg bist.«

»Nein danke. Ich will nicht mit ihm reden.« Oder wieder von ihm betatscht werden. »Ich habe ihm bereits alles Nötige gesagt – nämlich *nein*.«

Niall streckte die Hand aus und packte sie am Arm. »Nur ein paar Worte mit ihm, du dummes kleines Ding.« Er begann, sie zur Tür zu zerren.

Als sie versuchte, seinen Arm abzuschütteln, umklammerte er sie nur fester und zwang sie, den Laden zu durchqueren. Schrill rief sie nach ihrer Mutter, bevor ihr mit einem Anflug von Grauen einfiel, dass Mama zur Kirche gegangen war. Also schrie sie stattdessen nach ihrer Schwester.

Nancy tauchte mit Kieran im Schlepptau an der Tür auf. »Was hast du vor, Niall? Lass unsere Liza los.«

Er hielt gerade lang genug inne, um zu entgegnen: »Haut ab, ihr zwei.« Als sich die Kinder nicht rührten, brüllte er: »Verschwindet, oder es wird euch leidtun!«

Sie zogen sich ins Hinterzimmer zurück.

Liza packte den Türgriff und versuchte, sich mit dem Fuß gegen den Rahmen zu stemmen, doch er riss sie davon weg und lachte darüber, wie mühelos es ihm gelang. »Du könntest auch einfach bereitwillig mitkommen. Das wäre ihm lieber, und er würde dich besser behandeln.«

Ohne etwas zu erwidern, sank Liza zu Boden. Mit einem Ruck an ihrem Mieder zerrte er sie wieder auf die Beine und riss dabei eine Naht auf.

Draußen war es fast dunkel. Die anderen Geschäfte in der Straße hatten bereits geschlossen. Da sich weit und breit niemand aufhielt und nur eine einzige Gaslampe am anderen Ende brannte, wirkte die Umgebung plötzlich unheimlich. Liza öffnete den Mund und wollte um Hilfe rufen, doch Niall klatschte rechtzeitig die Hand darüber, um es zu verhindern. Und da sie mittlerweile so groß wie ihres Vaters Pranke war, konnte sie sich davon ebenso wenig befreien, wie sie sich dagegen wehren konnte, von ihm dorthin gezerrt zu werden, wo er sie haben wollte.

Auf dem gegenüberliegenden Bürgersteig schüttelte er sie und raunte: »Jetzt sei doch ein bisschen vernünftig, ja?«

Liza beruhigte sich, als nähme sie sich seine Worte zu Herzen. Aber kaum entfernte er die Hand, brüllte sie erneut um Hilfe.

Als er den Ruf abwürgte, verkam er unter seiner Pranke zu einem panischen Brabbeln, und er trat gegen die Tür. »Aufmachen. Schnell!« Die Tür schwang auf. Im Nu wurden sie von einer Düsternis verschluckt, in der es nach Holzspänen, Eisen und Farbe roch, nach allem, was ein Holzschuhmacher für sein Handwerk brauchte. Außerdem nach Tabak, Kautabak und Toffees, die Marshall ebenfalls verkaufte.

Der Mann stand bedrohlich neben ihnen, ein dunkler Schemen im schwachen Licht von der Straße, das durch die Spalte an den Seiten des Rollladens hereindrang. »Gib sie her.«

»Zuerst das Geld.«

Plötzlich schrie Niall auf, als Liza ihm in die Finger biss. Er verpasste ihr eine Ohrfeige, ohne sie loszulassen.

Marshall drückte ihm etwas in die Hand, und Liza wurde wie ein Paket übergeben. Dann ertönte ein dumpfer Knall der zugeschlagenen Tür, und sie blieb allein mit dem verhassten Mr Marshall zurück.

Er vergeudete keine Zeit mit Worten, sondern trug sie ins Hinterzimmer, wo er sie auf ein altes Sofa warf. Schweigend begann er, die Hose aufzuknöpfen.

Erst dann begriff Liza, was er vorhatte. Sie sprang vom Sofa und rannte zur Hintertür. Er lachte nur kehlig. »Die ist verriegelt, und ich hab den Schlüssel.«

Sie drehte sich ihm zu und presste den Rücken gegen die Tür. Nackte Angst brachte ihren gesamten Körper zum Beben. »Ich werde sie nicht heiraten, ganz gleich, was Sie mit mir anstellen.«

»Wirst du aber müssen. Und ich bin gut darin, Kinder zu machen, ehrlich. Es geht nie ein Schuss daneben. Nur war Fanny schwach und hat mehr verloren als ausgetragen. Du hingegen bist 'n feines starkes Frauenzimmer. Du wirst mir weitere Söhne schenken, stramme Burschen. Und vielleicht auch die eine oder andre Tochter.« Er versuchte es mit plumper Überredung. »Hier wirst du 'n besseres Leben haben als daheim. Gutes Futter und 'n warmes Haus. Was ist denn so verkehrt dran, mich zu heiraten?«

Wut stieg in Liza auf. »Wenn ich Sie heirate, prügeln und misshandeln Sie mich genau wie früher Ihre Fanny. Also tu ich's nicht, Teddy Marshall, egal, was Sie mit mir machen.«

»Und ob du's tun wirst.« Damit schob er die Hose runter. Sie wandte den Blick von seiner großen steifen Männlichkeit ab und schnappte sich eine der an der Wand hängenden Pfannen. Noch bevor Liza sie vom Haken bekam, packte er sie und zerrte an ihrem Mieder. In dem Moment löste sich die andere Naht, und Liza kreischte, als ihre Brüste herauswippten.

»Aaah«, hauchte er und beugte den Kopf, um daran zu nuckeln.

Sie wehrte sich aus Leibeskräften und kreischte, doch es kam ihr niemand zu Hilfe. Und ihre Fäuste bewirkten bei ihm so viel, als schlüge sie auf eine Steinmauer ein. Er schien weder zu hören, was sie brüllte, noch ihre gelegentlichen Treffer zu spüren. Unbeirrt machte er weiter und tat ihr weh, bis er Befriedigung fand.

Danach stand er auf, streckte sich und lächelte auf die schluchzende junge Frau hinab. »Es gibt noch 'nen Nachschlag, kleine Liza. Das hat mir mächtig gefehlt. Ich fünf Minuten bin ich wieder bereit.« Damit ging er und schenkte sich ein Glas Bier ein. Nach einem ausgiebigen Schluck davon bot er es ihr an. »Willst du was zu trinken? Ach, komm schon, Kleine. Hast es ja hinter dir. Bringt nichts, wegen verschütteter Milch zu weinen. Und wenn du's nur versuchst, kannst du auch Vergnügen daran finden.«

Liza ignorierte ihn. Laut schluchzend rollte sie sich vor Schmerz und Demütigung auf dem Boden ein. In seiner Hast hatte er ihre Kleidung zerrissen. Ihr gesamter Körper schmerzte. Am schlimmsten jedoch war die Angst davor, erneut von ihm angefasst zu werden.

Was er natürlich tat.

Danach trug er sie hinauf in sein Schlafzimmer und fesselte sie ans Kopfteil des Betts. Liza weinte unverändert laut. »Ach, jetzt hör endlich auf mit dem Gejammer, du dumme Schlampe! Ich werde dich doch heiraten, oder?«

Da hob sie den Kopf und sah ihm unverwandt in die Augen. »Ich werde Sie nie heiraten, Teddy Marshall, *niemals!* Eher werfe ich mich in den Kanal.«

Er lachte nur. Nach wenigen Minuten schnarchte er neben ihr.

Sie wartete eine Weile, bevor sie aus voller Kehle um Hilfe brüllte. Niemand kam, obwohl die Nachbarn sie gehört haben mussten.

Allerdings weckte sie ihn mit dem Geschrei. Mit einem verärgerten Brummen band er ihr einen Knebel über den Mund, bevor er sich wegdrehte und weiterschlief.

Ihr Vater musste darüber Bescheid wissen, sonst wäre er gekommen, um sie zu holen. Während Liza bittere Tränen über die Wangen liefen, klammerte sie sich an einem Gedanken fest. Sie würde dieses Tier nicht heiraten, um keinen Preis der Welt, und wenn man sie zu hundert Priestern schleppte. Auf keinen Fall würde sie ihr Leben mit einem Mann verbringen, der sie so verletzt hatte.

Am nächsten Morgen weckte Marshall sie. Über ihre verdatterte Miene, als ihr klar wurde, wo sie sich befand, lachte er so ausgelassen, dass er sich mehrere Minuten lang nicht rühren konnte. Erst danach schändete er sie erneut.

Und immer noch kam niemand, um ihr zu helfen.

An jenem Sonntag lag Con Docherty schnarchend bis zu Mittag im Bett. Von Zeit zu Zeit furzte er, und einmal stand er auf, um das Bier der vergangenen Nacht in den Nachttopf zu pinkeln. Als er schließlich nach unten wankte, brummte er: »Essen. Und 'ne Tasse Tee. Süß.« Damit ließ er sich auf seinen Stuhl plumpsen, stützte den pochenden Schädel auf die Hände und stöhnte.

Als Mary ihm die Tasse brachte, sah er sich um. »Wo ist Liza? Sie weiß doch, dass ich's nicht leiden kann, wenn sie ausgeht und dir die ganze Arbeit überlässt.«

Mary konnte ein Schluchzen nicht unterdrücken.

Con griff sich die Tasse, trank einen Schluck und verwünschte seine Frau, weil sie ihm den Tee zu heiß gebracht hatte. Als ihm auffiel, dass sie immer noch weinte, starrte er sie an und fragte: »Was zum Henker ist los?«

»Liza ist gestern Nacht nicht nach Hause gekommen. Das hättest du nicht tun sollen, Con. Sie so überreden zu wollen, war grausam.«

»Was tun?« Er sprang vom Stuhl auf. »Und was meinst du damit, sie ist nicht nach Hause gekommen? Wo zum Teufel steckt sie?«

Mary blinzelte verwirrt. »Na ja, Niall hat gesagt, dass du dahintersteckst. Du hättest ihm aufgetragen, sie über die Straße zu Teddy Marshall zu bringen, dort zu lassen und …« Plötzlich klatschte sie sich die Hand auf den Mund und brach in ein lautes Schluchzen aus. »Du hast nichts davon gewusst? Oh nein, nein, nein! Sie ist die ganze Nacht dort gewesen.« Und Mary hatte die halbe Nacht leise in ihr Kissen geweint.

Con verzog vor blanker Wut das Gesicht und ballte die fleischigen Hände zu Fäusten. »Wo ist der junge Teufel?«

»Ausgegangen. Hat gesagt, er kommt erst spät zurück. Aber Con, du …«

Er leerte die Tasse und stellte sie wuchtig auf dem Tisch ab. Damit ging er. Eine Minute später bimmelte die Glocke an der Tür des Ladens, bevor sie so fest zugeschlagen wurde, dass sie Mauern erzitterten.

Mary faltete die Hände vor der Brust, betete für die Sicherheit ihres Ehemanns und ihrer Tochter, bekreuzigte sich und begann von vorn.

Con stürmte über die Straße, stieß einen Mann aus dem Weg, achtete nicht auf den Regen und hämmerte an die Tür seines Freunds. »Lass mich sofort rein, du hinterhältige, stinkende Ratte!« Als sich nichts rührte, drosch er abermals auf das Holz ein, brachte es im Rahmen zum Klappern und brüllte dazu. »Lass mich rein, oder ich breche die Tür auf, so wahr mir Gott helfe!«

Als sich die Tür öffnete und ein zerzauster Teddy Marshall zum Vorschein kam, stellte Con keine Fragen, sondern schlug ihm ansatzlos mit der Faust ins Gesicht. Der Mann ging rückwärts zu Boden, wo er stöhnend und kopfschüttelnd liegen blieb.

»Wo ist sie?« Er zog Marshall in sitzende Position und schüttelte ihn. *»Wo ist sie?«* Und obwohl der Mann so groß und massig war wie er selbst, behielt Con durch schiere Wut die Oberhand.

Marshall deutete mit dem Kopf zur Treppe. »Da oben. Aber ich …«

Con stürmte die Stufen hinauf und fand Liza nach wie vor nackt ans Bett gefesselt vor, das Gesicht kreidebleich unter blauen Flecken, die Augen verquollen vor Tränen. Wüst fluchend löste er die Fesseln. Als sich Marshall stolpernd die Treppe heraufschleppte, herrschte er ihn an: »Das wird dich teuer zu stehen kommen.«

»Ach, Mann, es war die einzige Möglichkeit, sie umzustimmen.«

Con wickelte ein Laken um das schlotternde Mädchen. »Nicht bei meiner Tochter, oh nein. Ich hätte sie auch ohne das umgestimmt. Wo sind ihre Sachen?«

»Die … äh … sind ein bisschen zerrissen.«

Con atmete tief durch. »Dann hol etwas von deiner Frau für sie. Nur in einem Laken kann sie nicht über die Straße gehen.« Er tätschelte seiner schluchzenden Tochter die Schulter, ein vergeblicher Versuch, sie zu trösten.

Liza konnte weder aufhören zu weinen, noch konnte sie klar denken. Alles schmerzte. Nur etwas stand für sie unverrückbar fest. »Ich heirate ihn nicht«, verkündete sie unter Tränen. »Auf keinen Fall.«

Beim Anblick ihrer Not ballte Con die Hände erneut zu Fäusten. »Jetzt wirst du ihn heiraten müssen, Mädchen. Aber verdammt, ich sorge dafür, dass er dich anständig behandelt, verlass dich drauf!«

Marshall kramte in einer Truhe, bevor er mit einem Haufen Kleidern und Unterwäsche zurückkam. »Hier, das kann sie alles haben.« Wenn er ehrlich sein wollte, wurde ihm bei Lizas Totenblässe ein wenig bang zumute. Womöglich hatte er in der vergangenen Nacht zu viel getrunken und sie etwas grob angefasst. Natürlich hatte sie selbst schuld daran, wenn sie sich ihm so widersetzte. Trotzdem hätte er vielleicht sanfter mit ihr umgehen sollen. Obendrein war es für sie das erste Mal gewesen. Nur hatte er so lange keine Frau mehr gehabt, dass er vor Verlangen schon fast geplatzt wäre.

»Zieh dich an, Kind!«, forderte Con seine Tochter auf. Als

sie auf seine Worte nicht reagierte, schüttelte er sie kurz. »Wirst du dich wohl anziehen?«

Da schauderte sie und schien plötzlich wieder mitzubekommen, was vor sich ging.

»Sobald du bereit bist, gehen wir nach Hause zu deiner Ma.«

Allerdings rührte sie sich nicht, bis sie laut und deutlich wiederholte: »Ich heirate ihn nicht, Pa. Um keinen Preis.«

»Oh, jetzt zieh dich endlich an. Hältst du das vielleicht für den richtigen Zeitpunkt, um so daherzureden?« Con mied es, seinen Freund auch nur anzusehen. Sonst hätte er ihn bloß wieder geschlagen, und es war zu spät, um mit Gewalt noch etwas zu lösen.

Im Laden lehnte sich Liza an die Theke, als könnten die Beine sie nicht länger tragen. »Ich … heirate … ihn *nicht*«, wiederholte sie mit matter Stimme.

Con schnaubte. »Wirst du wohl müssen. Du könntest schon sein Kind im Leib haben. Aber ich lasse nicht zu, dass er dir noch mal wehtut.«

Sie konnte nicht verhindern, dass ihr ein tiefes Schluchzen herausrutschte. »Das kannst du nicht. Du würdest ja nicht bei uns im Schlafzimmer sein, oder?«

Seine Stimme wurde sanfter. »Hat er dir sehr wehgetan, Mädchen?«

Sie nickte und schluchzte unwillkürlich erneut.

»Das tut mir leid.« Dann seufzte er und schob sie vorwärts. »Jetzt geh rein und zu deiner Mutter. Sie wird wissen, was zu tun ist. Und bis dein Gesicht verheilt ist, gehst du besser nicht raus. Bis zur Hochzeit dürfte man die blauen Flecke nicht mehr sehen, würde ich sagen.«

Einen Moment lang starrte Liza ihn an, als wäre er ein Fremder, dieser große, ungepflegte Kerl mit dem wirren, ergrauenden Haar und dem rötlichen Gesicht. Dann stapfte sie davon ins Hinterzimmer. Aber als ihre Mutter mit ausgestreckten Armen auf sie zukam, hob Liza die Hand, um sie auf Abstand zu halten. »Warum bist du nicht über die Straße gekommen und hast mir geholfen, Ma? Du musst gewusst haben, was vor sich gegangen ist.«

Mary traten Tränen in die Augen. »Ich dachte, Con hätte es so geplant. Mir war nicht klar, dass …«

»Also wäre es in Ordnung gewesen, wenn Papa dahintergesteckt hätte?«

»Nein. Natürlich nicht. Nur … Du weißt ja, wie er ist, wenn er glaubt, seinen Willen durchsetzen zu müssen.«

Liza bedachte sie mit einem verächtlichen Blick, bevor sie sich in der Spülküche einschloss, wo sie jeden Quadratzentimeter ihres Körpers gründlich wusch. Als sie sauber war, fühlte sie sich zumindest ein wenig besser. Und sie hatte genug geweint. Es war an der Zeit zu handeln. Sie ging hinauf in ihr Zimmer, um gründlich nachzudenken.

Eine Weile hallte das Weinen ihrer Mutter durch das Haus. Als Dermott und Niall abends heimkamen, brach ein wüster Streit mit ihrem Vater aus. Fäuste wurden erhoben und Drohungen ausgestoßen. Allein Marys Eingreifen verhinderte Handgreiflichkeiten. Bald gingen die beiden Brüder wieder, wenig später gefolgt von Con.

Ihre Mutter rief herauf, das Essen wäre fertig. Da sich Liza weigerte, nach unten zu gehen, brachte Nancy ihr Brot, Butter und eine gesprungene Tasse, randvoll mit starkem Tee.

Liza wollte weder mit ihrer Schwester noch mit sonst jemandem darüber reden, was passiert war. Und das Essen bekam sie nur hinunter, indem sie sich vorsagte, dass sie bei Kräften bleiben musste, wenn sie entkommen wollte.

Danach legte sie sich mit abgewandtem Rücken in das Bett, das sie sich mit ihrer Schwester und ihrem kleinen Bruder teilte, und tat so, als fühlte sie sich schlechter, als es ihr wirklich ging. Wenn Mrs P. sie nicht mehr wollte, würde sie nach Manchester gehen und versuchen, dort eine Stelle als

Dienstmädchen zu finden. Oder als irgendetwas anderes. Aber auf die eine oder andere Weise würde sie aus ihrem Zuhause fliehen und nie wieder zurückkehren.

Könnte Mr Marshall recht damit gehabt haben, dass er sie geschwängert hatte? Nein. Bestimmt hatte er es bloß gesagt, um sie einzuschüchtern. Liza würde nie wieder an ihn denken – oder daran, was geschehen war. Sie würde sich allein darauf konzentrieren, zu fliehen.

KAPITEL 4

Als Benedict von dem großen Herrensitz nach Hause kam, erwartete ihn seine Familie um den Küchentisch versammelt. Er lehnte sich an den Türrahmen und verkündete rundheraus: »Saul Ludlam will, dass ich mit Josiah nach Australien gehe.«

Seine Mutter brach sofort in Tränen aus. Sein Vater klopfte ihm auf den Rücken und mied dabei seinen Blick.

Benedict drehte sich ihm zu und baute sich vor ihm auf. »Du hast gewusst, was Ludlam will, Pa, nicht wahr? *Nicht wahr?*«

Zerknirscht warf Jack einen Seitenblick zu seiner Frau. »Ja. Er hat es mir gestern gesagt und gemeint, er verlässt sich auf mich. Ich soll dich davon überzeugen, dass es zu deinem – und unser aller – Besten wäre. Wirst du tun, was er verlangt?«

»Vielleicht. Oder vielleicht nicht. Ich habe noch nicht entschieden, ob ich das nicht allzu großzügige Angebot unseres ach so freundlichen Schirmherrn annehmen werde.« Mit schändlicher Befriedigung beobachtete er, wie sich Angst in den Gesichtern seiner Eltern ausbreitete.

»Er ist unser Verpächter, Sohn«, sagte Jack flehentlich.

»Mag sein, aber er ist nicht Gott, nicht mal annähernd. Und streng genommen bin ich keiner seiner Pächter. Ich arbeite nur für dich.« Aus den Augen seines Vaters sprach solches Grauen, dass Benedict einen Moment lang Schuldgefühle überkamen, als wäre er dafür verantwortlich. Was nicht stimmte, wie er sich vor Augen hielt. Es ging auf Saul Ludlam zurück, diesen arroganten alten Dämon. Kurz schloss er die Lider, um jene Angst nicht sehen zu müssen – aber die stockende Stimme seines Vaters vermittelte sie ihm genauso deutlich.

»Wenn … wenn du es nicht tust, verlängert er vielleicht unseren Pachtvertrag nicht.«

Benedict holte tief Luft. »Ich habe ja nicht gesagt, dass ich ablehnen werde. Aber ich spiele nur mit, wenn er mir genug bezahlt, damit ich mir dort ein Stück Land kaufen kann. Das habe ich ihm auch gesagt.«

»Du denkst echt nur an dich!«, brummelte Martin.

Benedict wirbelte zu seinem Bruder herum. »Und *dir* geht es nur um die Farm, nicht darum, was aus mir wird, *Bruder!*« Tatsächlich führte sich Martin auf, als gehörte ihm Northbrook bereits – obwohl es ein Caine nie besitzen, sondern immer nur weiter von den Ludlams pachten könnte.

Schweigend starrten sich die beiden jungen Männer gegenseitig an. In der Stille knisterte die Feindseligkeit, die schon ihr Leben lang zwischen ihnen bestand. Schließlich knurrte Benedict verärgert und wandte sich wieder seinem Vater zu. »Ich muss herausfinden, was ich nach Australien mitnehmen muss, um mir dort eine Farm aufzubauen, Pa. Damit ich weiß, was ich von ihm verlangen soll, ohne es zu übertreiben. Und Ludlam will meine Antwort schnell. Also siehst du dich besser nach einem neuen Kuhknecht um. Denn unabhängig davon, ob er und ich uns einig werden, ich gehe so oder so. Ich habe es satt, nach der Pfeife dieses Kerls zu tanzen.«

Seine Mutter drückte sich schluchzend ein Taschentuch an die Augen – aber sie kam nicht zu ihm.

Sein Vater saß regungslos da – auch er näherte sich seinem Sohn nicht.

Benedict hätte sich so gewünscht, dass sie ihn anflehten, in England zu bleiben, und ihm sagten, Mr Ludlams Wünsche wären ihnen nicht so wichtig wie ihr jüngster Sohn. Nur taten sie es nicht. Weil er ihnen nie wirklich etwas bedeutet hatte.

Am meisten zählte Martin, der Erbe. So war es seine gesamte Kindheit hindurch gewesen. Und es hatte sich nichts daran geändert. Es wurde Zeit, dass er davon wegkam. »Heute Nachmittag fahre ich nach Liverpool. Danach vielleicht nach Manchester – weiß ich noch nicht genau. Ich will Leute finden, die wirklich etwas über Australien wissen, und mit ihnen reden, bevor ich der Sache zustimme. Ludlams Wort nehme ich bei nichts für bare Münze. Wenn es sein muss, reise ich auch bis nach London. Und wenn es ihm nicht passt, auf meine Entscheidung zu warten, dann kann er mir den Buckel runterrutschen.« Als er sah, wie Martin empört den Mund öffnete, spie er ihm mit angespannter, zorniger Stimme entgegen: »Und dasselbe gilt für euch hier.«

Danach behandelten ihn sein Bruder und der Rest der Familie den Vormittag lang äußerst steif, während er sich auf die Abreise vorbereitete. Tja, es kümmerte ihn nicht. Er würde sich nicht gestatten, dass es ihm unter die Haut ginge.

Tatsächlich musste Benedict alle drei Städte besuchen, bevor er genug Fakten beisammen hatte, um sich seiner Entscheidung sicher zu sein. Und wenngleich er nicht gern mit der Eisenbahn reiste, pries er sie dafür, dass sie es ihm ermöglichte, so schnell im Land herumzukommen. Billige, einfache Transportmittel befreiten Leute wie ihn langsam, aber sicher vom Joch hochmütiger Drecksäcke wie Ludlam. Sie erschlossen ärmeren Menschen die weite Welt und führten ihnen andere Lebensweisen vor Augen. Und sogar für jene, die selbst nicht reisten, brachte die Eisenbahn sowohl Zeitungen als auch Informationen in Städte und Dörfer überall im Land. Seine Welt unterschied sich völlig von jener, in der sein Vater aufgewachsen war. Und das war gut so.

Nachdem er seine Nachforschungen beendet hatte, saß er gedankenverloren im Zug zurück nach Pendleworth. Wieso in Gottes Namen bestand Saul Ludlam darauf, dass sie in den Westen Australiens sollten? Dem Vernehmen nach war die

Kolonie Swan River klein und blühte nicht annähernd so auf wie Sydney oder Melbourne. Auch die Bevölkerung war im Vergleich zu den anderen Kolonien winzig – dort lebten nicht mal so viele Menschen wie in Oldham, woher die Familie seiner Mutter stammte. Und das, obwohl das Land selbst zehnmal so groß wie Großbritannien war. Egal, mit wem er gesprochen hatte, alle hatten ihm stattdessen zur Ostküste Australiens geraten – nur hatte er diese Wahl nicht.

Dann wurde ihm plötzlich klar, warum Josiah in den abgelegensten Winkel des entfernten Kontinents verbannt werden sollte. Der alte Ludlam wollte seinen missratenen jüngsten Sohn nicht nur so weit wie möglich wegschicken, sondern ihn sogar dort verstecken.

Benedict kehrte zu einer Familie zurück, die sich unverändert steif und argwöhnisch gebärdete. Innerhalb einer Stunde hatte er ihre langen Gesichter derart satt, dass er Grace Newton besuchte, um seine Gedanken mit ihr zu besprechen. Sie verhielt sich so einladend und freundlich wie immer, und er entspannte sich in ihrer Gesellschaft.

»Du bist eine feine Frau, Grace«, meinte er, bevor er sie für einen Kuss in die Arme nahm, den sie eindeutig begrüßte. *Nimm eine Ehefrau mit*, hatte man ihm in London ans Herz gelegt. *Dort drüben gibt es nicht viele unverheiratete Frauen. Sonst musst du am Ende eine Magd heiraten – oder Schlimmeres. Falls du überhaupt eine findest, die noch nicht vergeben ist.*

»Und du bist ein feiner Mann, Benedict.« Grace schlang die Arme um seinen Nacken und zog seinen Kopf für einen weiteren Kuss zu sich herab. Sie liebte ihn schon seit Jahren. Andere Männer hatte sie stets abgewiesen, weil ihm schlichtweg niemand das Wasser reichen konnte. Allerdings war sie besorgt geworden, als immer mehr Zeit vergangen war und er nichts gesagt hatte. Immerhin war sie siebenundzwanzig und damit über ein Jahr älter als er.

Aber nun würde alles gut werden. Sie wusste es. Und es

machte ihr nichts aus, nach Australien zu ziehen, um bei ihm zu sein. Sie würde überallhin gehen und alles tun, um Benedict Caine dazu zu bringen, sie zu heiraten. Mit liebevoller Miene beobachtete sie, wie er davonging, ein so gut aussehender Bursche, so voller Energie und Zielstrebigkeit, zugleich jedoch freundlich. Kein Wunder, dass er allseits beliebt war. In ihren Augen reichte niemand an ihn heran.

In der Nacht nach Lizas Misshandlung lag sie im Bett und lauschte auf Geräusche der Menschen in den nahen Häusern, wenn sie aufstehen und den Tag in Angriff nehmen würden. Viele mussten vor Sonnenaufgang aus den Federn, und Liza verließ sich darauf, um zu wissen, wann es an der Zeit wäre, zu verschwinden. Den Großteil der Nacht hatte sie wach gelegen, vor lauter Angst, die Chance zu verpassen. Das eine oder andere Mal war sie kurz eingedöst und wenig später wieder aufgewacht, erschrocken, weil sie dachte, verschlafen zu haben.

Endlich hörte sie, worauf sie gewartet hatte – Menschen, die sich im Haus nebenan rührten. Das bedeutete, dass bald der Morgen grauen würde.

Vorsichtig schob sie sich aus dem Bett und verharrte regungslos, als ihre Schwester etwas murmelte. Als Nancy verstummte und weiterschlief, hob Liza den Haufen Kleidung auf, den sie auf dem Boden bereitgelegt hatte. Dann durchquerte sie damit in den Armen das Zimmer. Obwohl sie vor Kälte bibberte, würde sie sich erst unten anziehen.

An der Tür drehte sie sich um und warf einen letzten Blick auf ihren kleinen Bruder und ihre kleine Schwester. Im schwachen Licht vom Fenster konnte sie nur dunkle Umrisse erkennen. Mit Tränen in den Augen hauchte sie: »Lebt wohl.« Dann schloss sie langsam, behutsam die Tür hinter sich.

Das Klicken des Schlosses klang in der Finsternis so laut, dass sie eine Minute lang verharrte und sich das Bündel Kleidung an die Brust drückte, während ihr Herz vor Angst wie wild hämmerte. Aus dem Zimmer vorn hörte sie ihren Vater schnarchen, aus dem ihrer älteren Brüder ertönten keinerlei Geräusche. Na ja, sie schliefen immer wie Tote und waren morgens kaum aus den Betten zu bekommen. Von ihnen gehört zu werden, fürchtete sie nicht wirklich. Als sich niemand rührte, traute sie sich, weiter vorzurücken. Auf Zehenspitzen schlich sie die Treppe hinunter.

In der Küche blieb sie stehen, um sich letztlich anzuziehen. Als sich die Katze miauend um ihre Beine schlängelte, schob Liza sie weg. Sie verzichtete darauf, etwas zu essen einzupacken, wollte nur weg, bevor sie jemand hörte.

Also schlich sie in den Laden, tastete in der Ecke zwischen den Lumpen nach ihren eigenen Sachen und stopfte sie in einen alten Kissenbezug. Es waren so wenige davon übrig, dass sie auch den Stapel der toten Mrs Marshall aufhob und ebenfalls darin verstaute. Ihre Kleidung passte Liza einigermaßen, und sie war sauberer als der Großteil im Laden. Außerdem fand sie es dafür, was er ihr angetan hatte, nur recht und billig, sie sich zu nehmen. Und niemand könnte behaupten, sie hätte sie gestohlen, denn er hatte sie ihr geschenkt.

Schließlich öffnete sie die Geldschublade unter der Theke und holte die wenigen Kupfermünzen heraus, die sie darin fand. So sehr es ihr widerstrebte, sie zu stehlen, zumindest ein bisschen Geld musste sie in der Tasche haben.

»Du wirst mehr als das brauchen!«

Die Stimme ertönte geflüstert, doch Liza hatte niemanden kommen gehört. Mit einem erschrockenen Japsen wirbelte sie herum. Das Blut toste ihr vor Panik durch die Ohren. Als sie sah, um wen es sich handelte, erschlaffte sie erleichtert gegen die Theke. »Ma! Was machst du so früh schon auf?«

»Ich schlafe in letzter Zeit nicht gut. Deshalb habe ich dich die Treppe runterschleichen gehört. Also bin ich nachsehen gekommen, was du vorhast. Du willst ausreißen, nicht wahr?«

Liza schaute zur Ladentür und überlegte, ob sie es schaffen könnte, den großen Schlüssel aus Eisen zu drehen und die Straße hinunter zu flüchten, bevor ihre Mutter eine Warnung an ihren Vater brüllen könnte.

Mary verzog das Gesicht. Eine Träne kullerte ihr über die Wange. »Ich verrate dich nicht, mein Schatz. Hier.« Sie kramte in der Tasche und streckte Liza etwas entgegen.

»Was ist das?«

»Geld. Ich weiß, wo dein Vater seine Ersparnisse versteckt – von denen jetzt nicht mehr viel übrig ist. Als ich geahnt habe, dass du weglaufen wirst, habe ich mir einen Teil davon geholt. Nur zu, nimm es. Du musst so weit wie möglich von Pendleworth weg. Wenn Con dich erwischt …«

Liza spürte, wie ihr die Tränen kamen und sich über ihre Wangen ergossen. Sie wischte sie nicht weg. »Oh Mama!«, flüsterte sie heiser. »Ich will dich nicht verlassen.«

Mary streckte die Arme aus. »Ich weiß, Liebes.« Sie vergrub das Gesicht an der kräftigen jungen Schulter ihrer Tochter und schluchzte gequält. Da sie sich bemühte, leise zu sein, klangen die gedämpften Laute umso herzzerreißender. »Ich bin … nicht stark genug gewesen, um ihm die Stirn zu bieten. Es tut mir leid. Bitte versuche, nicht allzu schlecht von mir zu denken.«

Liza umarmte sie innig und hätte sie am liebsten nicht mehr losgelassen. Doch sie wusste, wenn sie noch länger bliebe, würde jemand sie hören. Solche klapprigen kleinen Häuser hatten dünne Wände. Falls Dermott oder Niall sie verfolgten, würden sie Liza mühelos fangen, denn sie waren stark – manchmal stärker, als ihnen guttat, wenn sie in Raufereien gerieten. In den vergangenen ein, zwei Jahren hatte es mehrere unerfreuliche Zwischenfälle im Pub gegeben. Nach einem davon hatte Mr Ludlams Mieteintreiber sie aufgesucht und die Warnung ausgesprochen, die gesamte Familie würde vor die

Tür gesetzt, wenn sich die beiden jungen Männer nicht fortan benähmen.

Mit der verstreichenden Zeit im Hinterkopf löste sich Liza aus der Umarmung, nahm das Geld an, wickelte es in ein Stück Stoff und steckte es in die Tasche. »Danke, Ma.«

»Wohin willst du gehen, Schatz?«

»Das … das sage ich dir lieber nicht. Aber es ist sehr weit weg, und ich komme nicht zurück.«

Mary schmierte ein weiteres Rinnsal Tränen weg und nickte. »Hast schon recht. Aber wenn du – irgendwann – kannst, schreibst du mir dann und lässt mich wissen, wie es dir geht?«

Liza nickte nur. Sie stand so kurz davor, die Fassung zu verlieren, dass sie ihrer Stimme nicht noch einmal zu trauen wagte. Sie ergriff ihr Bündel und hob die Türglocke vorsichtig vom Haken, bevor sie die Tür nach draußen öffnete. Nach einem tiefen Atemzug huschte sie hinaus ins kalte Grau eines nebligen Morgens, ohne noch einmal zurückzuschauen.

Mary ging zur Tür, bevor sie eine Weile die Stirn an den Rahmen lehnte und inbrünstig zur heiligen Jungfrau betete, sie möge ihre Tochter beschützen. Dann schloss sie die Tür leise, ohne die Glocke wieder anzubringen, und schlich auf Zehenspitzen in die Küche. Wenn die anderen aufstanden, würde sie vorgeben müssen, nicht zu wissen, dass Liza gegangen war. Auch über das fehlende Geld würde sie Ahnungslosigkeit heucheln müssen. Ihr Ehemann würde außer sich vor Wut sein.

Seufzend machte sie sich daran, das Feuer im Herd anzufachen. Manchmal wünschte sie sich, einfach einzuschlafen und nicht wieder aufzuwachen. Mittlerweile fürchtete sie sich praktisch ständig davor, Con zu erzürnen. Seit sie nach England gekommen waren, hatte er sich in einen gemeinen, gewalttätigen Mann verwandelt. Und doch konnten sie sich glücklich im Vergleich zum Rest ihrer Familie schätzen. Die meisten ihrer Angehörigen waren bei der großen Hungersnot durch die neuartige Kartoffelfäule umgekommen. Con und sie hatten rechtzeitig vor dem Ausbruch alles verkauft, als es noch Leute mit ausreichend Geld gegeben hatte, um einen fairen Preis für ihre wenigen Möbel zu bezahlen. So hatten sie genug zusammenbekommen, um den Laden zu eröffnen. Und auch, wenn er nicht so gut lief wie erhofft, ernährte er die Familie mehr oder weniger.

Bei dem Gedanken konnte sie sich ein kurzes verbittertes Lachen nicht verkneifen. Eigentlich lief der Laden so gut wie eh und je. Nur versoff Con in letzter Zeit mehr von den Gewinnen. Und ihre beiden ältesten Söhne nahmen sich stets mehr als ihren gerechten Anteil am Essen im Haus. Sie selbst hungerte deswegen zwar nie wirklich, sehr wohl jedoch Nancy und Kieran. Das wusste sie und hatte doch kaum etwas unternommen, um den Kleinen zu helfen. Tja, ab sofort würde sie sich dabei mehr Mühe geben. Eine Tochter war gegangen. Sie wollte nicht auch die andere verlieren. Ebenso wenig würde sie zulassen, dass ihr jüngster Sohn mit seinem sanftmütigen Wesen so verrohrte wie seine älteren Brüder.

Sie setzte den Kessel über dem Feuer auf, bevor sie sich am Tisch niederließ und sich bemühte, nicht zu weinen. Als sie oben Cons Schritte hörte, senkte sie den Kopf auf die Arme und gab vor, zu dösen. Sie stand oft früh auf und kam herunter, um still und allein am Tisch zu sitzen.

Mary ließ sich von ihrem Mann wachrütteln und von ihm eine Tasse Tee zubereiten. Das waren die einzigen Zeiten, in denen er sich annähernd wie der alte Con verhielt, in den sie sich als blutjunges Mädchen, genauso hübsch wie Liza, verliebt hatte. Doch sobald er sein Tageswerk begann und seine Füße zu schmerzen anfingen, wurde er wieder übellaunig.

»Ist sie schon wach?«, fragte er und deutete mit dem Kopf nach oben.

»Liza?«

»Ja.«

»Ich habe sie noch nicht gehört.« Nach kurzem Zögern fügte Mary hinzu: »Du solltest sie nicht zwingen, diesen Teddy Marshall zu heiraten, Liebster. Der Mann ist ein widerwärtiges Tier.«

»Aber im Vergleich zu uns reich. Und sobald er sie geheiratet hat, wird er dafür sorgen, dass es ihrer Familie an nichts fehlt.« Con setzte sich neben sie, legte ihr den Arm um die Schultern und starrte in die tänzelnden Flammen. »Wir müssen daran denken, was das Beste für uns alle ist, nicht nur für Liza.«

Mary sparte sich den Versuch, mit ihm zu diskutieren. Er änderte nie seine Meinung, wenn er sich erst eine gebildet hatte. So saßen sie eine Weile gesellig schweigend da, bis Nancy herunterkam. »Wo ist Liza?«

Con sprang auf. »Was meinst du damit, wo Liza ist? Schläft sie nicht oben in ihrem Bett?«

»Nein, Pa.«

Dann brach die Hölle los.

Benedict saß stundenlang an einem Ende des Küchentischs und kritzelte mit Bleistift Notizen unter Überschriften wie Landgeräte, Saatgut und Pflanzen, Haushaltswaren und Mobiliar. Dann holte er sich das Tintenfass, setzte eine frische Feder in den Halter ein und fertigte in seiner schönsten Handschrift je zweifach ordentliche Aufstellungen an.

Als er am nächsten Tag zu Mr Ludlam zurückkehrte, hatte er seine Zahlen beisammen und wusste, was er verlangen musste, wenn er nach Australien auswandern sollte. Er beobachtete, wie Saul Ludlam seinen Kneifer auf dem Nasenrücken platzierte, bevor er mit dem Finger die Listen entlangfuhr. Benedict zügelte seine Ungeduld, indem er hinüber zum Fenster ging und hinausschaute, während er dem leisen Rascheln von Papier hinter ihm lauschte.

Endlich räusperte sich Ludlam. Als sich Benedict umdrehte, deutete der Mann ihm, sich wieder zu setzen. »Du bist fleißig gewesen, Caine.«

»Ja, Sir. Auf ein so großes Unterfangen sollte ich mich nicht unvorbereitet einlassen.«

»Kannst du mir eine weitere Aufstellung der Sachen anfertigen, die Josiah für seine Farm brauchen wird? Ist wohl besser, wenn jeder seine eigene Ausrüstung mitnimmt.« Saul hatte gehofft, der Leiter seines Betriebs könnte das für ihn übernehmen. Aber der Narr schien gerade mal zu seinen täglichen Aufgaben fähig zu sein. Er hatte lediglich eine lückenhaft hingekritzelte Liste zustande gebracht, nicht annähernd so gründlich wie Caines wohlüberlegte Anmerkungen. Saul betrachtete die Zettel. Ihn irritierte, dass ein bloßer Landarbeiter so gebildet zu schreiben vermochte. Die Worte bestanden aus kräftigen schwarzen Federstrichen, und sogar die Zahlen bildeten gerade Linien. Bei Gott, heutzutage gab es zu viel Bildung für die niederen Klassen!

Benedict legte den Kopf schief. »Ja, kann ich. Sobald wir uns auf den Preis für meine Abreise geeinigt haben. Sie müssen mir allerdings sagen, wie viel Sie für Ihren Sohn auszugeben gedenken und was für eine Landwirtschaft er betreiben will.«

»Ich werde ausgeben, was nötig ist, um ihm einen ordentlichen Start zu ermöglichen – aber nicht mehr. Das habe ich seiner Mutter versprochen, und ich stehe zu meinem Wort. Nur was weiß ich schon darüber, welche Formen der Landwirtschaft sich anbieten? Du scheinst ja herausgefunden zu haben, was es braucht, um sich dort niederzulassen. Also überlasse ich das dir.« Saul hatte seiner Schwiegertochter erst am Vorabend versprochen, dass es ihr nie an etwas mangeln sollte. Deshalb hatte er vor, Catherine ein wenig eigenes Geld mitzugeben und sie aufzufordern, es vor Josiah und seinem

Hang zu Verschwendung zu verstecken. Er wollte nicht, dass etwas sein Gewissen belastete.

Nachdem er Caines entschlossene Miene gründlich gemustert hatte, gelangte er widerwillig zu dem Schluss, dass er sein Angebot erhöhen müsste. »Es kommt nicht infrage, dir alles bereitzustellen, was du verlangst. Aber ich gebe dir hundert Pfund *und* sorge für die Hälfte der Sachen auf deiner Liste. Den Rest musst du dir selbst beschaffen.« Damit begann er, das Papier zurück über den Schreibtisch zu schieben, als wäre die Angelegenheit geklärt.

Benedict streckte abwehrend die Hand aus und begegnete ungerührt seinem Blick. »Nein. Das ist nicht annähernd genug, um mich zu überzeugen. Denn eigentlich will ich ja gar nicht nach Australien – wie Sie sehr wohl wissen.«

Saul ließ Stille andauern, bis sie unangenehm wurde. »Das könnte sich nachteilig auf deine Familie auswirken.«

»Das wäre Ihre Entscheidung und würde auf Ihrem Gewissen lasten, nicht auf meinem. Ich bin bereit, Ihren Wünschen nachzukommen, wenn ich darin einen Vorteil für mich sehe. Aber da ich mein Leben dafür auf den Kopf stellen muss, ist es nur fair, mich angemessen zu entschädigen … Sir.« Zu jenem letzten Wort musste er sich jedes Mal überwinden, aber es war nicht der richtige Zeitpunkt, Ludlam zu verärgern. Benedict holte tief Luft und unterbreitete ihm ein Gegenangebot. »Wenn ich dort ein Leben für mich und für Ihren Sohn aufbauen soll, will ich dreihundert Pfund und alles von der Liste – und ich werde sie beim Verpacken abhaken, das können Sie mir glauben.«

Ludlam schluckte entrüstet. »Unmöglich!«

Benedict zuckte mit den Schultern und stand auf.

»Wo willst du hin, Caine?«

»Nach Hause. Danach verlasse ich Pendleworth und sehe mich nach einem kleinen Hof zum Pachten um.«

»Komm zurück! Ich bin noch nicht fertig mit dir.«

Benedict setzte sich mit vor der Brust verschränkten Armen wieder. Seine Hoffnung stieg.

Saul gab sich dem Vergnügen einer harten Verhandlungsrunde hin, in deren Verlauf der jüngere Mann zweimal zum Gehen aufstand. Einmal forderte Saul ihn lauthals auf, aus seinem Haus zu verschwinden. Doch bevor er die Haustür erreichte, rief er den Flur hinunter, er sollte auf der Stelle zurückkommen.

Beide setzten nicht alles durch, was sie wollten, waren jedoch mit der endgültigen Vereinbarung zufrieden, denn Saul glaubte Caine, der feierlich versprach, er würde Josiah beistehen. Mittlerweile bedauerte er nur noch, dass er nicht sehen können würde, wie sich sein Sohn schwitzend anstrengte, um sich den Lebensunterhalt zu verdienen. Aber der bloße Gedanke daran erfüllte Saul mit tiefer Befriedigung.

Am selben Tag stand Dorothy Pringle so früh wie üblich auf, obwohl sie bis fast Mitternacht das gute Porzellan in Stroh und Zeitungspapier gepackt hatte. Maggie hatte frei, also ging sie in die Küche, um sich selbst eine Tasse Tee zuzubereiten. Als sie die Hintertür öffnete, um frische Luft herein- und die Kochgerüche vom Vorabend hinauszulassen, rutschte ihr ein erschrockener Aufschrei heraus, als sie eine auf der Stufe kauernde Gestalt erblickte.

»Himmel, Kind! Was machst du denn um diese Stunde hier?«

Liza rappelte sich auf die Beine. »Ich … ich bin hergekommen, weil ich fragen wollte, ob Sie mich immer noch mit nach Australien nehmen wollen, Mrs P.«

Dorothy ergriff das Kinn des Mädchens. Behutsam drehte sie das blaue Auge und die geschwollene Wange ins Licht. »Was ist passiert?«

»Pa hat mich geschlagen.« Liza hatte beschlossen, nichts davon zu sagen, wie Marshall sie geschändet hatte. Sie bemühte sich, nicht mal daran zu denken, weil ihr dabei jedes Mal zugleich schlecht und zum Weinen zumute wurde.

»Warum?«

»Weil ich mich weigere, diesen schrecklichen alten Mann zu heiraten.«

Als Dorothy einen weiteren Blick auf die schillernden blauen Flecke und die verquollenen, geröteten Augen warf, regte sich Mitleid in ihr. »Komm auf der Stelle herein und lass mich dein armes Gesicht mit Salbe behandeln.«

Doch Liza rührte sich nicht. »Es tut mir leid, aber wenn Sie mich nicht nach Australien mitnehmen, muss ich so schnell wie möglich weg.« Sie spähte den Weg hinunter, als fürchtete sie, verfolgt zu werden.

Dorothy legte ihr einen Arm um die dünnen Schultern. »Aber natürlich will ich dich mitnehmen! Haben wir uns nicht darauf geeinigt, dass du darüber nachdenkst und mir dann deine Antwort mitteilst?«

Erst da verlor Liza die Fassung, fing zu schluchzen an und ließ sich von Dorothy Pringle hineinführen und umsorgen.

Als Andrew zu ihnen herunterkam, entfuhr ihm beim Anblick von Lizas misshandeltem Gesicht ein entsetzter Ruf. Dann verkündete er, ihre Anwesenheit bei ihnen mit Freuden geheim zu halten, weil ihm Grausamkeit in jeder Form zutiefst widerstrebte.

Nach einer Weile stellte Dorothy ihre Teetasse ab und meinte nachdenklich: »Wenn sie hierbleibt, Andrew, werden es die Leute erfahren. Dann kommt es ihrem Vater zu Ohren, und er hätte das Recht, sie uns wieder wegzunehmen. Sie wird vorausreisen müssen.«

Abrupt horchte Liza auf. Die vergangenen zwei Nächte hatte sie kaum geschlafen. Sie fühlte sich so erschöpft, dass sie beim bloßen Gedanken daran, weiterzureisen, am liebsten gleich wieder geweint hätte.

Langsam nickte Andrew. »Du hast recht. Kitty könnte

nicht mal dann ein Geheimnis für sich behalten, wenn es um ihr Leben ginge, und Maggie ist das geborene Klatschweib. Gut, dass sie heute freihat. Kannst du sonst irgendwohin, Liza? Wir segeln erst in drei Wochen.«

»Nein. Nirgendwo.« Das Geld von ihrer Mutter, das sie unterwegs gezählt hatte, erwähnte sie nicht. Mit dem Wissen, es bei sich zu haben, fühlte sie sich erheblich sicherer. Von fünf Pfund konnte man lange leben.

»Dann müssen wir für sie einen Unterschlupf finden, wo sie bleiben kann, bis wir in See stechen. Einen Ort, an dem man sie nicht kennt.« Mit gerunzelter Stirn überlegte Dorothy. »Ich hab's, Andrew! Deine frühere Amme. Du wolltest Phoebe ohnehin besuchen, um dich von ihr zu verabschieden. Weder Kitty noch Maggie wären verwundert, wenn du heute zu ihr fährst. Nur wirst du ihr etwas für Lizas Unterhalt geben müssen.« Sie warf einen Blick auf die Uhr. »Wenn du sofort aufbrichst, bist du leicht bis zum Einbruch der Dunkelheit zurück.«

Während er sich fertig machte, packte Dorothy etwas zu essen ein und klärte Liza auf. »Phoebe lebt in einem kleinen Dorf vor Preston. Wenn es an der Zeit ist, in See zu stechen, kannst du von dort einfach einen Zug nach Liverpool nehmen.«

Liza hatte den Bezirk noch nie verlassen. Und erst recht war sie noch nie mit der Eisenbahn gefahren. Dennoch nickte sie nur und schluckte hinunter, wie nervös sie bei der Vorstellung wurde, es allein bewältigen zu müssen.

Als Dorothy ein Bündel mit Essen geschnürt hatte, sagte sie unverhofft: »Lass mich jetzt nicht im Stich, Liza. Ich werde deine Hilfe in Australien wirklich brauchen.«

»Werde ich nicht, Mrs P. Ich werde richtig hart arbeiten, das verspreche ich Ihnen. Ich bin Ihnen ja so dankbar.«

Als Benedict das Gelände der Pendleworth Hall verließ, blieb er stehen, sah sich mit strahlender Miene um und schlug sich mit der Faust in die Hand. Selbst wenn es nicht von Dauer wäre, weil es ihm in Australien nicht gefiele, würde er so hart arbeiten, dass er irgendwann mit genug Geld zurückkäme, um sich in England etwas Eigenes zu kaufen.

»Du siehst zufrieden mit dir aus.«

Benedict drehte sich herum. »Oh, du bist es.«

Josiah sank vor ihm in eine schwungvolle, mokante Verbeugung. »Ganz recht. Ich habe auf dich gewartet.« Kurz zögerte er, bevor er das Gesicht verzog und sich an einen Baum lehnte. »Ich wollte mit dir reden und dich bitten, den Alten zu überzeugen, uns nach Sydney statt in die Kolonie Swan River zu schicken.«

Benedict ließ sich auf einem umgestürzten Baumstamm nieder und verschränkte die Finger um ein angehobenes Knie. »Da bin ich mit dir einer Meinung, nur von dem Punkt lässt sich dein Vater nicht abbringen. Ich habe es schon versucht, weil mir selbst die Ostküste viel lieber gewesen wäre. Am besten wäre es in der Nähe von Melbourne. Es heißt, dort boomt es, seit man in der Gegend auf Gold gestoßen ist. Aber dein Vater hat sich etwas Abgelegeneres in den Kopf gesetzt und rückt davon nicht ab.«

Josiah drehte sich um und rammte die Faust in den Baum. Er schien weder die Schmerzen noch das Blut an seinen zerschrammten Knöcheln zu bemerken. »Verflucht soll er sein!«, tobte er. »In der Hölle soll er schmoren! Warum kann er mich nicht nach Amerika schicken? Warum in diese gottverlassene Gegend?«

Unwillkürlich verspürte Benedict Mitleid mit seinem baldigen Reisegefährten. »Er will dich dort verschwinden lassen, auf dass dich niemand je wiederfindet. Und mich anscheinend ebenso.«

Josiah hielt inne. »Du willst auch nicht fort?«

»Nicht wirklich, nein.«

Eine Weile herrschte Stille, die nur der durch die noch kahlen Äste säuselnde Wind durchbrach. Dann schauderte Josiah. »Tja, ich werde nicht den Rest meiner Tage dort verbringen. Wir bleiben ein paar Jahre und machen irgendwie einen Erfolg aus dem Unterfangen, dann verkaufen wir alles – oder ich zumindest.«

»Was du machst, ist deine Sache. Aber bevor wir irgendetwas mit Gewinn verkaufen können, müssen wir das Land erst mal roden. Und das wird harte Arbeit. Knochenarbeit, hat man mir erzählt.«

Josiahs Stimme klang verächtlich. »Ich werde genug Geld dabeihaben, um dafür Arbeiter anzuheuern.«

»Wenn du welche finden kannst. Die sind dort rar gesät, hat man mir gesagt. Du wirst wohl einen Teil der körperlichen Arbeit selbst verrichten müssen.«

»Das werden wir noch sehen.« Josiah schwebte vor, ein prunkvolles Anwesen mit angeschlossener Farm zu erschaffen, ein neues Pendleworth. Diese von Cat übernommene Idee bot ihm den einzigen Trost in der traurigen Misere. Er überlegte sich bereits, wie das Haus aussehen sollte. Aus Backsteinen gemauert, zweigeschossig, mit einem Keller und einem Dachboden. Ein breiter Zufahrtsweg. Üppige Gärten. Eigener Besitz wäre es wert, hart dafür zu arbeiten. Und selbst, wenn er es nie wagen würde, nach England zurückzukehren, könnte ihn nichts davon abhalten, künftig in Amerika oder an einem anderen erfreulicheren Ort zu leben, wenn es ihm im Westen Australiens nicht gefiele. Sein Vater würde ihn dort nicht aufspüren können. Vorerst jedoch würde das Geld nur in kleinen Tranchen in Perth ausbezahlt werden. Er hatte also keine andere Wahl, als sich in die Kolonie Swan River zu begeben.

Benedict zuckte mit den Schultern. »Du kannst machen, was du willst, solange dir klar ist, dass nicht ich allein die Knochenarbeit verrichten werde, während du untätig herumsitzt und den feinen Herrn spielst.«

»Das habe ich verstanden.«

Eine Weile verstummten die beiden Männer wieder, bis Benedict fragte: »Was ist mit Catherine? Ist sie nicht zu gebrechlich für ein solches Leben? Es heißt, dort sollen recht unwirtliche Bedingungen herrschen. Kannst du sie nicht hier lassen und erst dann nachholen, wenn du wenigstens ein Haus gebaut hast?«

»Sie *will* mitkommen.« Josiah starrte zu den anmutigen Mustern der Zweige hoch, nahm jedoch nur Licht und Schatten wahr. »So seltsam es dir erscheinen mag, sie und ich sind gut befreundet.«

Benedict wagte einen weiteren Rat. »Dann schlage ich vor, du besorgst ihr vor dem Aufbruch eine starke Magd. Ich habe erfahren, dass man dort Bedienstete weder für Liebe noch für Geld bekommt. Sie wird jemanden für die schwereren Arbeiten brauchen.«

»Sie hat schon eine Dienstmagd. Penny ist ihr treu ergeben und hat eingewilligt, mitzukommen.«

»Diese Penny ist bloß eine Schwatzbase. Ihr werdet jemanden brauchen, der backen, putzen und die Wäsche erledigen kann. Nicht jemanden, der an Frisuren und Kleidung herumzupft.«

Ungeduldig schwenkte Josiah die Hand. »Für die gröberen Arbeiten können wir einheimische Frauen einstellen.«

»Du meinst die Eingeborenen? Ich bezweifle, dass sie sich dafür eignen. Man hat mir gesagt, dass sie primitiv sind. Und bisweilen gewalttätig.«

Josiah hielt sich vor Augen, dass Benedict lediglich zu helfen versuchte. »Das Wohlergehen meiner Ehefrau kannst du getrost mir überlassen, Caine. Glaub mir, ich werde mich sehr gut um sie kümmern.«

Davon war Benedict alles andere als überzeugt. Aber wenn ein Ludlam einen bestimmten Ausdruck im Gesicht hatte und diesen unterkühlten Ton anschlug, dann konnte man genauso gut auf einen Stein einreden und hoffen, er würde es sich anders überlegen. Das wussten alle auf dem Gutsbesitz. Und trotz aller Unzulänglichkeiten war Josiah ein Ludlam durch und durch. Genauso arrogant wie der Rest des Packs.

Benedict verdrängte Josiah aus den Gedanken und marschierte los. Er wollte geradewegs zu Grace, um sie zu bitten, ihn zu heiraten. Er würde sie nicht gleich nach Australien mitnehmen, sondern nachholen, sobald er einen Platz zum Leben für sie geschaffen hätte. Sie würde die perfekte Ehefrau für einen fleißigen Farmer sein.

Catherine lag im Bett und verspürte keinerlei Lust, aufzustehen. So empfand sie neuerdings oft. Dabei hatte sie früher so gern frühmorgens Spaziergänge unternommen – das einzig Schöne am Leben in diesem unglücklichen Haus. Nur wenn sie noch länger im Bett bliebe, würde ihr Dienstmädchen besorgt werden. Dann würde Jos hereinkommen, um nach ihr zu sehen. Und bevor sie wusste, wie ihr geschah, würde man den Arzt kommen lassen. Und Catherine wollte keinen. Auf keinen Fall. Was hätte das auch für einen Sinn? Kein Arzt könnte ihr noch helfen.

Also schleppte sie sich aus dem Bett und zwang sich zu einem Lächeln, als Penny – dazu vereidigt, über das Gebrechen ihrer Herrin zu schweigen – ihr beim Ankleiden half und ihr die Haare richtete. Danach ging sie zu dem späten Frühstück hinunter, das die Damen in der Regel zwei Stunden, nachdem Saul mit seinen Söhnen zur Fabrik aufgebrochen war, zusammen einnahmen.

An der Tür zum Esszimmer hielt sie inne. Ihre Schwiegermutter saß mit verquollenen, geröteten Augen an ihrem angestammten Platz am Kopfende des Tischs. Zweifellos weinte sie noch immer wegen Josiah. Und die beiden Schwägerinnen zankten sich wieder mal über etwas. Catherine unterdrückte ein Seufzen, bevor sie zur riesigen Anrichte aus Mahagoni ging, wo Stövchen unter den Silbertabletts die Speisen mehr oder weniger warm hielten, und sich einen Teller füllte. Der Geruch von Nieren brachte sie zum Schaudern. Sie begnügte sich mit etwas Schinken und einer dünnen Scheibe Brot.

»Du isst in letzter Zeit ja kaum noch etwas«, merkte Sophia besorgt an. »Kein Wunder, dass du abnimmst.«

»Oh, ich nehme mir danach einen Apfel.« Catherine zwang sich, etwas vom Schinken abzuschneiden und sich einen winzigen Happen in den Mund zu schieben.

Ihr wurde bewusst, dass alle sie anstarrten. »Entschuldigung. Habt ihr was gesagt?«

Sophia tätschelte ihre Hand. »Ich habe mich erkundigt, wie es dir dabei geht, nach Australien zu ziehen, meine Liebe. Mir erscheint es äußerst ungerecht, dass du wegen Josiah leiden sollst.« Sie wischte eine Träne weg.

Catherine konzentrierte sich auf das Essen, obwohl ihr vom Geruch des Schinkens übel wurde.

»Wir müssen dafür sorgen, dass du alles hast, was du zum Mitnehmen nach Australien brauchst«, fuhr Sophia fort. »Wir holen die Schneiderin für neue Unterwäsche her. Und Kleider. Reichlich Kleider. Schuhe brauchst du auch. Am besten gleich mehrere Paare. Und Weißzeug. Man weiß ja nicht, was man dort zu kaufen bekommt.«

Plötzlich wurde Catherine von Übelkeit überwältigt. »Entschuldigt mich. Mir ist … ein bisschen flau.« Damit eilte sie nach oben in ihr Zimmer und erbrach die wenigen gegessenen Happen in die Waschschüssel.

Es klopfte an der Tür. Als sie öffnete, stand Sophia mit hoffnungsvoller Miene davor.

»Liebes, du bist doch nicht etwa …«

Catherine hätte es gern geleugnet. Aber sie dachte an die Geschichte, die sie ihrem Vater aufgetischt hatte. Die Geschichte, die ihr fünfzig goldene Sovereigns und ein Empfehlungsschreiben an den Gouverneur eingebracht hatte, den James Rawley flüchtig kannte. Allerdings hatte sie das Josiah ebenso verheimlicht wie das andere Geld, das Saul ihr als persönliches Geschenk überreicht hatte. »Es ist noch früh. Ich kann mir nicht sicher sein.«

Sophias rundliches Gesicht erstrahlte. Spontan umarmte sie ihre Schwiegertochter. »Ich freue mich so für dich.«

»Bitte sag den anderen nichts. Du weißt ja, dass ich es nicht leiden kann, wenn Aufhebens um mich gemacht wird.«

»Aber wenn wir Saul davon erzählen …«

»Er wird seine Entscheidung, Josiah wegzuschicken, nicht überdenken, glaub mir.«

Sophias Züge fielen in sich zusammen, und sie blinzelte sich anbahnende Tränen weg. »Er ist in letzter Zeit so streng geworden.«

Nachdem Sophia gegangen war, legte sich Catherine hin. Schuldgefühle stellten sich ein, weil sie ihre freundliche Schwiegermutter in einem Irrglauben über ihren Zustand ließ. Obwohl sie sich bemühte, Josiah gegenüber Zuversicht auszustrahlen, plagten sie Sorgen wegen der langen Reise nach Australien. Es würde eine schwierige Zeit für sie werden. Außerdem würde ihr die Umgebung fehlen, in der sie aufgewachsen war – und in der sie so gern das restliche Leben verbracht hätte.

Con Docherty graste ganz Pendleworth ab. Er klopfte an jede Tür in der Underby Street, ohne sich um den Klatsch zu scheren, den er damit heraufbeschwor. Er wollte seine Tochter zurück, wollte die Gewissheit, dass es ihr gut ging – auch wenn sie das sturste Frauenzimmer war, mit dem er sich zu seinem Leidwesen je hatte herumschlagen müssen. Warum wollte sie Teddy Marshall nicht heiraten? Damit würde sie ihnen allen das Leben erleichtern.

Seine Stimmung schwankte zwischen Zorn und Besorgnis.

Mary bekam kein vernünftiges Wort aus ihm heraus. Die Jungen auch nicht.

Niall und Dermott hatten eigene Probleme. Marshall wollte von Niall sein Geld zurück, weil er behauptete, betrogen worden zu sein. Aber da es zwei gegen einen stand, konnte er nicht mehr tun, als sie wüst zu beschimpfen. Er kam herüber in den Laden gestürmt und verlangte auch die Kleidung seiner verstorbenen Frau zurück, doch als sie danach suchten, stellten sie fest, dass Liza sie wohl mitgenommen hatte.

»Ich hetze ihr das Gesetz auf den Hals, der diebischen kleinen Schlampe!«, wütete er.

»Dann erzähle ich, wie du dich ihr aufgezwungen hast«, schoss Con zurück. »Außerdem hast du ihr die Sachen geschenkt. Das habe ich selbst gehört und werde es aussagen. Wenn nötig, schwöre ich es auf die Bibel.«

Und so stürmte Teddy zurück auf die andere Straßenseite. Seine Wut ließ er an seinen Söhnen und der Frau aus, die für ihn putzte.

KAPITEL 5

Die Emigranten aus Pendleworth bereiteten sich nicht als Einzige auf die Abreise nach Australien vor. Agnes Fenton lag in einem großen weichen Bett in einem Liverpooler Hotel und streckte sich genüsslich. »Das wird mir fehlen«, meinte sie zu ihrem Ehemann. »Was glaubst du, wie die Betten auf dem Schiff sein werden?«

»Schmal und hart. Jetzt komm, du Faulenzerin. Du weißt doch, dass wir bis Mittag an Bord sein müssen.«

Sie schaute zwar widerwillig drein, aber sie stand auf. Nachdem er zu einem Spaziergang aufgebrochen war, rief sie ihre Dienstmagd, damit sie ihr beim Ankleiden half. Danach trug sie Joan auf, zu Ende zu packen und sich mit dem restlichen Gepäck auf den Weg zum Schiff zu machen. »Nimm dir eine Droschke. Wir müssen noch ein paar Besuche erledigen.«

»Ja, Miss Agnes.« Die etwa fünfzigjährige Magd bedachte ihre Herrin, die sie seit der Kindheit kannte, mit einem scharfsinnigen Blick. »Jetzt bereuen Sie es, nicht wahr?«

Agnes verzog das Gesicht. »Ja, schon. Aber es ist zu spät, um noch etwas zu ändern.«

»Tja, wenn man hinsegeln kann, dann kann man auch zurücksegeln.«

»Da hast du wohl recht.« Agnes umarmte ihre Zofe, bevor sie stirnrunzelnd hinunter ins Esszimmer ging. Sie hatte Joan nichts davon erzählt, doch eine Rückkehr würde äußerst schwierig werden, denn Gerards Onkel streckte ihnen das Geld für das Unterfangen vor und wollte es zurück. Als tüchtigen Farmer konnte sie sich ihren Ehemann nicht vorstellen. Blieb zu hoffen, dass sie in Westaustralien andere Möglichkeiten vorfinden würden, wie er sich beruflich verbessern könnte. Er hatte einige Empfehlungsschreiben. Bestimmt würde es für einen ehemaligen Offizier wie ihn eine Stelle bei der Regierung geben, oder?

Beim Frühstück nahm sie sich vor, Gerard zum Lachen zu bringen, was ihr auch gelang – allerdings schaffte sie es nicht, die eigene Beklommenheit zu verbannen. Sie fühlte sich in Gesellschaft in ihrem Element, ging mit Vorliebe ins Theater und zu Bällen, erfreute sich am neuesten Klatsch. Was um alles in der Welt sollte sie in den Kolonien mit sich anfangen?

Allerdings hatte sie Gerard tatkräftig dabei unterstützt, den Großteil seines Erbes zu verprassen, weil sie nicht gewusst hatte, wie wenig er besaß oder wie inkompetent er mit Geld umging. Also würde sie ihm nun wohl oder übel helfen müssen, seine Finanzen in Ordnung zu bringen. Danach würde sie deren Verwaltung übernehmen. Agnes schüttelte ihre düstere Stimmung ab. So würde sie es machen, was auch immer dafür nötig wäre.

Am Abend vor der Abreise kam Benedict zu Hause erst nach Mitternacht ins Bett. Er musste nicht nur ein schwieriges letztes Essen mit seiner Familie durchstehen, bei dem seine Mutter ohne Unterlass weinte, er hatte zudem Grace einen Abschiedsbesuch versprochen.

Benedict seufzte. Was für ein Durcheinander! Grace und er hatten mit einer Sondergenehmigung vor einer Woche heimlich geheiratet. Sie hatte sich für zwei Tage unter dem Vorwand losgeeist, dass sie eine alte Tante besuchte, er hatte behauptet, er müsste Vorräte beschaffen. Unredliches Verhalten gefiel ihm zwar gar nicht, doch Grace hatte überzeugend betont, es wäre für sie erheblich einfacher, wenn ihre Eltern nichts davon wüssten. Sie war überzeugt, dass sie versuchen würden, der Hochzeit einen Riegel vorzuschieben, obwohl sie mehr als alt genug war, um eigene Entscheidungen zu treffen.

Zusammen hatten sie beschlossen, dass sie bei ihrer Familie in England bleiben würde, bis er sie riefe. Erst dann würde Grace enthüllen, dass sie längst verheiratet war.

Mittlerweile konnte sich Benedict nicht mehr erklären, warum er dieser Geheimniskrämerei zugestimmt hatte. Vermutlich, weil sich sonst wohl seine Familie ebenfalls eingemischt hätte. Vielleicht auch nur, weil Grace es so gewollt hatte.

Und am Vortag hatte sie ihn damit vor den Kopf gestoßen, dass sie unverhofft vorgeschlagen hatte, gleich mit ihm nach Australien zu reisen. Tatsächlich hatte sie sogar darum gebettelt – und prompt hatten sie darüber ihren ersten Streit gehabt. Während er den stillen, vom Mond erhellten Weg entlangging, wünschte er plötzlich, er hätte sie nicht geheiratet – jedenfalls noch nicht. Das hatte die Lage unnötig verkompliziert. Mit dem Unterfangen, sich ein neues Leben aufzubauen, würde er auch ohne sie im Hinterkopf mehr als ausgelastet sein. Natürlich wollte er ihren Zwist wiedergutmachen – allerdings hoffte er, sie würde nicht wieder davon anfangen, mitkommen zu wollen. Und was, wenn sie es ihrer Familie doch erzählt hatte? »Herrje, du bist einfach nicht zum Lügen geschaffen, Benedict Caine«, murmelte er bei sich, als er auf den Pfad zur Farm der Newtons bog.

Als er eintraf, war es neun Uhr abends. Er fand das Haus dunkel vor. Wahrscheinlich hatte sich die Familie bereits zu Bett begeben. Was muss Grace von ihm denken?

Ein Hund begann, wild zu bellen, als er sich näherte. Und während Benedict ihn abwehrte, schlich sich ein anderer an und biss ihm ins Bein. Fluchend trat er das Tier weg, doch da stand Tom Newton bereits mit der Schrotflinte an der Tür und verlangte zu erfahren, wer in Dreiteufelsnamen sich da draußen herumtrieb.

Grace, noch angezogen, drängte sich vor ihn. »Das ist Benedict Caine, Vater. Er kommt meinetwegen – um sich zu verabschieden.«

»Ach ja? Also, ich kann mich nicht erinnern, dass er mich um Erlaubnis gebeten hätte, dir den Hof zu machen.«

Sie gab einen irritierten Laut von sich. »Ich bin siebenundzwanzig, also brauche ich niemandes Erlaubnis.«

Benedict rieb sich das Bein. Er spürte etwas Klebriges an der Hand und ein Loch im Stoff der Hose. »Einen so wilden Köter solltet ihr anketten! Seht nur, was er mit meinem Bein gemacht hat!«

Grace gab einen tadelnden Laut von sich. »Komm in die Küche und lass mich die Wunde auswaschen, Ben.«

Ihre verflixte Familie saß im Nachtgewand da und schaute dabei zu, wie er das Hosenbein hochkrempelte und sie das Blut abwischte.

Als sie fertig war, lächelte sie ihn an. »Ich begleite dich den Weg hinunter, Ben.«

Mrs Newton legte ihrem Mann eine Hand auf den Arm und warf ihm einen flehentlichen Blick zu.

Tom Newton sah sie beide finster an, bevor er barsch hervorstieß: »Sieh zu, dass du dich zu benehmen weißt, Caine!«

Draußen blieb Grace stehen und drehte sich ihm mit eindringlicher Miene zu. Das Mondlicht erhellte ihr Antlitz. »Du wirst mir fehlen, Ben. Lässt du mich nicht doch mitkommen? Bis morgen früh könnte ich gepackt haben.«

»Ach, was ist nur in dich gefahren? Sonst bist du vernünftiger.«

Sie seufzte. »Manchmal wäre ich lieber schön als vernünftig. Manchmal würde ich einen Mann lieber mit meinem Aussehen um den Verstand bringen, als ihn mit meinem Können als Milchmagd zu beeindrucken.«

Durch die Worte fühlte er sich schuldig. Also küsste er sie. Was prompt zu weiteren Intimitäten führte, die ihren Vater zur Weißglut getrieben hätten.

Als Benedict zur Northbrook Farm zurückkehrte, waren dort die Lichter hinter sämtlichen Fenstern erloschen. Dankbar für den Vollmond verweilte er am Tor und betrachtete das Zuhause, das er liebte, und versuchte, sich jede Einzelheit einzuprägen. Dann drehte er sich um, stützte sich auf das geschlossene Tor, ließ den Blick über die Felder wandern und genoss die Beschaulichkeit und Stille. Das Mondlicht spiegelte sich im Ententeich und verwandelte ihn vorübergehend in ein Gebilde versilberter Schönheit. Eine Bö brachte das Geäst der großen Eiche in der Nähe des Wegs zum Rascheln. Als Junge war er etliche Male auf jenen Baum geklettert. Er hatte einige der Eicheln eingepackt, weil er ausprobieren wollte, ob sie in Australien gedeihen würden. Eigentlich wollte er nirgendwohin, und schon gar nicht weg aus England. Verflucht sollte Saul Ludlam sein! Und Josiah gleich mit dazu!

Plötzlich öffnete sich die Haustür. Jemand kam langsam den Weg entlang auf ihn zu.

»Gehst du heute Nacht nicht ins Bett, Junge?«

»Pa! Warum bist du denn noch wach?«

»Hab auf dich gewartet. Ich wollte dir dafür danken, was du für uns tust.«

Benedict erstarrte. Damit hatte er am wenigsten gerechnet, denn sein Vater hatte in den vergangenen Wochen kaum ein Wort mit ihm gewechselt.

Jack stützte sich neben seinem Sohn auf das Tor. »Ich weiß, du hältst mich für schwach, weil ich so vor Mr Ludlam kusche. Aber Benedict, mein Junge, ich glaube wirklich, ich würde sterben, wenn ich diese Farm verliere. Sie mag ihm gehören, trotzdem ist mein Lebensblut in sie geflossen. Sobald du dein eigenes Land hast, wirst du verstehen, was ich meine.«

Benedict zog seinen Vater an sich, drückte ihn fest und innig, überrascht darüber, wie dünn der alte Mann geworden war. »Tja, du hast sie nicht verloren, oder?«

»Dank dir.« Jack ergriff die Hand seines Sohns und schloss

die von der Arbeit rauen Finger um einen weichen Lederbeutel. »Also, ich dachte mir … Na ja, es schien mir nur recht und billig zu sein, dir einen Teil deines Erbes vorzeitig zu geben, damit du einen Notgroschen hast – falls die Zeiten in Australien hart sind.«

»Pa, ich …«

»Es sind nur fünfzig Pfund, aber vielleicht brauchst du sie irgendwann. Und du hast dir das Geld mehr als verdient. Du bist ein guter Arbeiter, Sohn. Wir werden dich auf dem Hof schmerzlich vermissen.«

Eine weitere innige Umarmung, ein ersticktes Schluchzen in der Dunkelheit, dann schleppte sich Jack Caine zurück zum Haus.

Benedict schluckte schwer und wischte sich Tränen aus dem Gesicht. Das hätte er als Letztes von seinem Vater erwartet. Er vermochte nicht recht zu sagen, ob ihn die späte Anerkennung seiner Familie dafür, was er tat, eher schmerzte oder freute. Vielleicht auch beides.

Ach, verdammt, an diesem Abend wusste er gar nichts. Und wenn er nicht ein wenig Schlaf abbekäme, würde er zu nichts zu gebrauchen sein, wenn er in Liverpool ankäme.

Als Benedict am nächsten Tag an den Docks eintraf, war er noch so verärgert und aufgewühlt, dass er von den Straßen der Stadt kaum etwas mitbekam, während er in der Droschke durchgeschüttelt wurde. Mürrisch betrachtete er das Schiff, das alt und müde wirkte. Wieso um alles in der Welt hatte Ludlam Plätze auf einem Segelschiff für sie gebucht, wo doch mittlerweile Schiffe mit Hilfsantrieben die Route befuhren, auch wenn sie nicht ausreichend Brennstoff transportieren konnten, um sie bis nach Australien einzusetzen? Mit diesem Kahn würden sie der Gnade des Winds ausgeliefert sein. Und er hatte genug über Flauten gelesen, um zu wissen, dass sie tagelang anhalten konnten.

Als der Steward ihn zu den Unterkünften für alleinstehende Männer führte, blieb Benedict abrupt am Fuß des Niedergangs stehen. Er hatte gewusst, dass Saul Ludlam für ihn im Zwischendeck gebucht hatte, doch in der großen Kabine säumten Kojen die Wände, überall lungerten Männer herum, und es stank bereits nach ungewaschenen Körpern. Da es sich um ein Deck unter der Wasserlinie handelte, gab es auch keine Bullaugen zum Lüften. Schaudernd wich er unwillkürlich einen Schritt zurück. Es war eine Sache, über den Passagieren zugewiesene Schlafplätze zu lesen, eine völlig andere jedoch, mit eigenen Augen zu sehen, wie beengt eine knapp zwei Meter breite Koje für vier Personen tatsächlich war. Er konnte sich nicht vorstellen, wie er vier Monate in diesem Drecksloch überstehen sollte.

»Hier ist es ja furchtbar!« Ihm war nicht bewusst, dass er es laut ausgesprochen hatte, bis sich jemand hinter ihm räusperte.

Der Steward befand sich noch halb auf der schrägen Holzleiter, die als Niedergang diente. »Sie sehen aus, als wären Sie was Besseres gewohnt, Sir, wenn ich das so sagen darf.«

»Aye«, erwiderte Benedict. »Und ob ich das bin!« Er wünschte, er hätte darauf bestanden, dass Ludlam die Überfahrt für ihn in einer eigenen Kabine bezahlte, doch zum Zeitpunkt der Verhandlungen waren ihm die Werkzeuge und das Geld wichtiger gewesen. Der alte Pfennigfuchser!

»Es sind noch ein paar Kojen in Deckkabinen übrig, wenn Sie dafür extra bezahlen wollen, Sir.«

»Wie viel extra?«

»Zehn Pfund, Sir.«

»Und was für eine Unterkunft bekomme ich dafür?«

»Kann ich Ihnen zeigen, wenn Sie wollen.« Der Mann führte ihn zu einer Reihe winziger Kabinen mit direktem Zugang zum Deck. Jede enthielt zwei schmale, übereinander angeordnete Kojen mit etwa einem Meter Platz dahinter für Gepäck und gerade genug zum Stehen daneben. Die letzte Kabine war noch frei.

»Wo essen die Leute aus den Deckkabinen?«

»Am anderen Ende ist eine Messe für sie. Ist zwar nicht so schick wie die für die Passagiere mit Innenkabinen, aber verdammt viel besser als die der Zwischendeckpassagiere.«

»Können Sie dafür sorgen, dass ich in eine dieser Kabinen wechsle?«

Der Mann nickte und streckte die Hand aus.

Benedict ließ eine Silbermünze hineinfallen. »Brauche ich sonst noch etwas?«

»Ich würde Ihnen raten, reichlich Vorräte an zusätzlichem Essen mitzubringen. Haben Sie Limettensaft in Flaschen?«

»Ja.«

»Eingelegtes? Dörrobst?«

»Ein bisschen.«

»Sie sollten sich auch anständigen Schiffszwieback für später während der Reise kaufen. Der an Bord ist nicht der Beste.« Er zwinkerte Benedict zu. »Ich verdiene mir was dazu, indem ich Zeug verkaufe, das den Passagieren ausgeht – Dörrobst, Schinken und so. Vielleicht wollen Sie das auch machen. Würde mir nichts ausmachen, ich habe eh nie so viel dabei, wie die Leute wollen – hätte ja nicht mal Platz dafür. Aber Sie könnten hier drin ein bisschen was unterbringen.«

Als Ausdruck von Benedicts Dankbarkeit wechselte eine weitere Münze den Besitzer.

Obwohl Passagiere des Zwischendecks das Schiff eigentlich nicht mehr verlassen durften, sobald sie an Bord gegangen waren, ließ der Aufseher an der Gangway Benedict für einen in die Hand gedrückten Schilling vorbei, allerdings mit der Warnung, in spätestens ein bis zwei Stunden zurück zu sein. Bei einem Provianthändler erstand er Vorräte für den Eigenbedarf und zum Weiterverkauf, um die zusätzlichen Ausgaben wieder hereinzuholen. Auf Rat des Mannes, der ihn bediente, kaufte er zwei ganze Schinken.

Benedict verließ das Warenlager mit seinen Einkäufen auf einem kleinen Handwagen, den einer der an der Tür wartenden Jungen schob. Im Vorbeigehen bemerkte er in der Auslage fein gemaserte Holzstücke zahlreicher verschiedener Schattierungen. So etwas hatte er noch nie gesehen. Er blieb stehen, um sie zu betasten.

Der Bediener trat erneut an ihn heran. »Die verkaufen wir zum Schnitzen, Sir. Manche Matrosen mit 'nem Händchen dafür verdienen sich so etwas dazu. Außerdem hilft es, sich an Bord die Zeit zu vertreiben.«

Spontan ergänzte Benedict seine Einkäufe um ein Bündel der Holzstücke, ein paar Messer und verschiedene kleine Schnitzeisen. Er hatte seit Jahren nicht mehr geschnitzt, weil Martin nach einer ihrer heftigeren Meinungsverschiedenheiten seine Werkzeuge in den Ententeich geworfen hatte. Die meisten waren trotz seiner intensiven Suche im Schlamm am Grund verschollen geblieben. Aber als er jünger war, hatte er gern geschnitzt, und von seinem Großvater und seinem Bruder Paul hatte er allgemein viel über die Arbeit mit Holz gelernt. Hoffentlich hatte er das Talent dafür nicht verloren, sonst hätte er gerade Geld verschwendet.

Als er sich dem Schiff wieder näherte, kam es ihm klein vor – zu klein, um über vierhundert Seelen auf die andere Seite der Welt zu befördern. Vier Monate auf dem Kahn! Er würde den Verstand verlieren. Und obwohl die Kabine unbestreitbar eine Verbesserung gegenüber der Unterkunft im Zwischendeck darstellte, widerstrebten ihm die beengten Verhältnisse darin zutiefst. Doch es war zu spät, um noch zu kneifen.

»Dieser verfluchte alte Mistkerl!«, schimpfte Benedict bei sich, während er seine Habe in der Kabine verstaute. »Wenn es nicht für Pa wäre, würde ich auf der Stelle umkehren und zurück nach Hause fahren.«

Am Tag des geplanten Aufbruchs aus Pendleworth wachte Catherine früh auf. Sie schob sich aus dem Bett, stellte sich ans Fenster und betrachtete die Landschaft, die sie so sehr liebte. Von ihrer Familie hatte sie sich am Vortag verabschiedet, doch wirklich am Herzen lag ihr nur ihr jüngerer Bruder Nick, den sie in diesem Leben nie wiedersehen würde. Tränen traten ihr in die Augen. Und trotz aller Entschlossenheit, sich keine Emotionen anmerken zu lassen, versuchte sie nicht mal, sie wegzuwischen. Obendrein würde es einer ihrer schlechteren Tage werden. Mittlerweile erkannte sie die Anzeichen dafür.

Die Tür zum Ankleidezimmer öffnete sich. Jos' Schritte hätten sich für sie überall vertraut angehört. Deshalb drehte sie sich nicht um, als er hinter ihr stehen blieb.

»Nimmst du Abschied?«, fragte er, die Stimme belegter als sonst.

Sie konnte nicht verhindern, dass sie gegen ihn sackte und hilflos zu weinen begann.

»Ach, verdammt, Cat! Sag einfach, dass wir keine echte Ehe führen – sollte ja leicht genug zu beweisen sein – und bleib hier in England. Mit dem Geld deines Vaters wirst du schnell einen anderen Ehemann finden. Es gibt keinen Grund auf Erden, warum auch du ins Exil solltest.«

Aber bei den Worten straffte sie nur den Rücken. »Ich wollte nie jemand anderen als dich heiraten, Jos, und ich komme mit.«

Kurz schloss er die Lider und seufzte. »Ich verdiene dich gar nicht, Liebes. Trotzdem bin ich froh, dass du mitkommst.«

Sie blieben am Fenster, bis Penny mit geröteten Augen an die Tür klopfte und heißes Wasser für ihre Herrin brachte.

Als ihr Zug am Bahnhof in Liverpool eintraf, musste Josiah seiner Frau beim Aussteigen helfen, so schwach fühlte sie sich. Er rief nach einem Gepäckträger, erleichtert darüber, dass sie die Truhen und sonstigen größeren Teile bereits zum Schiff geschickt hatten. Die arme Cat war kreidebleich und wirkte gebrechlich. Über die Schulter erteilte er eine knappe Anweisung an Penny. »Komm mit dem Gepäck mit!« Damit hob er sich Cat auf die Arme und trug sie zu einer wartenden Droschke.

Als der Fahrer den Hut lüpfte und den Verschlag für sie öffnete, half Josiah seiner Gemahlin beim Einsteigen. Dann trat er zurück, damit Penny ihr folgen konnte, stellte jedoch fest, dass sie fehlte.

»Wo ist unsere Dienstmagd?«, fragte er den Gepäckträger, der ihre Habseligkeiten an den Droschkenfahrer zum Verstauen übergab.

»Die Frau, die mit Ihnen aus dem Zug gestiegen ist?«

»Ja, du Einfaltspinsel. Wen soll ich denn sonst meinen?«

»Sie hat mir den Brief hier für Sie gegeben und ist gegangen. Zwei der Taschen hat sie mitgenommen.« Offenbar verärgert darüber, dass so unhöflich mit ihm gesprochen wurde, fügte der Träger hämisch hinzu: »Sie ist geradezu aus dem Bahnhof gerannt.«

Josiah schnappte sich den Zettel, faltete ihn auseinander und las.

Entschuldigung, Mrs Ludlam. Ich kann das nicht. Australien ist einfach zu weit entfernt. Es tut mir leid. Penny.

Einen Moment lang stand er verdattert da, bevor er barsch befahl: »Warten Sie hier kurz!« Damit hastete er aus dem Bahnhof. Wenn er die Frau noch erwischte, könnte er sie vielleicht überreden oder bestechen, auf dass sie doch mitkäme. Aber es fehlte jede Spur von ihr. Oh verdammt. Wie sollte Cat ohne Hilfe zurechtkommen?

Schließlich stieg er in die Droschke und setzte sich neben

seine Frau, die mit geschlossenen Augen an einer Ecke lehnte. »Meine Liebe, ich fürchte, Penny ist weggerannt.«

»*Was?*«

»Das hier hat sie für dich zurückgelassen.«

Cat las die Mitteilung, bevor sie ihn bestürzt anstarrte. »Meinst du, wir können noch ein anderes Dienstmädchen auftreiben? Vielleicht über eine Vermittlung?«

Er schüttelte den Kopf. »Wir müssen bis heute Mittag an Bord sein, also ist das unmöglich. Aber Liebes, ich kann dich immer noch nach Hause schicken.«

»Nein, Jos. Wie gesagt – ich begleite dich.«

»Das sollte ich nicht zulassen. Und Caine hatte recht, verdammt und zugenäht!«

»Womit?«

»Er hat gemeint, Penny wäre eine Schwatzbase und ich solle dir statt ihr eine vernünftige Dienstmagd besorgen.«

»Mag sein. Aber sie kennt – oder *kannte* meine Eigenheiten.« Plötzlich hellten sich Catherines Züge auf. »Vielleicht hilft mir ja eine Zwischendeckpassagierin. Ja, es ist bestimmt jemand an Bord, der sich etwas dazuverdienen möchte.« Erleichterung überkam sie.

»Bist du sicher?«

»Ja.«

Jos' Gesicht wirkte wie aus Granit gemeißelt, als er sich zum Fenster hinausbeugte und den Kutscher aufforderte, sie zu den Docks zu bringen. Cat wusste, wie bleich und abgehärmt sie selbst aussah. An diesem Morgen war sie vor ihrem Spiegelbild regelrecht zurückgeschreckt. Beide schwiegen auf dem Weg zum Schiff und bekamen kaum etwas von den Straßen mit, durch die sie fuhren.

Liza reiste mit dem Zug nach Liverpool, wo sie ihre Arbeitgeber am Bahnhof treffen sollte. Auf einem harten Sitz aus Holz saß sie in einem Abteil der dritten Klasse, das sich bald mit

Menschen füllte. Sie hatte schreckliche Angst, jeden Moment von ihrem Vater oder ihren Brüdern gefunden zu werden. Mr Pringle hatte ihr nämlich mitgeteilt, Pa wäre zweimal bei ihnen zu Hause gewesen und suchte überall nach ihr.

Als der Zug ankam, ergriff sie ihre Tasche und folgte den anderen Fahrgästen hinaus auf den Bahnsteig und in die Haupthalle, wo sie sich einen Sitzplatz suchte und wartete, wie es ihr aufgetragen worden war. Jedes Mal, wenn ein großer Mann in ihre Richtung steuerte, beschleunigte sich bang ihr Herzschlag. Keiner sah auch nur annähernd wie Pa oder Mr Marshall aus. Das änderte jedoch nichts am nachgerade lähmenden Grauen der Vorstellung, zurück in die Underby Street geschleift zu werden.

Auf dem Bahnhof hasteten überall Leute hin und her. Liza umklammerte die schäbige Leinentasche, die all ihren weltlichen Besitz enthielt, während sie sich angespannt nach den Pringles umsah und wünschte, sie würden sich beeilen. Was natürlich albern war, denn ihr Zug würde laut Fahrplan erst später eintreffen. Das wusste Liza, dennoch suchte sie weiter nach ihnen.

Eine ältere Dame mit harten, kalten Augen, die Liza als einschüchternd empfand, kam auf sie zu, ließ sich neben ihr nieder und fragte: »Ganz allein, Liebes? Suchst du eine Stelle?«

»Ich habe schon eine und warte gerade auf meine Arbeitgeber.« Damit stand Liza auf und ging zu einer anderen Bank, doch ihr fiel auf, dass die Frau sie weiterhin beobachtete, was ihr Unbehagen bereitete.

Als die Zeit endlich kam, stellte sie sich in die Nähe des Bahnsteigs, an dem der Zug aus Pendleworth eintreffen sollte. Mit großen Augen beobachtete sie, wie Damen mit schaukelnden Reifröcken stolzierten, die Stimmen leise, die behandschuhten Hände bei Herren mit Zylindern eingehängt, die sie vor anderen Damen lüpften. Wie einfach das Leben für reiche

Menschen sein musste. Sie würden nicht gezwungen sein, von zu Hause zu flüchten.

Als sie die Pringles hinter einem Gepäckträger mit einem beladenen Wagen den Bahnsteig entlang auf sich zukommen sah, fiel die Anspannung von ihr ab, und sie seufzte.

»Ah, da bist du ja, Kind!« Mrs P. lächelte sie an. »Keine Probleme bei der Anreise?«

»Nein, Ma'am, überhaupt keine.« Trotzdem hatte sie bei ihrem Anblick mit Tränen der Erleichterung zu kämpfen.

In der Droschke roch es nach verschwitzten Körpern und altem Stroh, und es erwies sich als recht beengt, obwohl die beiden Frauen keine Reifröcke trugen. Liza saß neben Kitty, die mit mürrischer Miene von ihr wegrutschte, als miefte sie. Mr Pringle hatte jenes versponnene Lächeln im Gesicht, das erahnen ließ, dass er wieder mal tagträumte. Mrs P. sah nicht durch das Fenster, sondern starrte auf ihre Hände hinab und wirkte zutiefst betrübt.

Die Straßen wurden zunehmend schäbiger, als sie sich den Docks näherten, und als sie das Schiff namens *Louisa Jane* erreichten, wirkte es zu klein, um so viele Menschen nach Australien zu befördern. Mr Pringle hatte Liza mitgeteilt, dass sich fast vierhundert Passagiere an Bord befinden würden. Tja, wenn die alle auf das Schiff passen mussten, würde es ziemlich überfüllt sein!

Sie folgte ihren Arbeitgebern über das Dock zum Amtsarzt, der sie nacheinander untersuchte, um sicherzustellen, dass sie keine Krankheiten an Bord bringen würden. Das Prozedere dauerte nicht besonders lange, und die Pringles berührte er kaum. Liza hingegen ließ er das Oberteil ausziehen, bevor er ihre Brust abtastete, was ihr zutiefst peinlich war. Als sie wieder nach draußen gingen, mussten sie sich einen Weg zwischen Bergen von Gepäck aller Art bahnen, von Hutkisten über Zuber und Fässer bis hin zu großen Kabinenkoffern. Wie irgendjemand schlau aus all den chaotischen Haufen werden sollte, war Liza schleierhaft.

Als sie die Landungsbrücke hinaufging, warf sie einen Blick über die Schulter, gepackt von der plötzlichen Angst, jemand könnte hinter den Gepäckstapeln hervorspringen und sie vom Schiff zerren. Oben an der Gangway lehnte ein großer Mann an der Reling und starrte so eindringlich zu ihnen, dass sie einen Moment lang stehen blieb, weil sie fürchtete, er hielte Ausschau nach ihr. Als sich Kittys Finger in ihren Rücken bohrten, setzte sie sich zögerlich wieder in Bewegung.

Mr Pringle hielt oben an und versperrte den Weg. Alle hinter ihm mussten warten. »Benedict Caine!«, sagte er erfreut. »Du bist ja schon hier. Hast du alles an Bord?«

Liza atmete mit einem erleichterten Seufzen auf. Also war der Mann kein Polizist oder dergleichen, sondern lediglich ein Bekannter von Mr Pringle. Und bei genauerer Betrachtung kam ihr sein Gesicht vage vertraut vor, als hätte sie es schon im Ort oder irgendwo sonst gesehen.

Er trat zum Händeschütteln vor, und seine Miene wurde etwas milder. »Ja. Ich will gerade los, um meine Unterkunft in Besitz zu nehmen.«

Sie mussten Platz machen, damit die nachrückenden Leute an Bord gehen konnten, doch Mr Pringle unterhielt sich ungebrochen mit seinem Freund. Liza stellte sich so weit von der Reling weg wie möglich, damit niemand auf dem Dock unten sie sehen konnte. Sie konnte nicht verhindern, dass sie das Gespräch der Männer mitbekam. Außerdem fiel ihr auf, dass Kitty mit einem verträumten Ausdruck im Gesicht Mr Caine anstarrte – andererseits sah sie jeden ungebundenen Mann so an. Wenn man danach ging, wie sie mit ihrer Mutter redete, schien im Leben für sie nur zu zählen, einen Ehemann abzubekommen. Tja, konnte sie ruhig. Wenn alle Männer so mit ihren Ehefrauen umsprangen wie Mr Marshall mit ihr, würde Liza nie heiraten. Niemals!

Allerdings musste sie zugeben, dass ihr der Klang der Stimme dieses Mannes aufrichtig gefiel. Es hörte sich so ruhig an, als könnte er nie in Wutausbrüche wie ihr Vater verfallen. Auch sah er mit seinem frischen Teint und dem gepflegten, gewellten braunen Haar gut aus.

»Und das ist Liza, unser Dienstmädchen«, stellte Mr Pringle vor. Er zog Liza vorwärts und fügte hinzu: »Sie ist so mutig, sich unserem Australien-Abenteuer anzuschließen.«

Benedict nickte ihr zu. Einen Moment lang verharrte sein Blick auf ihr. »Du scheinst mir sehr jung dafür zu sein, deine Familie zu verlassen.«

Sie würde sich von ihm nicht wie ein Kind behandeln lassen. »Ich bin über achtzehn, Sir. Alt genug, um eigene Entscheidungen zu treffen. Danke.« Damit brachte sie ihn nur zum Lächeln, und unwillkürlich lächelte sie zurück.

Er war nicht dünn und knochig wie Mr Pringle, auch nicht so stämmig wie ihre Brüder, sondern irgendwie gerade richtig. Bei einem solchen Mann würde man sich geborgen fühlen, wenn Ungemach drohte, entschied sie. Dann trat sie wieder zurück und ließ die Familie ihr Gespräch in Ruhe beenden. Natürlich führte sich Kitty flatterhaft auf. Törichte Worte sprudelten aus ihr heraus, um seine Aufmerksamkeit zu erregen. Warum verhielt sie sich immer so? Bestimmt gefiel es Männern nicht, wenn sich junge Damen albern benahmen, oder?

Mr Caine ertappte sie beim Lächeln und zwinkerte ihr zu, als wüsste er genau, was ihr durch den Kopf ging. Hoffentlich nicht wirklich. Man sollte seine Arbeitgeber und deren Angehörige nicht für albern halten. Aber das war Kitty – auf geradezu unangenehme Weise. Auch Mr Pringle konnte man nicht als Inbegriff der Vernunft bezeichnen. Die arme Mrs P. hatte es recht schwer mit ihm. Mehr als einmal hatte Liza sie streiten gehört, in der Regel über Geld. Und obwohl Mrs P. gute Miene zum bösen Spiel machte, wusste Liza, dass ihre

Herrin über die Auswanderung nach Australien genauso unglücklich war wie Kitty.

Ein Steward kam herbei und drängte sie, weiterzugehen, damit andere Passagiere ungehindert an Bord konnten. Liza folgte den Pringles weiter zur Kabine, die sich die dreiköpfige Familie während der Reise teilen würde, weil sie nicht wusste, wohin sie sollte. Zu ihrem Erstaunen handelte es sich um eine winzige Unterkunft, die kleiner war als ihre Dachkammer im früheren Haus ihrer Arbeitgeber. Darin würden sie wirklich alle drei schlafen?

Kitty brach bei dem Anblick in Tränen aus und flehte ihren Vater erneut an, sie zu ihrer Tante Nora zu schicken. Als er den Kopf schüttelte, wurde sie hysterisch, warf sich auf den Boden und schrie: »Ich komme nicht mit! Sicher nicht!« Dazu trommelte sie mit den Fersen aufs Deck.

Eine Dame aus der Kabine nebenan steckte mit mürrischer Miene den Kopf herein, schnalzte missbilligend mit der Zunge und verschwand wieder.

Mrs P. nahm sich ihrer außer Rand und Band geratenen Tochter an, indem sie ihr ins Gesicht schlug – in Lizas Augen mit Fug und Recht. Allerdings musste sie es mehrfach wiederholen, bis sich Kitty endlich beruhigte.

»Wir sind jetzt an Bord, du kannst also damit aufhören, junge Dame.« Sie wandte sich an ihren Ehemann. »Sei so gut, Andrew, und such einen Steward, der Liza den Weg hinunter zum Zwischendeck zeigt, während ich mich um Kitty kümmere.«

In seiner Hast, von der Szene wegzukommen, scheuchte er Liza regelrecht vor sich her. Mr Pringle konnte Auseinandersetzungen auf den Tod nicht leiden. Schließlich übergab er sie dem erstbesten Steward, dem sie über den Weg liefen, und murmelte etwas darüber, dass er frische Luft schnappen gehen würde.

Der Steward, ein erkahlender Mann, der sich bewegte, als

schmerzten seine Füße, ging über das überfüllte Deck voraus. »Die meisten anderen Passagiere sind inzwischen an Bord. Sind nur noch die Kabinenpassagiere wie dein Herr, die gerade einziehen. Hattest Glück, dass du nicht im Emigrantenlager übernachten musstest. Dort lassen sie über hundert Leute in einem Zimmer schlafen, während sie drauf warten, an Bord zu gehen.«

Er brachte sie zum Kopf einer steilen Flucht von Stufen aus Holz und teilte ihr mit, dass man so etwas an Bord eines Schiffs als Niedergang bezeichnete. »Das Zwischendeck ist da unten. Es ist in drei Teile mit jeweils einem eigenen Eingang untergliedert. Unterkünfte für Verheiratete, alleinstehende Männer und alleinstehende Frauen. Deine ist da drüben. Die für alleinstehende Frauen.« Ohne noch etwas hinzuzufügen, schlurfte er davon.

Entsetzt sah Liza sich um und schwankte leicht, während das Schiff sanft schaukelte. Würde sie wirklich in diesem knarrenden alten Kahn um die Welt segeln?

Dann riss sie sich zusammen und trat den Weg die steile Holztreppe hinunter in die Düsternis an. Ihr blieb wohl keine andere Wahl. Nicht mehr. Und zum ersten Mal dachte sie darüber nach, dass sie im Begriff war, Lancashire hinter sich zu lassen. Im Gegensatz zu ihren älteren Brüdern war sie dort geboren. Es war das einzige Zuhause, das sie kannte. Würde sie sich in Australien wohlfühlen? Ma hatte gesagt, dass sich Pa in England nie richtig eingelebt hatte. Auch er hatte keine andere Wahl gehabt, als umzuziehen.

In der Kabine schluchzte Kitty nach wie vor. »Ich kann diesen … diesen Kaninchenbau nicht mit dir und Vater teilen. Wie soll ich mich hier anziehen und waschen? Und was ist, wenn ich« – sie senkte die Stimme – »den Nachttopf benutzen muss?«

»Gleich vor der Tür ist ein Wasserklosett. Der Steward hat es uns gezeigt. Du brauchst also keinen Topf.«

»Aber das ist nur ein Loch in einem Brett, und es gehen Leute daran vorbei.«

Dorothy bedachte sie mit einem strengen Blick. »Loch hin, Loch her, es erfüllt den Zweck. Außerdem, was hast du denn gedacht, wer einen Nachttopf für uns leeren würde?«

»Na ja, Liza, natürlich.«

»Da sie in einer getrennten Unterkunft untergebracht ist, wird sie uns nicht so sehr helfen können, wie wir es gern hätten. Ganz zu schweigen davon, was mit dem Inhalt des Topfs passieren würde, wenn das Schiff bei stürmischem Wetter durchgeschüttelt wird.« Dorothy erkannte, wie zutiefst verzweifelt ihre Tochter war. Deshalb sah sie davon ab, sie zu schelten, und nahm sie stattdessen in die Arme. »Schau, Schatz, wir müssen jetzt das Beste daraus machen.«

Kitty zog sich zurück. »Das ist schlichtweg nicht möglich! Vaters Entscheidung war *dumm!* Und unfair uns gegenüber. Wenn er nach Australien gehen will, dann soll er doch. Aber warum besteht er darauf, uns mitzuschleifen? Warum lässt du es zu?«

Was die Dummheit des Unterfangens anging, teilte Dorothy die Ansicht ihrer Tochter, doch sie war zu loyal, um es auszusprechen.

»Und wie sollen wir uns hier drin an- und ausziehen? Ich sterbe vor Scham, wenn ich es vor Vater tun muss.«

»Dafür überlegen wir uns etwas. Wir können uns wechselweise wegdrehen, wenn sich jemand aus- oder anzieht.« Dorothy bemühte sich, ruhig zu bleiben, obwohl sie in Wirklichkeit genauso bestürzt war wie ihre Tochter. Auch sie hatte nicht damit gerechnet, dass die Kabine *so* winzig sein würde.

An jenem Tag dachte Dorothy nicht mehr an Liza. Zu sehr versank sie im eigenen Unglück, während ihre Tochter in unregelmäßigen Abständen immer wieder weinte und sich unaufhörlich beschwerte und ihr Ehemann den Großteil der Zeit an Deck verbrachte. Als ein Steward kam, um ihr beim »Verstauen« des Gepäcks zu helfen, widmete sie sich der Aufgabe zu lernen, wie man sich in dieser fremdartigen neuen Welt zurechtfand, denn zumindest irgendjemand musste praktisch denken. Mit der Hilfe des Mannes wurde alles Mitgebrachte so verzurrt oder verschraubt, dass es bei stürmischem Wetter nicht umherkullern würde.

»Vor allem«, erklärte er eindringlich, »darf die Lampe nicht unbeaufsichtigt herumstehen. Stellen Sie sich nur vor, sie fiele um, und das Schiff geriete in Brand, wenn wir noch Wochen von Land entfernt wären.«

Dorothy schauderte bei dem Gedanken – und erneut bei der Aussicht darauf, sich überhaupt so weit von festem Boden wegzubewegen. Nie zuvor in ihrem Leben hatte sie sich so niedergeschlagen gefühlt. Falls noch irgendetwas schiefginge, würde sie mit Sicherheit genauso hemmungslos weinen wie ihre Tochter.

Liza stand am Fuß des Niedergangs in der Unterkunft für alleinstehende Frauen und sah sich mit großen Augen entsetzt um. Zu beiden Seiten des Raums befanden sich übereinander angeordnete Reihen von Kojen. Alle schienen von Frauen besetzt zu sein, die darin saßen oder lagen und sie anstarrten. Die Kojen waren in knapp zwei Meter breite Abschnitte unterteilt. Niedrige Bretter trennten sie voneinander. In der Mitte des Raums stand ein am Boden befestigter Tisch mit ebenfalls verschraubten Bänken auf allen Seiten. Überall befanden sich Gepäckstücke. Auf den Bänken saßen noch mehr tratschende Frauen.

Eine große Korpulente in Schwarz mit Hängebusen und strenger Miene kam aus der Düsternis am anderen Ende der Großkabine angestapft. »Wer bist du, Mädchen?«

»Liza Dooley, Ma'am.« Sie hatten entschieden, dass es besser wäre, ihren Namen zu ändern, obwohl es ihr manchmal noch schwerfiel, daran zu denken. »Ich bin Mrs Pringles Dienstmädchen, wenn's recht ist.«

Der Gesichtsausdruck der Frau entspannte sich ein wenig. »Ah, deshalb kommst du so spät an Bord. Ich bin Mrs Hodsome, aber du wirst mich als Oberin anreden. Ich habe das Kommando über die Unterkunft der alleinstehenden Frauen. Das *uneingeschränkte* Kommando.« Sie verengte die Augen zu Schlitzen, während sie Liza musterte. »Allgemeines Dienstmädchen oder Zofe?«

»A-Allgemein, Oberin.«

»Hm. Na ja, du siehst recht passabel aus. Bitte schreib dir hinter die Ohren, dass ich von meinen Schützlingen höchste Reinlichkeit verlange und moralische Verkommenheit in keiner Form dulde.« Sie zeigte auf die obere Koje in der Nähe des Niedergangs. »Die anderen sind besetzt, du wirst also in der am Ende schlafen müssen. Da ist es zwar kälter, bis wir weiter nach Süden gelangen, aber du wirst feststellen, dass sie angenehmer ist, sobald es draußen heiß wird. Ich wage zu behaupten, dass bei schlechtem Wetter nicht viel Wasser den Niedergang herunterspritzen wird. Die Luken sehen mir sehr solide aus.«

Als sich Liza auf die Koje zubewegte, folgten ihr die monotonen Worte der Frau, die ihr die Regeln erklärte, wie sie es wohl schon viele Male zuvor getan haben musste.

»Nach zehn Uhr abends darfst du diese Kabine unter keinen Umständen mehr verlassen. Wer nachts die Dienste seiner Hausangestellten wünscht, muss sie in der eigenen Kabine unterbringen.« Sie betrachtete Lizas schäbige Tasche. »Jetzt leg einen Zahn zu! Nimm heraus, was du für die Nacht brauchst, dann verstau die Tasche unter der Koje.« Damit marschierte die Oberin zurück zum anderen Ende des Raums, von wo sie weiterhin alle im Auge behielt.

Eine junge Frau steckte den Kopf aus der oberen Koje und

zwinkerte Liza zu. »Hallo! Ich bin Molly und allgemeines Dienstmädchen bei Mrs Fenton. In unsere Koje kommt noch jemand, aber das ist Joan Lomax, Mrs Fentons Zofe.«

Eine ältere Frau, die auf der anderen Seite der Koje lag, öffnete kurz die Lider und raunte: »Das war *nicht*, was ich erwartet habe! Und erst recht nicht, was ich gewohnt bin.« Damit schloss sie die Augen wieder.

»Die Koje sieht mir sehr klein für vier Leute aus«, meinte Liza verhalten.

Molly zuckte mit den Schultern. »Na ja, etwas anderes haben wir in den nächsten vier Monaten nicht, also können wir genauso gut das Beste daraus machen. Strampelst du im Schlaf?«

»Ich … ich glaube nicht.«

»Dann kannst du neben mir liegen. Stramplerinnen kann ich nicht ausstehen. Los, schieb deine Tasche unten rein und erzähl mir von dir. Komm ruhig rauf – das Hoch- und Runterklettern lernst du im Nu.«

Am Rand der Koje blieb Liza stehen und betrachtete die gestreifte Inlettmatratze. »Gibt es keine Laken?« Sogar zu Hause hatten sie Bettwäsche, so fadenscheinig sie auch sein mochte.

Joan schnaubte angewidert. »Nein! Ich habe mich schon darüber beschwert. Aber *diese Frau da* sagt, dass keine Laken ausgeteilt werden. Am Ende der Reise werden die schmutzigen Matratzen einfach weggeworfen.« Und wieder schloss sie die Augen.

Liza beschloss, sich lieber auf die lange Holzbank zu setzen. Als Molly ihr folgte, fragte sie schnell: »Woher kommst du?« Denn von sich wollte sie nichts erzählen.

Während ihre Gefährtin leise darüber plapperte, dass sie eine bereits verheiratete Schwester in Australien hatte und hoffte, dort selbst einen Ehemann zu finden, wurde Liza plötzlich bewusst, dass sie sich zum ersten Mal seit Wochen sicher fühlte. Als sich Erleichterung in ihr ausbreitete, schloss sie die Augen. Sie hatte es geschafft! Liza war ihrem Vater und Mr Marshall entkommen. Und wie auch immer Australien sein mochte, sie würde nie zurückkehren.

»Ist alles in Ordnung, Liebes?«

»Was? Oh ja.« Liza schlug die Augen wieder auf und betrachtete die Umgebung, während Molly weitererzählte. Das Alter und das Aussehen der alleinstehenden Frauen umspannten ein breites Spektrum. Der Kleidung nach zu urteilen, mussten einige wohl bettelarm sein. Andere waren jung und hübsch und trugen eine Aufmachung, die nach Sonntagssachen aussah. Zwei schienen jünger als der Rest zu sein und weinten. »Was ist mit ihnen?«, fragte sie im Flüsterton, als Molly eine Atempause einlegte.

»Die Armen müssen getrennt von ihren Familien schlafen, weil sie über vierzehn sind. Trotzdem sind sie's nicht gewohnt, auf sich allein gestellt zu sein. Aber der Kapitän unterhält sehr strenge Regeln. Außer den Kabinenpassagierinnen müssen alle alleinstehenden Frauen hier unten schlafen.«

»Über vierzehn?«

»Ja. Ab dem Alter gilt man als Erwachsene. Nur das arme kleine Ding mit dem roten Haar sieht gar nicht erwachsen aus, oder?«

Nachdem die Oberin ihren Tee zu Ende getrunken hatte, trat sie vor und klatschte in die Hände, um sich die Aufmerksamkeit der Anwesenden zu sichern. »Ich möchte ein paar Dinge klarstellen. Für die Mahlzeiten bildet ihr Achtergruppen. Dabei holt und kocht eine das Essen für die anderen. Am einfachsten wäre es, wenn ihr euch nach Kojenpaaren zusammentut, jeweils die obere und die untere.«

»Bekommen wir heute nichts?«, fragte eine Stimme. Es ließ sich schwer sagen, wer genau sich zu Wort gemeldet hat.

»Natürlich bekommt ihr etwas. Die Black Ball Line ist stolz darauf, ihre Passagiere anständig zu behandeln. Der Kapitän persönlich verlangt die Einhaltung höchster Standards.« Kurz hielt sie inne und zeigte mit dem Finger auf eines der schluchzenden, verängstigten Mädchen. »Du da! Schweig still!«

Stockend verstummte das Mädchen.

»Also, wo war ich? Ach ja. Heute gibt es Brot, Käse und Obstkuchen. Zum Kochen bleibt keine Zeit, weil die gesamte Besatzung für die Vorbereitungen gebraucht wird. Ich vermute, die Stewards werden das Essen bald austeilen.«

Molly grinste Liza an. »Ich melde mich freiwillig als Messeköchin. Ich koche gern.« Sie drehte sich den Frauen in der unteren Koje zu. »Ist es in Ordnung, wenn ich das Kochen für uns übernehme?«

Wenig später ging sie los, um das Essen für ihre Gruppe zu holen. Sie kam mit vier Brotlaiben, einem großen Obstkuchen und einem Stück Hartkäse sowie einem Eimer Wasser und mehreren Bechern aus Blech zurück. »Das muss für den Rest des Tags vorhalten. Wir kriegen nicht mal eine Tasse Tee. Und sieh nur, wie hart dieser Käse ist!«, sagte sie angewidert. »Sie haben ihn offen herumliegen lassen. Aber wenigstens eine gute Neuigkeit gibt es. Der Steward hat gesagt, das andere Dienstmädchen, das sich mit uns die Koje teilen sollte, ist ausgebüxt. Wir schlafen also nur zu dritt da oben.«

Und selbst das, dachte Liza, während sie Joans üppigen Körperbau betrachtete, würde schlimm genug werden. Es war eine Sache, sich mit der Familie ein Bett zu teilen, eine völlig andere hingegen, an der Seite von Wildfremden zu schlafen.

In jener Nacht im stickigen Zwischendeckbereich konnte sie nicht verhindern, dass sie weinte. Und als sie erst damit angefangen hatte, konnte sie nicht mehr aufhören, obwohl sie sich bemühte, ihr Elend vor ihren Gefährtinnen zu verbergen. Gedämpfte Laute stummen Leids um sie herum verrieten ihr, dass es anderen genauso erging.

Nach einer Weile wurde sie wütend auf sich. Sie hatte Lancashire doch verlassen *wollen*, oder? Wäre sie geblieben, hätte sie Mr Marshall heiraten müssen. Nein, das war für sie der einzige Ausweg. Sie musste das Beste daraus machen und versuchen, frohen Mutes zu bleiben.

Trotzdem kullerten ihr die Tränen weiter über die Wangen, während sie an ihre Mutter, Nancy und Kieran dachte. Was machten sie gerade? Fehlte sie ihnen? Würde sie jemals jemanden von ihnen wiedersehen?

Von der Familie Docherty suchte Niall am hartnäckigsten nach Liza, weil er fuchsteufelswütend über ihre Hinterlist war. Ein paar Wochen nach ihrem Verschwinden war er auf eine Frau gestoßen, die sich erinnerte, dass ein der Beschreibung entsprechendes Mädchen früh am Morgen weinend aus dem Ort gelaufen war. In Richtung Ashleigh. Also konnte Liza nur zu den Pringles geflüchtet sein, auch wenn sie seinem Vater aufgetischt hatten, sie hätten sie nicht gesehen.

Gleich am nächsten Morgen hatte er sich auf den Weg zu dem winzigen Weiler gemacht, in dem das Pack lebte, fest überzeugt davon, Liza dort anzutreffen. Allerdings fand er das Haus verwaist vor.

»Die sind alle nach Australien ausgewandert«, teilte ihm ein alter, in einem nahen Garten arbeitender Mann mit. »Sind letzte Woche aufgebrochen. Inzwischen werden sie längst auf See sein.«

»Hatten sie ein Mädchen dabei?«

»Natürlich.«

»Aaah.«

»Ihre Tochter.«

Am liebsten hätte Niall ihn geschüttelt. »Sonst noch jemanden? Vielleicht ein junges Dienstmädchen?«

»Nein. Ihr Dienstmädchen war eine alte Schachtel, und die hat mir selbst erzählt, dass sie nicht nach Australien gehen wird. Kann ich ihr nicht verdenken. Dorthin würde ich auch nicht wollen.«

Langsam ging Niall in den Ort zurück. Er war überzeugt davon, dass Liza zu den Pringles geflüchtet war. Wenn sich diese ältere Dienstmagd geweigert hatte, die Familie zu begleiten, was lag näher, als dass sie stattdessen seine Schwester mitgenommen hatten? Seinem Vater erzählte er nichts davon. Er erfreute sich daran, es ihm vorzuenthalten.

Aber falls sich je die Gelegenheit ergäbe, würde er es dem dummen kleinen Miststück heimzahlen. Immerhin hatte sie ihn bei Teddy Marshall zum Narren gemacht, nicht wahr? Die sollte sich bloß noch mal in Pendleworth blicken lassen. Und er würde weiterhin ein wenig herumfragen, bis er wüsste, wohin genau die Pringles gereist waren.

KAPITEL 6

Als Josiah am Morgen erwachte, fluchte er über die schmale Pritsche, in der er lag und die kaum breit genug für seinen üppigen Körper war. Die ganze Nacht hatte er sich hin und her gewälzt und vergeblich nach einer halbwegs bequemen Lage gesucht. Seine Glieder fühlten sich steif von der verkrampften Haltung in den beengten Verhältnissen an. Er stand auf, gähnte und streckte sich. Dann öffnete er leise die Tür zu der etwas größeren Kabine seiner Frau. Nachdem er erleichtert festgestellt hatte, dass sie tief und fest schlief, beschloss er, sich anzuziehen und an Deck zu gehen, um die Abfahrt zu beobachten.

Schaukelt es an Bord von Schiffen immer so?, fragte er sich einige Minuten später, als er durch den Gang zwischen den beiden Reihen der inneren Kabinen wankte und die Treppe zum Poopdeck hinaufstieg.

»Heute wird es ganz schön forsch werden, Sir«, sagte ein vorbeikommender Steward zu ihm.

»Raue See, meinen Sie?«

Der Mann grinste. »Das kommt drauf an, wie stark Ihr Magen ist, Sir.«

»Ach, verdammt! Das hat uns gerade noch gefehlt.« Die Bewegungen des Schiffs brachten Josiah mehrfach leicht vom Kurs ab, als er auf die Reling zusteuerte. Während er sich daran festklammerte, sah er sich danach um, was solchen Lärm verursachte. Dabei stellte er fest, dass Taue knarrten, Segel flatterten und vereinzelt knallende Laute wie Schüsse ertönten. Ganz zu schweigen von brüllenden Männern, der vermaledeiten Schiffsglocke und sogar den früh aufgestandenen Kindern, die schrill schreiend über das Unterdeck tobten.

Als er auf dem Oberdeck zwei an der Reling miteinander plaudernde Passagiere bemerkte, stellte er überrascht fest, dass es sich bei einem um Caine handelte. »Hätte nicht erwartet, dich hier oben zu sehen«, begrüßte er den Mann.

Benedict verzog das Gesicht zu einer Grimasse. »Ich habe einen einzigen Blick auf das Quartier unten geworfen und mich sofort umentschieden. Die Deckkabinen kann man zwar auch nicht unbedingt als luxuriös bezeichnen, aber zumindest habe ich dort eine Koje für mich allein.« Er grinste. »Keine Sorge. Du wirst mich trotzdem nicht die ganze Zeit ertragen müssen. Wir zweitklassigen Passagiere haben einen von euch Hochwohlgeborenen getrennten Speisesaal, obwohl man uns gestattet, das Poopdeck in eurer erlauchten Gesellschaft zu benutzen.«

Darauf fiel Josiah keine Erwiderung ein. Caine behandelte ihn wie einen Gleichgestellten, und er wusste noch nicht recht, was er davon halten sollte.

»Glück hatte ich obendrein«, fügte Benedict hinzu. »Ich habe sogar eine Kabine für mich allein, auch wenn es die letzte ist und der Wind unter der Tür hereinheult. Ach übrigens, das ist Captain Gerard Fenton. Er ist wie du Kabinenpassagier und sich dennoch nicht zu fein dafür, mit mir zu reden.«

»Captain beim Militär, nicht zur See, aber mittlerweile bin ich aus dem Regiment ausgeschieden«, ergänzte der andere Mann lächelnd und streckte Josiah die Hand entgegen. »Freut mich, Sie kennenzulernen, Sir.«

Stille trat ein, während sie das Meer und den vielfältigen Verkehr kleinerer Schiffe und Boote aller Formen und Größen betrachteten.

Pringle schloss sich ihnen an. Wieder übernahm Benedict die Vorstellung.

»Ist das alles nicht aufregend?« Andrew strahlte die anderen an. »Der Steward hat mir erklärt, dass der Lotse uns hinausführt, uns aber verlässt, sobald wir das Leuchtschiff erreichen. Dann müssen wir auf günstigen Wind warten, es sei denn, das Glück ist uns ausgesprochen hold. Manchmal kann das Tage dauern.«

Josiah lauschte ihrer Unterhaltung nur mit einem Ohr, während er beobachtete, wie die Docks in der Ferne zurückblieben. Einzelne Gebäude verschwammen zu vagen Formen, ehe sie miteinander verschmolzen und die Umrisse der Stadt bildeten. Es widerstrebte ihm zutiefst, England entschwinden zu sehen, und er blinzelte heftig, um drohende Tränen aus den Augen zu bekommen. Pringle, eindeutig ein Vertreter des Menschenschlags, der sich gern selbst reden hörte, kommentierte aufgeregt alles, was vor sich ging, ob es einen Kommentar rechtfertigte oder nicht. Benedict beobachtete mit augenscheinlichem Interesse die auf dem Unterdeck gedrängten Auswanderer. Deshalb schaute auch Josiah hin. Allerdings kamen sie ihm durch und durch gewöhnlich vor, unscheinbar wie Menschen beim Markttag in Pendleworth.

Die Kinder hatten keine Ahnung, was für ein bedeutsames Ereignis in ihrem Leben sich gerade vollzog. Sie rannten hin und her, gerieten jedermann in den Weg. Unten sah Josiah einige Erwachsene unverhohlen weinen. Ehemänner hielten ihre Frauen fest, ältere Kinder klammerten sich an ihre Eltern oder aneinander. Am unglücklichsten schienen die betagteren Menschen zu sein. Für sie bestand wenig bis keine Hoffnung, je zu einem Besuch zurückzukehren. Josiah konnte nachvollziehen, wie sie sich fühlten. Verdammt, und wie er das konnte! Selbst wenn ihm eines Tages die Rückkehr nach England gelänge, könnte er nie wieder nach Pendleworth. Und der Gedanke schmerzte höllisch.

»Ein trauriger Moment, nicht wahr?«, murmelte er, von der Tiefe seiner Gefühle dazu getrieben, sich den anderen anzuvertrauen.

»Traurig und doch auch hoffnungsvoll, oder?«, erwiderte Andrew. Sein Gesichtsausdruck wurde verträumt. »Es heißt, das Leben dort wäre schön und gesund, und wer hart arbeitet, kann sein Glück machen.«

Josiah verspürte den Drang, den Narren zu schütteln und ihm zu sagen, wer England aus freien Stücken verließ, müsste ein Wahnsinniger sein. Aber er hielt die hitzigen Worte zurück. »Bei mir hatte mein Vater die Idee, mich nach Australien zu schicken. Ich persönlich bin noch nicht überzeugt davon, ob es gut ist.«

Eine hübsche Frau mit recht strengen Zügen kam zu ihnen herüber. Fenton legte ihr besitzergreifend einen Arm um die Schultern. Vermutlich seine Gemahlin. Josiah neidete sie ihm nicht!

Pringles Gattin und Tochter trafen ebenfalls ein. Die Ehefrau war ziemlich drall, besaß aber ein freundliches Gesicht unter dem angegrauten Haar. Das Mädchen war dank fein geschnittener Züge, weichem braunem Haar und schönen Augen hübsch, schaute allerdings verdrießlich drein. Josiah bemerkte, wie sich ihre Miene bei Benedicts Anblick aufhellte. *Du bist nicht alt genug, um einen Mann wie ihn zu interessieren, Mädchen*, ging ihm durch den Kopf.

Als Andrew den Arm um die Schultern der älteren Dame legte, bedachte sie ihn mit einem verbitterten Blick, als wäre sie über etwas wütend. Er jedoch schien es nicht zu bemerken, weil er zu beschäftigt damit war, sie den Fentons vorzustellen.

Als das Gespräch ins Stocken geriet, nutzte Josiah die Gelegenheit, um an Mrs Pringle heranzutreten. »Ich habe mich gefragt … Dürfte ich Sie wohl um Hilfe für meine Frau bitten, Ma'am? Es geht ihr nicht gut, und ihr Dienstmädchen hat am Bahnhof Reißaus genommen. Deshalb sind wir vorläufig auf uns allein gestellt. Wir hoffen, unter den Zwischendeckpassagierinnen einen geeigneten Ersatz zu finden.«

»Oh, die Ärmste! Ja, natürlich. Führen Sie mich doch gleich zu Ihrer Kabine, ja?«

Damit überraschte sie Josiah. »Möchten Sie nicht erst die letzten Blicke auf England genießen?« Schlagartig wirkte ihre Miene gequält, als sie flüchtig zum Ufer schaute. Da wurde ihm klar, dass auch sie gegen ihren Willen auswanderte.

»Nein, eigentlich nicht. Es würde mich nur traurig stimmen. Andrew, behältst du Kitty im Auge?«

Josiah ging hinunter zu dem Korridor voraus, der unter dem Poopdeck verlief. »Tatsächlich haben wir zwei Kabinen. Das ist die meiner Frau.« Er klopfte an, spähte hinein und bedeutete dann der Besucherin, einzutreten.

Catherine hielt sich ein Taschentuch an den Mund. »Es freut mich, Sie kennenzulernen, Mrs Pringle, aber ich fürchte, die Bewegungen des Schiffs … bekommen mir nicht.«

Dorothy berührte Josiah am Arm. »Vielleicht möchten Sie wieder an Deck gehen, Mr Ludlam. Ich bleibe ein Weilchen bei Ihrer Frau.«

Erleichtert kehrte er auf das Poopdeck zurück, suchte sich dort ein Plätzchen, wo er für sich sein konnte, und warf einen letzten Blick auf das Land, das er liebte – und eigentlich gar nicht verlassen wollte.

Später am selben Tag stemmte sich Benedict gegen die Bewegungen des Schiffs und beobachtete interessiert, wie der Lotse, der sie zum Leuchtschiff gebracht hatte, den Rückweg antrat. Als der Mann zur Reling ging, um hinunter in sein Boot zu klettern, bestürmten ihn Zwischendeckpassagiere, die sich schon länger an Bord befanden, und drückten ihm letzte Briefe an ihre Familien zu Hause in die Hände, auf dass er sie aufgeben möge.

»Jetzt sind wir auf See«, sagte jemand in der Nähe, und die Umstehenden stimmten Jubel an.

Benedict bemerkte, dass Josiah sie dabei mit einem verächtlichen Ausdruck im Gesicht beobachtete. Andrew jubelte mit den anderen, Kitty hingegen hatte Tränen in den Augen. Mrs Fenton war nach unten gegangen, Mr Fenton befand sich noch an Deck und tauschte sich angeregt mit Andrew aus. Für Benedicts Begriffe bestach keiner der beiden durch Intelligenz, doch Fenton sah zumindest auf klobige Weise gut aus.

Er entdeckte die junge Hausmagd der Pringles an der Reling auf dem Unterdeck. Ihre Miene strahlte Hoffnung aus, und aus irgendeinem Grund hob ihr Anblick auch seine Stimmung. Sie besaß ein interessantes Gesicht, und ihr wallendes dunkles Haar fand Benedict wunderschön. Etwas an ihr setzte sich unwillkürlich so im Kopf fest, dass man ständig an sie denken musste – ihr Lächeln, ihre strahlenden Augen, ihr wacher Ausdruck. Was für ein Kontrast zu Kitty Pringle.

Er zwang sich, den Blick von ihr zu lösen. *Es werden keine hübschen jungen Frauen mehr beäugt*, sagte er sich entschlossen. *Du hast jetzt Grace.*

Bald vergaß er das Mädchen, als England in der Ferne entschwand. Unwillkürlich bemühte er sich, das Land im Auge zu behalten, bis man nichts mehr davon sehen konnte. Eigentlich wollte er nicht weg. Natürlich nicht. Aber er war jung und stark. Wenn es jemand in Australien zu Erfolg bringen könnte, dann doch gewiss er, oder?

Während Liza eingekeilt zwischen anderen Passagieren an der Reling stand und beobachtete, wie das Land zu einer grauen Schliere verschwamm, atmete sie tief durch und genoss das salzige Aroma der frischen Luft. Einer der Matrosen meinte, sie hätten Glück, dass sie auf Anhieb einen günstigen Wind erwischt hatten. Auch Liza fühlte sich glücklich – allerdings darüber, entkommen zu sein. Sie fand die Bewegungen des Schiffs aufregend und genoss das emsige Treiben während der Abfahrt.

Wenig später wurden die ersten Leute blass und traten den

Weg unter Deck an. Andere blieben und übergaben sich über die Reling. Manche waren dabei so töricht, nicht auf die Windrichtung zu achten. Keine Stunde, nachdem der Lotse sie verlassen hatte, hatte sich die Menge an Deck gelichtet. Etliche Passagiere lagen seekrank und hilflos in ihren Kojen. Liza ging hinunter und half dabei, andere in der Unterkunft der unverheirateten Frauen zu versorgen. Allerdings wurde der Geruch zunehmend schlimmer, und sie entschied, sich besser zurück an Deck zu begeben, wenn sie nicht selbst von Übelkeit überwältigt werden wollte. Liza schnappte sich ein Stück Brot und vergaß die Anweisung der Oberin, dass sie sich nur in Gruppen hinauswagen durften. Sie stieg den Niedergang hinauf und wunderte sich darüber, wie natürlich sich die steilen, leiterartigen Stufen für sie anfühlten.

Oben an Deck hielten sich mittlerweile weitaus weniger Leute auf, die wohl wie sie die frische Luft genossen. Sie schaute zum Poopdeck, auf das nur Kabinenpassagiere durften, entdeckte jedoch weder Mrs P. noch Kitty. Aber Mr Pringle war dort und bahnte sich den Weg zu ihr herunter.

»Ist alles in Ordnung, Liza?«

»Es geht mir wunderbar, Sir.«

»Gut, gut.«

»Kann ich irgendwas für Mrs P. tun?«

»Da bin ich mir nicht sicher. Oder doch, vielleicht schon. Kitty ist übel, und sie hat sich hingelegt, obwohl ich ihr gesagt habe, sie soll lieber an Deck bleiben. Auch meine Frau hat es erwischt, und die arme Mrs Ludlam leidet besonders heftig. Könntest du wohl nachsehen, ob die Damen Hilfe brauchen?«

Wenige Minuten später räumte Liza hinter Kitty auf, die sich nicht mal die Mühe gemacht hatte, sich einen Eimer zu holen, sondern sich auf den Boden übergeben hatte. Ähnlich half sie Mrs Pringle, die vorsichtiger gewesen war. Dann suchte sie eine Schüssel und stellte sie neben Kittys Bett. »Wenn

Sie die das nächste Mal benutzen, Miss, ist nachher weniger sauber zu machen.«

Kitty hob leicht den Kopf und fauchte: »Rede gefälligst nicht so mit mir!«

In der Koje gegenüber meldete sich erschöpft Dorothy zu Wort. »Liza hat schon recht. Und von mir bekommst du auch etwas zu hören, wenn du das nächste Mal nicht besser aufpasst. Aber wenn du natürlich unbedingt willst, dass deine Kleidung nach Erbrochenem riecht …« Sie ließ die Worte wirken.

»Die kann *sie* ja waschen, oder? Dafür bezahlen wir sie doch.«

Bei der Bemerkung schnappte Liza empört nach Luft.

Dorothy wandte sich an das Dienstmädchen. »Liza, du solltest vielleicht daran denken, dass ich diejenige bin, die dich bezahlt. Und ich erwarte nicht, dass du jemanden bedienst, der so unhöflich mit dir spricht.« Dabei starrte sie ihre Tochter an, die schluchzte und sich wegdrehte. Plötzlich erinnerte sich Dorothy an Josiahs Frau. »Wenn du Zeit hast und dich gut genug fühlst, könntest du dann bitte auch nach Mrs Ludlam sehen, Liza? Sie ist in der letzten Kabine auf dieser Seite, in der großen am Ende der Gangs – es geht ihr ziemlich schlecht. Und sie ist nicht nur seekrank.«

Als auf Lizas Klopfen niemand reagierte, öffnete sie die Tür nach kurzem Zögern einen Spaltbreit und spähte hinein. Mr Ludlam kniete neben dem Bett, doch nach der Farbe seines Gesichts zu urteilen, fühlte auch er sich alles andere als wohl.

»Wer zum Teufel bist du?«, fragte er mit knurrendem Unterton, als er den Kopf drehte.

»Ich bin Mrs Pringles Dienstmädchen, Sir. Sie hat mich hergeschickt, um nachzusehen, ob ich helfen kann.«

Mit einem erleichterten Seufzen schloss er die Augen.

»Entschuldige. Ich wollte nicht … wollte nicht …« Abrupt riss er eine Hand an den Mund und stürmte aus der Kabine.

Liza wandte sich der Frau auf dem Bett zu, die so bleich wirkte wie eine Marmorstatue auf dem Kirchhof. Sie wrang den Lappen aus einer Schale mit Wasser aus, das mit den Bewegungen des Schiffs schwappte, und tupfte das blasse Gesicht ab.

Die Frau öffnete die Augen und versuchte sich an einem Lächeln. »Danke.«

»Es freut mich, wenn ich helfen kann, Mrs Ludlam.« Als die Frau eine Hand auf den Mund presste, hielt Liza ihr den Eimer hin, doch es kam sehr wenig hoch.

»Es … tut weh.«

»Der Steward hat mir erzählt, dass uns raue See bevorsteht. Aber das bedeutet zumindest, dass wir nicht auf einen günstigen Wind warten müssen.«

Catherine Ludlam stöhnte.

»Soll ich Ihnen das Nachthemd wechseln, Ma'am?«

»Bitte. Im Kabinenkofferraum ist ein sauberes – in der unteren Lade.«

Als Liza die Frau aus dem stinkenden, völlig durchnässten Stoff schälte, erblickte sie die Anzeichen für mehr als Seekrankheit und erstarrte. Die beiden sahen sich gegenseitig an, nicht Dienstmädchen und Herrin, sondern zwei Frauen, einander nah durch eine bevorstehende Tragödie.

Schließlich bat Catherine leise: »Sag es nicht meinem Mann. Bitte.«

»Natürlich nicht.« Liza zog ihr das saubere Nachthemd an. Es fühlte sich an, als helfe sie ihrem jüngeren Bruder, so flach und dünn war Mrs Ludlam, abgesehen von dem Knoten. Im Gegensatz zu Kitty kannte die Frau die Worte »danke« und »bitte«. »Ich gehe das nur ausleeren, dann komme ich gleich zurück und schaue, ob ich sonst noch etwas für Sie tun kann.«

Als Liza zurückkam, schien Mrs Ludlam zu schlafen, also setzte sie sich eine Weile ans Bett.

Schließlich öffnete sich die Kabinentür, und der Ehemann spähte herein. »Wie geht es ihr?«, murmelte er.

Liza schlich auf Zehenspitzen zu ihm, um ihm leise zu antworten. »Ein bisschen besser, glaube ich.«

Er schaute sich in der aufgeräumten Kabine um. »Danke für deine Hilfe. Tut mir leid, dass ich dich angeherrscht habe. Mir war selbst ziemlich übel.«

»Soll ich Ihre Kabine auch aufräumen, Sir?«

Er lehnte sich an die Tür, sichtlich immer noch schwindlig. »Bitte.«

»Vielleicht sollten Sie sich hinlegen, bis Sie sich an die Bewegungen gewöhnen.«

Josiah beherzigte ihren Rat. Ihn überraschte, wie kompetent sie für ein so junges Mädchen zu sein schien. Innerhalb weniger Minuten hatte sie seine Kabine in Ordnung gebracht. Dann verschwand sie, um den Steward um mehr Trinkwasser zu bitten. Sie kam mit dem Mann im Schlepptau zurück.

»Ich muss jetzt nach meiner Herrin sehen, aber wenn Sie wollen, kann ich mich später noch mal um Ihre Frau kümmern, Mr Ludlam.«

Josiah nickte, bevor er sich zurücklegte und die Augen schloss.

»Eine stramme kleine Matrosin, nicht wahr, Sir?«, meinte der Steward bewundernd.

»Die Glückliche!«, brummte Josiah, der spürte, wie sich abermals Übelkeit in ihm regte.

Am nächsten Tag klarte das raue Wetter auf, und an Bord des Schiffs breitete sich lebhaftes Treiben aus. Wenn die unverheirateten Frauen gerade keine Pflichten zu erfüllen hatten, durften sie hinauf an Deck, obschon nur unter Aufsicht der Oberin. Sie verbot ihnen, mit Männern zu sprechen, die keine

Verwandten waren, und der Steward verriet Liza, dass die Oberin als genauso berüchtigt für ihre Strenge galt wie der Kapitän.

»Du solltest vielleicht deine Freundin warnen«, riet er ihr abschließend und deutete mit dem Kopf auf Molly. »Die hat eindeutig Männer im Visier. Und falls unser Kapitän irgendjemanden bei Unzucht erwischt, gibt es Ärger. Bei der letzten Reise hat er eine arme junge Frau zur Strafe eine Woche lang in der Abstellkammer eingesperrt.«

Doch Molly warf nur den Kopf zurück, als Liza es an sie weitergab. »Danke, aber ich bin vernünftig genug, um mich nicht erwischen zu lassen. Was glaubst du wohl, warum ich mich freiwillig zum Kochen gemeldet habe? Was das Auge nicht sieht …« Sie zwinkerte.

Im Verlauf der Tage fanden alle in die Routine an Bord.

»Würde mich überraschen, wenn die arme Mrs Ludlam die Reise übersteht«, meinte Dorothy einmal zu ihrem Dienstmädchen, als sie beide auf dem Poopdeck an der Reling standen. »Es macht dir doch nichts aus, ihr zu helfen, Liza, oder?«

»Das mache ich gern. Sie ist sehr höflich und dankbar. Und Mr Ludlam ist auch nicht übel, wenn man ihn erst kennengelernt hat. Er brummelt zwar viel, aber ihm liegt wirklich etwas an ihr.«

Dorothy musterte sie. »Dir scheint es gut zu gehen. Ich glaube sogar, du siehst besser aus, als ich es je zuvor erlebt habe.«

»Mir gefällt die Fahrt. Und es gibt immer reichlich zu essen.«

»Schiffskost?« Dorothy schauderte.

Liza schmunzelte. »Wenn man mal richtigen Hunger kennengelernt hat, freut man sich über alles. Und ich bin nicht die Einzige unten im Zwischendeck, die so denkt.«

Später bemerkte Catherine, wie das junge Dienstmädchen die Reste auf ihrem Tablett beäugte. Als sie meinte, sie könnte sie gern haben, stürzte sich Liza mit Begeisterung auf das Angebot. Aber da die arme Frau weniger aß als ein Spatz, nahm sie sich vor, sie bei jeder Mahlzeit zu ein paar Bissen mehr zu überreden, und freute sich, wenn es ihr gelang.

Nach einigen Tagen Ruhepause wurde das Wetter wieder stürmisch. Die Bibelkurse, die Lesegruppen, der Chor und andere Gemeinschaftszeitvertreibe endeten, da sich etliche Passagiere erneut in die Kojen zurückzogen.

»Du hast echt Glück«, meinte Molly grummelnd zu Liza. »Fühlst du dich denn *nie* seekrank?«

»Manchmal ist mir morgens beim Aufstehen ein bisschen flau, aber das legt sich jedes Mal bald.« Kaum hatte Liza es laut ausgesprochen, ereilte sie ein Gedanke, und sie erstarrte abrupt. Morgendliche Übelkeit? Oh nein, und sie hatte seit … seit *jenem Zwischenfall* keinen Monatsfluss mehr gehabt! Und da sie ihrer Mutter durch mehrere Schwangerschaften geholfen hatte, wusste sie genau, was das bedeuten konnte. Aber das durfte einfach nicht sein …

Sie ging hinauf, um sich um ihre Herrin zu kümmern. Unterwegs jedoch hielt sie kurz inne, starrte ins Wasser und sorgte sich um ihren Zustand.

»Du bist früh auf, junge Liza.«

Als sie aufschaute, saß Mr Caine hinter ihr und schnitzte. »Oh, ich habe Sie hier unten gar nicht gesehen, Sir.«

»Heute ist es auf dem unteren Deck geschützter.«

Sie ging hinüber, um nachzusehen, was er schuf. Es handelte sich um eine zarte Blume. »Das ist bezaubernd!«

Lächelnd blickte sie darauf hinab. »Früher hatte ich nie Zeit, etwas wirklich Aufwendiges zu machen. Bei dem Stück sind mir zwar ein paar Fehler unterlaufen, aber ich denke, ich habe sie recht gut ausgebessert.«

»Wofür ist das?«

»Nur zum Üben. Sobald ich mein Haus in Australien habe, will ich alle Möbel selbst bauen.«

»Das wird Ihrer Frau gefallen.«

Er versteifte sich. »Wieso sagst du das?«

Überrascht sah sie ihn an. »Ich dachte nur, eines Tages würden Sie bestimmt heiraten. Wie die meisten Landadeligen.«

»Das bin ich nicht!«, sagte er barsch. »Und will es auch nicht sein. Ich will nur eigenes Land besitzen und es vernünftig bewirtschaften.« Er bemerkte, dass sie bestürzt wirkte. »Tut mir leid. Ich wollte dich nicht anherrschen. Und ja, ich habe vor, eines Tages eine Familie zu haben ...« Aber von seiner Ehe würde er niemandem erzählen, solange es sich vermeiden ließ. Zum einen wollte er sich herablassende Äußerungen von Josiah ersparen, zum anderen sollte nichts darüber nach Lancashire dringen, bis Grace und er bereit wären zu verkünden, dass sie verheiratet waren.

Lizas Züge trübten sich. »Ich will nie heiraten.«

»Unsinn! Ein junges Ding wie du wird sich zwangsläufig irgendwann verlieben.«

»Werde ich nicht, Sir. Ich habe gesehen, wozu das bei Frauen führt.« Die Worte erinnerten sie an ihre neuen Sorgen. Abrupt wandte sie sich ab und begab sich zu den Kabinen, um nachzusehen, wie es den Damen ging. Wahrscheinlich verspätete sich ihr Monatsfluss bloß durch die Aufregung der Reise und die Andersartigkeit der Umgebung. In wenigen Tagen würde sie ihn bekommen. Ganz sicher.

Da das stürmische Wetter anhielt, hatte Liza alle Hände voll damit zu tun, die Pringles und die Ludlams zu versorgen, denn sogar Andrew litt schwer unter den anhaltenden schlechten Bedingungen. Als Mr Caine mitbekam, wie hart sie arbeitete, bot er an, ihr bei den Männern zu helfen, was sie ausgesprochen nett von ihm fand. Umso mehr, da Mr Ludlam bisweilen sehr übellaunig sein konnte.

Jede Nacht um Viertel vor zehn wurde eine Glocke geläutet, um den Zwischendeckpassagieren anzuzeigen, dass es an der Zeit war, sich nach unten zu begeben. Kurz danach kam der Steward in die Kabine, um Liza daran zu erinnern. »Die Glocke hat gebimmelt. Geh lieber langsam nach unten, junges Fräulein. Die Oberin kann es nicht leiden, wenn ihre Schützlinge nicht pünktlich zurück sind.«

Liza warf einen besorgten Blick auf Mrs Ludlam. »Ich verlasse sie ungern. Heute geht es ihr besonders schlecht.«

»Tja, sag nachher nur nicht, du wärst nicht gewarnt worden.« Er spähte über ihre Schulter. Es war für jedermann offenkundig, dass die Dame an mehr als Seekrankheit litt. Manchmal brachte man Kranke in der Hoffnung auf Schiffe, dass eine Seereise sie heilen würde. Was in der Regel nicht eintrat.

Liza beschloss, die Nacht bei Catherine zu verbringen.

Um elf Uhr jedoch stürmte die Oberin in die Kabine. »Hier steckst du also, Liza Dooley!«, fauchte sie, ein Auge auf die Frau im Bett gerichtet. »Was bildest du dir eigentlich ein, nachts hier oben zu bleiben? Geh sofort runter in deine Koje, und wag es ja nicht noch mal, mir auszubüxen! Sei froh, dass ich dich nicht mit einem Mann erwischt habe, sonst würde ich dich für den Rest der Reise unten einsperren lassen. Die Regeln sind dazu da, den Anstand zu wahren, und ich sorge dafür, dass sie eingehalten werden.«

Liza rührte sich nicht. »Mrs Ludlam braucht mich.«

Catherine mühte sich in eine sitzende Position. »Liza ist seit Stunden hier bei mir, Oberin. Daran ist nichts verwerflich.«

»Tut mir leid, Ma'am, aber es verstößt gegen die Regeln, und der Captain ist bei derlei Dingen sehr eigen. Obendrein ist sie nicht mal Ihre persönliche Zofe. Und wenn ich mir die Bemerkung gestatten darf, Mädchen in ihrem Alter brauchen strenge Aufsicht, sonst nutzen sie die Freiheiten schamlos aus.«

Liza folgte der Oberin hinunter zu ihrer Koje. Unterwegs ertrug sie eine unablässige Schimpfkanonade, wütend darüber, dass jemand so von ihr dachte.

Am nächsten Tag wurde sie zum kleinen Abteil der Oberin gerufen.

»Haste du mir etwas zu sagen, junge Dame?«

Liza blinzelte verwirrt. »Ich … ich weiß nicht, was Sie meinen.«

»Nun, ich habe deine Kojenkameradinnen befragt. Sie haben mir erzählt, du hättest noch keinen Monatsfluss gehabt, obwohl wir seit mittlerweile drei Wochen auf See sind.«

Liza errötete. »Manchmal verspätet er sich.«

»Wann hattest du ihn zuletzt?«

»Das geht nur mich etwas an.«

»Wag es ja nicht, so mit mir zu reden! Beantworte sofort die Frage.«

»Kurz … kurz bevor wir an Bord gegangen sind.«

»Dann bete besser, dass du ihn bald wieder bekommst. Ich habe dich im Auge. Wenn ich herausfinde, dass du die Frucht deiner Unmoral in dir trägst, verlässt du diese Unterkunft für den Rest der Reise nicht mehr. Und sobald wir Fremantle erreichen, wirst du den Behörden übergeben. Das ist alles. Du kannst gehen.«

Als Liza in ihrer Koje lag, stupste Molly sie und flüsterte: »Ich habe ihr nichts von deiner Morgenübelkeit verraten. Aber was willst du ihr sagen, wenn sich nichts ändert?«

»Was meinst du?«

Molly tippte ihr auf die Nase. »Ich bin nicht von gestern. Wer ist der Vater?«

»Niemand. Ich meine … mir fehlt nichts.«

Doch während die Tage vergingen, spürte Liza ständig den Blick der Oberin. Regelmäßig bemerkte sie, wie die Frau auf ihren Bauch starrte, und die morgendliche Übelkeit legte sich nicht. Mittlerweile hatte sie bereits zwei Monatszyklen verpasst. Hinzu kam, dass sich ihre Brüste zunehmend empfindlicher anfühlten. Was außer einem Baby konnte das bedeuten? Und es würde nicht mehr lange dauern, bis es alle merkten.

Was sollte sie nur tun? Sie wollte kein Kind – und am wenigsten von Teddy Marshall. Alles, was sie sich gewünscht hatte, war ein ruhiges, arbeitsreiches Leben als Dienstmädchen der Pringles. Es war einfach nicht fair!

KAPITEL 7

Catherine musterte die betrübte Miene der jungen Frau, bevor sie sanft fragte: »Was ist los, Liebes?«

Panisch beschleunigte sich Lizas Herzschlag. Ahnte Mrs Ludlam etwas? Sah man es bereits? »Ich … ich weiß nicht, was Sie meinen, Ma'am.«

»Du hast dein Funkeln verloren. Und ich merke, dass etwas nicht stimmt, also leugne es nicht.«

»Ist nur das stürmische Wetter. Das bedrückt mich ein wenig.«

»Unsinn. Du verträgst die See hervorragend und fühlst dich an Bord pudelwohl – zumindest bis vor Kurzem.« Catherine hingegen konnte der Erfahrung rein gar nichts abgewinnen. In der kleinen Kabine eingesperrt zu sein, empfand sie als entsetzliche Vergeudung ihrer kostbaren verbleibenden Tage. Selbst bei ruhigerem Wetter brachte sie kaum die Kraft auf, an Deck zu gehen – obwohl sie sich gelegentlich dazu zwang, damit Jos nicht erahnte, wie schlimm es um sie stand. Sie ergriff die Hand des Mädchens. »Sag mir, was dich bedrückt. Vielleicht kann ich dir ja helfen.«

»Ich … ich …« Und plötzlich wurde alles zu viel. Liza brach in Tränen aus, vergrub das Gesicht in den Laken, und alles sprudelte aus ihr heraus. Wie sich ihr Mr Marshall aufgezwungen hatte. Wie sie geflüchtet war, um ihn nicht heiraten zu müssen. Dass sie glaubte, ein Kind in sich zu tragen – und dass die Oberin sie für den Rest der Reise in der Abstellkammer einsperren würde, wenn sie es herausfände.

Catherine lauschte der verworrenen Geschichte, stellte ab und an behutsame Fragen und streichelte das dichte, gewellte

Haar, das sich aus seinen Bändern gelöst hatte. »Sch-sch. Ganz ruhig. Niemand wird dich einsperren. Lass mich dich erst mal ansehen. Bei manchen Frauen zeigt es sich früh, bei anderen nicht. Steh auf.«

Überrascht blinzelnd mühte sich Liza auf die Beine.

Catherine musterte den zierlichen Körper, der noch keinerlei Anzeichen einer Schwangerschaft erkennen ließ. »Könnte es sein, dass du dich irrst?«

»Mittlerweile ist der Monatsfluss schon zweimal ausgeblieben. Und … und morgens ist mir ein bisschen übel. Der Oberin ist aufgefallen, dass ich meine Regel noch nicht hatte. Ihr entgeht wirklich nichts.«

»Setz dich. Nein, hier aufs Bett neben mich.« Als Catherine die heiße, feuchte Hand ergriff, ging ihr durch den Kopf, wie ungerecht das Leben sein konnte. Sie glaubte dem Mädchen jedes Wort, denn dieses lebhafte Gesicht mit den wunderschönen, dunkel umringten blauen Augen konnte keiner Lügnerin gehören. Einen Moment lang wäre sie beinah von Traurigkeit überwältigt worden. Was würde sie nicht dafür geben, ein Kind zu bekommen – etwas von sich, das sie hinterlassen könnte?

Und in dem Moment wurde eine Idee geboren, die ihre letzten Tage beherrschen und erhellen sollte – nur erzählte sie niemandem davon. Noch nicht. Erst wollte sie es gründlich durchdenken und Jos überzeugen, dass es machbar wäre. »Was hältst du davon, meine Zofe zu werden, Liza? Wenn du in meiner Kabine wohnst, wird noch eine ganze Weile niemand deinen Zustand bemerken.«

Liza starrte sie mit großen Augen an. »Aber was ist mit Mrs P.?«

»Ich fürchte, Dorothy verliert, denn sie wird ihr Dienstmädchen für mich aufgeben müssen. Überlass sie mir. Die wichtigste Frage ist, ob du überhaupt für mich arbeiten möchtest.«

»Oh Mrs Ludlam!« Wieder brach Liza in Tränen aus. »Oh, ich wäre zu gern Ihr Dienstmädchen und würde hier oben bleiben. Sie werden es nicht bereuen, keine Minute lang, das verspreche ich!«

»Dann hör jetzt auf zu weinen und geh Mrs Pringle suchen. Frag sie, ob sie herkommen kann, um mit mir zu reden. Anschließend gehst du an die frische Luft, bis ich dich holen lasse.«

Bei der Aussicht auf die Hilfe des jungen Dienstmädchens fühlte sich Catherine erheblich besser. Sie fürchtete sich nicht vor dem Tod – die meiste Zeit war sie schlichtweg zu erschöpft dafür. Außerdem glaubte sie aufrichtig, dass sie danach ein besseres Leben erwartete. Nur widerstrebte ihr zutiefst der Gedanke, ihre letzten Tage auf Erden zu verschwenden. Und vielleicht, nur vielleicht würde ihre Idee Jos helfen können, zurechtzukommen – danach.

Nachdem Liza die Nachricht überbracht hatte, gesellte sie sich zu Molly, die mit beiden Händen die Reling umklammerte und verdrossen aufs Meer hinausschaute.

»All das Wasser ist mir unheimlich. Wäre ich nur nicht mitgekommen. Und dabei hat die Reise erst angefangen.« Molly grinste Liza an. »Es ist sogar schon so weit, dass ich mit dem Gedanken spiele, Reverend Beetons Bibelkurs zu besuchen. Was sagt man dazu?«

Liza schmunzelte. »Dann musst du wirklich verzweifelt sein.«

»Komm doch auch mit. Zusammen haben wir vielleicht sogar ein bisschen Spaß dabei.«

»Kann ich nicht. Ich helfe Mrs Ludlam.«

»Dieser blassen Frau?«

»Ja.«

»Wie ist sie so?«

»Nett. Freundlich.«

»Kannst froh sein, dass du was zu tun hast. Zum Glück wirst du nicht seekrank.« Sie verzog das Gesicht. »Ich denke, ich gehe besser wieder runter und lege mich hin. Die See wird immer rauer.«

Liza blieb an der Reling stehen. Nicht allzu viele andere Menschen hielten sich an Deck auf, und die meisten davon hatten geschütztere Plätzchen besetzt. Auf der gegenüberliegenden Seite befanden sich die Kinder beim Leseunterricht, den einer der Väter begonnen hatte. Eine Frau aus Sheffield hatte einen Chor ins Leben gerufen, der sich immer nachmittags traf und zu einem späteren Zeitpunkt eine Aufführung veranstalten wollte. Auch eine Leserunde gab es. Dabei las ein Mitglied den anderen wechselweise aus den von ihnen mitgebrachten Büchern vor. Daran hätte Liza mit Begeisterung teilgenommen, wenn sie Zeit dafür gehabt hätte. Sie hörte sich so gern Geschichten an.

Dass man weit und breit außer Wasser nur noch mehr Wasser sehen konnte, verblüffte sie. Ihr war nicht bewusst gewesen, wie riesig die Meere der Welt waren. Aber die Matrosen meinten, sie kämen gut voran. Liza schaute zu den gebauschten Segeln auf und erfreute sich am Anblick der Schatten, die sich wie graue Schlangen daran wanden. Sie stammten von sogenannten Schoten und Fallen und der Takelagen, wie die Seeleute es nannten. Für Liza handelte es sich samt und sämtlich um Seile verschiedener Dicken und Verwendung. Sie drehte das Gesicht in den Wind und ließ ihn ihre geröteten Wangen kühlen.

Benedict bemerkte ihre verquollenen Augen und fragte sich, was sie so aufgewühlt haben könnte. Sie war eine nette junge Frau. Jedermann mochte ihr fröhliches Wesen, doch seit einiger Zeit wirkte sie oft bedrückt. Spontan ging er auf das untere Deck hinunter und stellte sich zu ihr an die Reling.

Bevor er das Wort ergreifen konnte, drehte sie sich ihm zu,

die Miene freudestrahlend, die Wangen rosig, während das dunkle Haar hinter ihr wallte. »Es ist wundervoll, oder? Ich bin so froh, dass ich nicht seekrank werde.«

In seinem Herzen regte sich etwas, das auf ihren Überschwang und das Funkeln in ihren Augen ansprach. Was auch immer sie bedrückt haben mochte, musste wohl geklärt sein, entschied er, denn sie wirkte wieder ganz wie ihr früheres Selbst. Einen Moment lang brachte er kein Wort hervor und konnte sie nur anstarren. Sie war noch ein Mädchen, Jahre jünger als er, und er hatte kein Recht, diese weiche Haut zu berühren oder mit den Fingern durch diese bezaubernde Mähne zu fahren – trotzdem wollte er es. So sehr.

»Wie geht es den Tieren?«, erkundigte sie sich.

»Die sind unglücklich. Und man kann es ihnen nicht verdenken.« Die Kleineren reisten in Holzkäfigen eingepfercht an Deck, die Größeren unten eingeschlossen. Benedict ging mehrmals täglich zu ihnen, um sich um sie zu kümmern. In der muffigen Dunkelheit schienen sie sich elend zu fühlen und etwas Trost aus seiner Anwesenheit zu schöpfen. Er hoffte, die meisten würden die Fahrt überleben. Immerhin hatte er gutes Geld für sie ausgegeben, und sie sollten die sorgfältig ausgewählte Grundlage für seinen Zuchtbestand werden.

»Ich könnte es nicht ertragen, in der Finsternis eingesperrt zu sein«, sagte Liza leise.

»Ich auch nicht.«

Eine Weile standen sie schweigend beisammen. Schließlich meinte sie nachdenklich: »Die Stickarbeiten von Mrs P. sind ein bisschen wie Ihre Schnitzereien – fast lebendig. Sie hat versucht, es mir beizubringen, aber ich werde nie so gut wie sie sein. Ihre Blumen haben wunderschöne Farben und kommen einem so echt vor, dass man denkt, man könnte sie pflücken. Sie hat haufenweise Seide dabei, denn sie sagt, man weiß nicht, was man dort zu kaufen bekommt.«

»Viele an Bord haben Sachen dabei, um sich die Zeit damit zu vertreiben. Was hast du mitgebracht?«

Liza errötete. »Ich ... ich hatte keine ...« Als sie in sein ruhiges Gesicht blickte, wusste sie, dass sie von diesem Mann nichts zu befürchten hatte. Also vertraute sie ihm die schlichte Wahrheit an. »Wissen Sie, ich bin von zu Hause geflüchtet und konnte nicht viel mitnehmen.«

»Warum bist du geflüchtet?«

Sie senkte den Kopf und seufzte so leise, dass nur er es hören konnte, bevor sie ihm erzählte, dass ihr Vater sie dazu zwingen wollte, Mr Marshall zu heiraten. Danach schaute sie nicht auf, weil sie keine Verachtung in seinem Antlitz sehen wollte. Aus irgendeinem Grund lag ihr am Herzen, was er von ihr hielt. »Bitte erzählen Sie niemandem davon, Mr Caine.«

Ohne nachzudenken, ergriff er ihre Hand, eine instinktive Geste, mit der er trösten wollte. »Natürlich nicht. Ich würde niemals dein Vertrauen missbrauchen.«

Kurz ließ sie ihn gewähren, denn sie empfand die Wärme seiner größeren Hand als tröstlich. Dann pflügte ein Kind in sie und hätte sie um ein Haar umgeworfen. Geistesgegenwärtig packte er sie an den Schultern und stützte sie, bis sie das Gleichgewicht zurückerlangt hatte.

Lachend schaute Liza zu ihm auf. »Manche von ihnen sind schon wilde Rangen, was? Es ist ein Wunder, dass sie noch nicht über Bord gefallen sind.«

Nachdem Dorothy Pringle sie zurück zu Catherine geschickt hatte, schnitzte Benedict eine ganze Weile nicht, da ihm die Erinnerung an Lizas lachendes Antlitz einfach nicht aus dem Kopf gehen wollte. Sie glich einem jungen Stutfohlen, zu dünn, und doch mit der unbewussten Anmut eines Kinds gesegnet. Sobald sie zu einer vollwertigen Frau geworden wäre, würde sie bezaubernd sein – sofern ihr nicht zuvor das Leben dabei in die Quere käme. Aber was auch immer aus ihr werden mochte, ging ihn nichts an. Er konnte sich gar nicht recht erklären, warum er überhaupt zu ihr gegangen war und mit ihr gesprochen hatte, abgesehen davon, dass an Bord einige der üblichen gesellschaftlichen Barrieren zu bröckeln schienen. Außer bei Josiah.

Er drehte den Kopf und musterte den Mann, der auf dem oberen Deck stand und wie so oft hinaus aufs Wasser starrte. Allein die Haltung seiner Schultern schreckte davon ab, sich zu ihm zu gesellen.

Benedict seufzte. Gegen jemanden, der solche Traurigkeit ausstrahlte, konnte man nicht länger einen Groll hegen – nicht mal, wenn die eigene Zukunft zwangsweise an seine gekoppelt worden war.

Josiah starrte seine Frau überrascht an. »Wie um alles in der Welt hast du die Pringle überredet, dir ihr Dienstmädchen zu überlassen?«

Catherine wählte die Worte sorgfältig und hoffte nach wie vor, ihm nicht die ganze Wahrheit sagen zu müssen. »Ich habe ihr erklärt, wie hilflos ich mich fühle und wie seekrank ich bin – und sie hatte Verständnis dafür, wie groß meine Not ist.«

»Mir gefällt nicht, dass du an ihr Mitleid appelliert hast.«

»Das allein ist es nicht. Es hat noch einen anderen Grund gegeben. Aber versprichst du mir, dass du niemandem davon erzählst, Jos?«

Er zog die dunklen Brauen zusammen und sah sie mit zu Schlitzen verengten Augen an. »Wovon?«

»Versprich es mir zuerst.« Sie wusste, dass er sein Wort immer hielt.

»Oh, na schön.«

»Liza ist in anderen Umständen.«

Er schrak zurück. »Dann ist sie kein geeignetes Dienstmädchen für dich. Und ich werde nicht …«

»Jos, Liebster, lass mich dir die ganze Geschichte erzählen, bevor du voreilige Schlüsse ziehst.«

In seiner Stimme schwang triefender Sarkasmus mit. »Du meinst die Geschichte, die sie dir aufgetischt hat?«

»Die Geschichte, die Dorothy bestätigt hat. Sie kennt die Familie und hat Liza danach gesehen – mit all den Blutergüssen.« Sie konnte beobachten, wie sich seine Haltung nach und nach änderte, während sie ihm die traurige Begebenheit schilderte.

Ihr Vorschlag jedoch überzeugte ihn trotzdem nicht. »Also, mir tut das Mädchen ja leid. Aber plagst du dich nicht schon genug, ohne dir jemand anderes Probleme aufzuhalsen?«

»Jos, Schatz, es wird mir eine *Freude* sein, ihr zu helfen.« Aber er zeigte sich mit gerunzelter Stirn immer noch skeptisch über ihren Plan und murmelte etwas darüber, dass es nicht richtig wäre. Also atmete sie tief durch, bevor sie leise sagte: »Und dennoch werde ich im Verlauf der Wochen mehr Hilfe brauchen, fürchte ich.«

Einen Moment lang wurde er sehr still. »Fühlst du … fühlst du dich noch kein bisschen besser?«

»Nein, Schatz.«

Mit blankem Grauen in den Augen starrte er sie an.

»Und ich glaube auch nicht, dass es mir je wieder besser gehen wird, Jos. Ich habe einen Knoten in der Brust, und er wächst.«

Nach einem langen, betretenen Moment der Stille verlangte er mit rauer Stimme: »Zeig ihn mir.«

So widerstrebend sie ihren verheerten Körper entblößte, es schien die einzige Möglichkeit zu sein, ihn zu überzeugen.

Entsetzt starrte er auf sie hinab. »Großer Gott, Cat, warum hast du mir nicht schon früher davon erzählt? Du musst solche Schmerzen leiden!«

»Ich wollte dich nicht beunruhigen.«

»Du hättest in England bleiben sollen, wo man dich anständig hätte versorgen können.«

»Nein.« Ihre Stimme klang sehr fest. »Inzwischen ist mir klar, dass mir diese Reise vorherbestimmt war, damit ich Liza helfen kann.«

In ihren Augen leuchtete eine Überzeugung, die er nicht teilte, trotzdem widersprach er ihr nicht.

»Ich kann ihr nicht nur helfen, sondern ihr auch so viel beibringen. Später hilft dann sie mir. Ach, Jos, es ist so wunderbar, dass ich nicht nutzlos und allein sterben muss! Ich habe sowohl dich *als auch* Liza.«

Da konnte er seine Gefühle nicht länger bändigen und vergrub den Kopf an ihrem Schoß. Dabei kniete er beinah an derselben Stelle wie Liza, während er schmerzliche, bittere Tränen vergoss. Außer Cat hatte er keinen wahren Freund auf der Welt, und er hatte keine Ahnung, wie er ohne sie zurechtkommen sollte.

Wieder streichelte sie jemandes Kopf und gab dabei leise, beruhigende Geräusche von sich. Während sie tief in Gedanken versunken durch die Kabine starrte, erstarkte ihre andere Idee zur Gewissheit, und sie nickte bei sich. Es wäre richtig – und alles, was sie noch für ihn tun konnte.

Jede Furche im Gesicht der Oberin strotzte vor Feindseligkeit, während sie Liza anfunkelte. »Keine Ahnung, wie du an diese nette Dame herangekommen bist oder warum sie jemanden wie dich als Dienstmädchen will.« Ihre Stimme troff vor Verachtung. »Aber glaube bloß nicht, mir wäre entgangen, dass du deine Tage immer noch nicht hattest. Bevor du auch nur versuchst, von hier zu verschwinden, suche ich Mr Ludlam auf und teile ihm meinen Verdacht mit. Danach übergeben wir die Angelegenheit dem Captain.«

Alle in der Unterkunft der alleinstehenden Frauen waren

verstummt, lauschten und starrten die beiden an. Liza stand wie gelähmt vor Grauen und Demütigung da.

Bevor sie sich rühren konnte, packte die Oberin sie an den Schultern und schob sie in die dunkle Abstellkammer hinten.

Als die Tür mit einem Knall zugeschlagen wurde, sank Liza in der stickigen Finsternis zu Boden, zu entsetzt für Tränen. Dabei war sie so glücklich gewesen, als sie unter Deck gekommen war, um ihre Sachen zu packen. Nun verspürte sie nur noch Angst. Würde der Kapitän sie für den Rest der Reise in dieser Kammer einsperren lassen? Mittlerweile wusste sie, welche Macht ein solcher Mann auf See besaß. Liza hatte das Gefühl, keine Luft zu bekommen. Sie zog die Knie fest an die Brust und schlang die Arme um sie, so in Verzweiflung versunken, dass sie es nicht mal bemerkte, als eine Ratte über ihren Fuß wieselte.

Eine scheinbare Ewigkeit später hörte sie draußen gedämpfte Geräusche und eine brüllende Männerstimme. Kam etwa der Kapitän? Schaudernd machte sie sich noch kleiner, als sich die Stimme näherte. Mittlerweile konnte sie auch die harschen Töne der Oberin und schrille Rufe der anderen ausmachen, nicht jedoch verstehen, was gesagt wurde.

Als sich die Tür öffnete, konnte sie sich nicht rühren, sondern schaute nur wie gelähmt vor Angst auf.

Als Josiah das tränenverschmierte Gesicht des Mädchens erblickte, verspürte er einen jähen Anflug von Mitgefühl. Vor allem aber sorgte er sich um Cat. Wie konnte diese verfluchte Närrin von einer Oberin es wagen, ihr die Unterstützung vorzuenthalten, die sie wollte – nein, *brauchte?* Er war froh, die Wut darüber, was mit seiner Ehefrau geschah, an jemand anderem auslassen zu können. »Steh auf, Liza, und hol deine Sachen. Du wirst nicht hierher zurückkommen …« Er musste schwer schlucken, bevor es ihm gelang, hinzuzufügen: »Was auch immer passiert.«

Da sie sich nicht rührte, streckte er die Hand aus und zog sie auf die Beine.

Erst da begriff Liza, dass sie freigelassen wurde. Sie wischte sich die Tränen weg und folgte ihm rasch aus der Dunkelheit, schob sich an der verdrossen dreinschauenden Oberin vorbei und eilte dann zu ihrer Koje, weil sie fürchtete, die Frau könnte trotz allem versuchen, sie aufzuhalten. Als sie ihre spärlichen Habseligkeiten in ihre Tasche stopfte, zwinkerte Molly ihr zu. Joan hingegen wandte sich mit einem missbilligenden Schnauben ab.

Sobald Liza alles gepackt hatte, drehte sie sich dem ungeduldig neben ihr wartenden Mann zu. »Ich bin so weit, Mr Ludlam.«

Josiah betrachtete die halb leere Leinentasche. »Ist das alles, was du hast?«

»Ja, Sir.«

»Dann komm mit. Meine Frau wartet auf dich.« Er wandte sich zur Oberin um, die ihnen durch die Kabine gefolgt war und sich zwischen ihnen und dem Niedergang aufgebaut hatte. »Aus dem Weg, Weib! Such dir andere Kinder zum Herumschubsen!«

»Sie haben kein Recht, das Mädchen mitzunehmen. Darüber werde ich mit dem Captain sprechen.«

»Das werde ich auch!«

Mit an die Brust gedrückter Leinentasche folgte Liza ihm zu den steilen Holzstufen. Kurz war sie verwirrt, als er zur Seite ging, um ihr den Vortritt zu lassen, als wäre sie eine feine Dame.

An der Tür zur Kabine seiner Frau zupfte sie an seinem Ärmel. »Sir.«

»Was ist?«

»Ich wollte nur sagen … Sie werden es nie bereuen, mir geholfen zu haben, Sir. Ich werde mich sehr gewissenhaft um sie kümmern, das verspreche ich.«

Erfreut und überrascht von den Worten nickte er und öffnete die Tür. »So, Cat, hier ist sie. Diese verdammte übergriffige Furie hatte sie in einen begehbaren Schrank eingesperrt.«

Catherine blickte ihnen mit einem strahlenden Lächeln entgegen. »Danke, Jos, mein Schatz!«

Er versuchte, das Lächeln zu erwidern, doch es gelang ihm nicht. Sie sah so dünn aus, so krank! »Der Steward bringt uns eine Matratze für das Mädchen.«

»Ihr Name ist Liza, Jos.«

Er brummte und sah das nach wie vor neben ihm wartende Dienstmädchen an. »Ja, dann eben für Liza. Ich gehe mich unverzüglich beim Kapitän beschweren, weil ich nicht will, dass sich dieser alte Hausdrachen noch einmal einmischt.«

Catherine betrachtete das tränenverschmierte Gesicht der jungen Frau. »Man hat dir doch nicht wehgetan, oder, Liza?«

»Nein. Ich war nur … Sie hat mich in der Abstellkammer eingesperrt, und ich … ich dachte, man würde verhindern, dass ich Ihnen helfe.« Ihre Stimme schwankte bei den Worten.

»Das hätte ich nicht zugelassen. Jos auch nicht.«

Liza schenkte ihr ein wässriges Lächeln, bevor sie sich mit beflissener Miene in der Kabine umsah. »Dann fange ich mal an, hier aufzuräumen, ja? Hat sich doch eine ziemliche Unordnung angesammelt, nicht wahr?«

Nach wenigen Minuten summte sie bei der Arbeit vor sich hin.

Catherine schlief zu den leisen, freudigen Geräuschen ein.

Im Verlauf der Tage fühlte sie sich allmählich etwas besser, weil der Alltag keine solche Mühsal mehr war. Sie genoss die fröhliche Gesellschaft ihres neuen Dienstmädchens. Allerdings beobachtete sie die junge Frau auch sorgfältiger, als man offensichtlich merkte. Denn bevor sie ihren Plan in die Tat umsetzen konnte, musste sie sicher sein, dass es das Richtige für Jos wäre.

Liza sah zwar hinter der Hälfte des »Unterrichts«, als den sie die Lektionen betrachtete, keinen Sinn. Doch wenn Mrs Catherine wollte, dass sie etwas lernte, dann würde sie das. Sie wusste, dass die Frau im Sterben lag, wenngleich sie durch ein unausgesprochenes Einverständnis nie darüber sprachen.

Als Erstes sorgte Catherine dafür, dass Liza neue Kleidung bekam, weil sie es nicht ertragen konnte, sie in so hässlichen, fadenscheinigen Lumpen zu sehen. Sie selbst besaß mehr, als sie brauchte, und würde bald ohnehin nicht länger Verwendung dafür haben. Also schenkte sie der verblüfften Liza das eine oder andere schlichte Kleid und half ihr, es anzupassen. Außerdem stattete sie die junge Frau mit allem Möglichen aus, von der Unterwäsche bis hin zu einem kaum je getragenen warmen Mantel aus feiner blauer Wolle.

»Aber Mrs Ludlam ... das kommt mir nicht richtig vor«, protestierte Liza, überwältigt von der Großzügigkeit. Die Freude über die Sachen merkte man daran, wie ehrfürchtig sie mit einer Fingerspitze über den Stoff strich.

»Natürlich ist es richtig. Ich will, dass mir mein Dienstmädchen zur Ehre gereicht. Außerdem bereitet es mir Freude, dich anständig einzukleiden. Und dieses Wollkleid könntest du ohnehin nicht mehr lange tragen.«

Das Wetter wurde allmählich sehr heiß, was bei allen an Bord für Trägheit sorgte. Zudem kamen sie wegen einer Flaute nach der anderen nur langsam voran. Manche Leute murrten darüber, aber Liza genoss die Wärme. Wie wunderbar es sich doch anfühlte, nur leichte Kleidung zu tragen und sich trotzdem Tag und Nacht damit wohlzufühlen!

Allerdings ließ sie sich von ihrer Freude über den neuen Besitztümern nicht davon ablenken, sich um ihre Herrin zu kümmern. Eines Tages lauerte sie Josiah auf und fragte ihn, ob er seine Gemahlin nach oben auf das Poopdeck tragen könnte.

Er warf ihr einen seiner erhabenen, langmütigen Blicke zu. »Ich habe sie vorhin gefragt, ob sie nach oben will. Sie hat es abgelehnt.«

»Ich weiß. Aber Sie könnten versuchen, sie zu *überreden*, Sir, denn ich bin mir sicher, sie würde sich dort viel wohler fühlen. Bitte! In der Kabine ist es so stickig, dass sie es ungemütlich hat.«

»Hm.« Er suchte seine Frau auf und musste Liza recht mit der drückenden Hitze in der Kabine geben. Also verkündete er mit fester Stimme: »Ich trage dich jetzt an Deck, Cat. Oben ist es viel angenehmer – obwohl es natürlich nirgendwo wirklich kühl ist.« Ohne eine Erwiderung abzuwarten, rief er: »Liza! Such einen dieser verflixten Stewards und sag ihm, er soll an Deck ein Plätzchen für meine Frau zum Hinlegen vorbereiten.«

»Ja, Sir.« Flink und überschwänglich wie immer preschte sie los.

Jos grinste, während er ihr nachschaute. »Ihr fehlt es nicht an Enthusiasmus.«

Cat lächelte. »Ja. Die Jungen sind sehr widerstandsfähig.«

Eindringlich sah er sie an. »Macht sie auch alles, was du möchtest?«

»Mehr, als ich mir erhofft hatte. Sie ist eine sehr intelligente junge Frau, wenn man es sie sein lässt. Es muntert mich auf, sie in der Nähe zu haben.«

»Sie ist auch eine hungrige junge Frau. Gib ihr nicht *all* dein Essen, Cat.«

Ihr war entgangen, dass er es bemerkt hatte. Sie leugnete es nicht, sondern legte ihm nur die Hand an die Brust, um sich an ihm abzustützen, während er sie trug. »Ich esse mehr als davor, das kann ich dir versichern. Liza fasst meine Reste erst an, wenn ich eine bestimmte Menge davon hatte, und über die entscheidet sie.«

Da warf er den Kopf in den Nacken und lachte zum ersten Mal seit Tagen. »Sie ist *wirklich* ein ausgefuchstes kleines Luder.« Dann wurde er wieder ernst. »Du siehst eindeutig besser aus, seit sie bei dir ist.«

»Ich fühle mich auch besser. Aber, Jos … ändern wird es nichts an den Dingen, also lass keine falschen Hoffnungen keimen.«

Sein Gesichtsausdruck verdüsterte sich.

An Deck hatten sich die Pringles um eine Chaiselongue aus Holz versammelt, die der Steward gebracht hatte. Dorothy half Liza, die Federmatratze und das Kissen darauf anzuordnen. Kitty hingegen stand da, funkelte alle verdrossen an und entbot wie üblich keine Hilfe.

Aus einem anderen Fleckchen kostbaren Schattens beobachtete Benedict sie. Er hatte festgestellt, dass man in der Hitze des Tags den Schatten auf dem Deck folgen musste, um es kühl zu haben – zumindest so kühl wie möglich. Als die Sonne weiter über den Himmel wanderte, näherte er sich dadurch der Gruppe der Frauen unter der Markise. Er legte seine Schnitzarbeit beiseite, hatte vorerst genug davon. Plötzlich verspürte er den innigen Wunsch nach einem langen Spaziergang durch den kühlen, schattigen Wald zu Hause.

»Darf ich mir bitte ansehen, was Sie machen, Benedict?«, rief Catherine.

Er trug das Holzstück über die zwei Meter des gescheuerten Decks zwischen ihnen hinüber.

»Meine Güte, ist das bezaubernd!« Sie behandelte ihn wie in ihrer Kindheit – wie einen großen Bruder. Begeistert wandte sie sich an ihren Mann, der an der Schiene stand, zwar in der Nähe der Gruppe, aber kein Bestandteil davon. »Komm her und sieh dir das an, Jos!«

Er tat, wie ihm geheißen, betastete das Werkstück, ergriff

es, um es eingehender zu studieren, und wirkte überrascht. »Ich wusste gar nicht, dass du Künstler bist, Caine.«

»Kein Künstler. Nur ein Handwerker.«

Josiah strich mit der Fingerspitze über das Muster aus englischen Blättern und Blumen. »Das kannst du verdammt gut.«

»Danke. Das weiß ich zu schätzen, umso mehr von dir.« Josiah war bekannt für seine künstlerischen Neigungen. Er skizzierte gern und malte mit Aquarellfarben. Allerdings wusste man auf dem Landbesitz auch, was Saul Ludlam davon hielt, dass sein Sohn derart unrentablen Unterfangen frönte. »Ich hätte gedacht, du würdest dir die Zeit mit Malen vertreiben. Du hast doch Sachen dafür mitgebracht, oder?«

Josiah zuckte mit den Schultern. »Ich bin nicht in der Stimmung.«

In den nächsten Tagen überredete Liza ihre Herrin, sich jeden Tag an Deck tragen zu lassen. Trotz ihrer Schwäche hielt Catherine die Gruppe zusammen – anfangs, weil es ihr einfach im Blut lag, später auch, weil ihr der Gedanke gekommen war, sie würden es in Australien zusammen leichter haben als allein – vor allem ihr Jos.

»Was halten Sie davon, sich einen Besitz nah bei meinem Ehemann und Benedict zu besorgen?«, fragte sie die Pringles eines Tages. »Bestimmt wäre mit ein paar vertrauten Gesichtern in der Gegend alles einfacher.« Lächelnd fügte sie hinzu: »Lancashire-Gesichtern.«

»Liebend gern«, antwortete Andrew sofort. »Ich verstehe viel zu wenig von Landwirtschaft, Benedict dafür umso mehr, nur fällt mir nicht ein, was ich dazu beitragen könnte.«

Catherine lächelte ihn an. »Nicht nur vertraute Gesichter, sondern auch gute Nachbarn. Das ist ebenfalls wichtig.«

Später an jenem Nachmittag fiel Liza auf, wie müde ihre Herrin wirkte. Da sie Mr Ludlam nicht finden konnte, trat sie an Benedict heran. »Ob Sie Mrs Ludlam wohl für mich in ihre Kabine tragen könnten, Sir?«

»Natürlich.«

Als er Catherine aufhob, entsetzte ihn regelrecht, wie leicht sie sich anfühlte, die Knochen zerbrechlich wie die eines Vögelchens und kaum Fleisch daran. Er fürchtete, dass man ihm seine Verblüffung anmerkte. Aber sie verlor kein Wort darüber, und auch ihr Lächeln geriet nicht ins Stocken, vielleicht also doch nicht.

Liza ging voraus und schnatterte unterwegs vergnügt vor sich hin. *Weiß sie, wie krank ihre Herrin ist?*, fragte sich Benedict. Dann fiel ihm auf, wie aufmerksam sie trotz des Geplappers war. Natürlich wusste sie es und tat tapfer so, als wäre alles in Ordnung. Sie war eine grundanständige junge Frau.

»Alle sind so nett zu mir«, murmelte Catherine schläfrig, als er sie ins Bett legte.

Als Benedict die Kabine verließ, verspürte er eine tiefe Traurigkeit.

Erst, nachdem ihre Herrin die Augen geschlossen hatte, ließ Liza ihr Lächeln verblassen. Mittlerweile nahm Mrs Ludlam abends Laudanum ein, damit sie schlafen konnte. Sie wussten beide, dass ihr höchstens noch ein paar Wochen blieben.

Plötzlich traten ihr beim Gedanken an den Verlust dieser Frau, die sie in so kurzer Zeit so innig lieb gewonnen hatte, Tränen in die Augen, aber sie blinzelte sie entschlossen weg. Es regte Mrs Ludlam auf, wenn man Kummer wegen ihres Zustands zeigte, also würde Liza es nicht tun – jedenfalls nicht, bis es keine Rolle mehr spielte.

In der winzigen Hütte nebenan bedeckte Josiah mit dem Unterarm die Augen und unternahm keinen Versuch, die unmännlichen Tränen zu unterdrücken. Cat hatte heute so gebrechlich ausgesehen, dass ihm der Ernst der Lage mit voller

Wucht zu Bewusstsein geraten war. Trotzdem hatte sie beschwingt darüber gesprochen, was die anderen in Australien brauchen würden. So wacker sie sein mochte, es würde nicht verhindern, dass sie sterben würde – und wahrscheinlich unter Schmerzen. Und er würde hilflos dabei zusehen müssen.

Danach wäre er allein. Was in Gottes Namen sollte er nur ohne sie tun? Etliche Male jeden Tag wandte er sich an sie. Er *brauchte* sie, verdammt! Tatsächlich spielte er ernsthaft mit dem Gedanken, sich nach ihrem Tod über Bord zu werfen, denn was hätte es für einen Sinn, allein weiterzuleben? Er verlor gerade alles, was ihm etwas bedeutete – zuerst Pendleworth, nun Cat. Wofür sollte er noch leben? Für einen Mann wie ihn würde es in Australien nichts geben, davon war er überzeugt.

Schließlich kam der Tag, an dem Catherine beschloss, es wäre an der Zeit, Jos ihre Idee mitzuteilen. Sie schickte Liza zu einem Spaziergang an Deck und bat ihn dann, sich zu ihr zu setzen. »Ich bin inzwischen so viel schwächer …«

»Oh Gott, Cat! Verlass mich nicht!« In dem Ausruf schwang reine Seelenpein mit.

»Ich denke, ein paar Wochen habe ich noch. Allerdings nehme ich seit einiger Zeit abends etwas gegen die Schmerzen ein, und jetzt brauche ich es auch tagsüber. Davon werde ich so schläfrig – deshalb möchte ich mich mit dir unterhalten, solange ich bei wachem Verstand bin.« Sie ergriff seine Hand und nahm alle Überzeugungskraft zusammen. »Weißt du, ich habe eine Idee.«

Er faltete die Hände um ihre. »Worüber? Wenn ich etwas tun kann – egal was –, dann brauchst du es nur zu sagen.«

»Mir bereitet Kopfzerbrechen, was du ohne mich machen wirst, Jos.«

Darüber lachte er verbittert. »Ich? Was zum Teufel spiele ich denn für eine Rolle?«

»Du bedeutest mir sehr viel. Immer schon. Ich liebe dich. Weißt du, ich wünschte … ich wünschte, zwischen uns hätte es anders sein können, damit du zumindest Kinder als Trost hättest.« Kurz verstummte sie, bevor sie mit ruhiger Stimme fortfuhr. »Aber mir ist etwas eingefallen, wie es leichter für dich werden kann.«

Da ließ er sie los, um sich den Kopf zu halten. Mit gedämpfter Stimme sagte er: »Du bist zu gut für diese Welt, Cat, aber um mich musst du dir keine Sorgen machen. Ich komme schon zurecht.«

Sie holte tief Luft, überzeugt davon, dass er sich zunächst heftig gegen ihre Idee verwehren würde. »Ich denke, am besten wäre für dich eine andere Frau. Du … du solltest sehr bald wieder heiraten, nachdem ich ge… nachdem ich dich verlassen habe.«

»*Was?* Verdammt, Cat, eine andere Frau ist das Letzte, was ich brauche! Was nütze ich denn einer Frau?«

Sie fuhr fort, als hätte er nichts gesagt. »Ich dachte mir, Liza könnte geeignet sein.«

Josiah war so verdattert, dass er einen Moment lang kein einziges Wort herausbekam.

»Verstehst du, sie wird jemanden brauchen, der sie beschützt, und du …«

Er versteifte sich. Sie meinte das ernst! »Cat, nein!«

»Hör mich zu Ende an, Jos!«

»Aber …«

»Immerhin hast du gesagt, du würdest alles für mich tun. Und ich bitte dich nur, dir meinen Vorschlag anzuhören.«

Er stöhnte, aber er hielt den Mund.

»Unter den gegebenen Umständen wäre Liza eine gute Ehefrau für dich.«

»Wie kannst du das sagen? Sie ist ein Dienstmädchen, und was ich auch sonst sein mag, ich bin immer noch ein Mann von Stand.«

»Das weiß ich doch. In England würde ich es nicht vorschlagen. Aber weißt du, in Australien wird es anders sein. Dort wirst du eine Frau brauchen, die zupacken kann, kein Gewächshauspflänzchen wie mich. Liza ist stark und gesund. Sie wird nicht launenhaft sein oder erwarten, dass sie bedient wird. Und sie wird sich um dich kümmern.«

Er gab einen abfälligen Laut von sich, erwiderte jedoch nichts.

»Sie wird dich auch brauchen. Mit einem unehelichen Kind hätte sie es allein schwer – also wäre sie dir dankbar.«

»Oh ja! Davon bin ich überzeugt. Sehr dankbar. Wie hat sie dich nur dazu überredet?«

Catherine sah ihn stirnrunzelnd an. »Jos, du denkst nicht mal über meine Worte nach. Und Liza hat keine Ahnung davon, was ich dir gerade vorschlage. Ich wollte es erst dir erklären.«

»Aber Cat …«

»Weißt du, wir könnten sagen, das Kind wäre von dir, weil sie deine Geliebte gewesen ist. Benedict würde dem nicht widersprechen. Und ich habe vor, persönlich mit Reverend Beeton zu reden, um ihm zu sagen, dass es mein Wille ist. Ich möchte ihn bitten, die Trauung zu vollziehen. Danach.« Als sie sah, wie ihr Gemahl sich zurückzog, umklammerte sie seine Hand und redete verzweifelt auf ihn ein. »Es wird funktionieren. Das *weiß* ich.«

»Nein.«

»Jos, *bitte!* Denk wenigstens darüber nach.«

»*Nein!* Nicht mal für dich.« Er stand auf, ging in seine Kabine und knallte die Tür hinter sich zu. Dort blieb er stehen, nur durch eine dünne Holzwand von ihr getrennt, gedanklich jedoch so weit weg. Wie konnte sie so etwas nur von ihm verlangen?

Als er nach einer halben Stunde nicht zurückgekehrt war,

mühte sich Catherine aus dem Bett und wankte zur Verbindungstür ihrer Kabinen. »Jos!«

Keine Antwort.

»Jos, komm zurück und rede mit mir.«

Wieder klopfte sie an die Tür. Dann stöhnte sie, als sich um sie herum alles drehte, bevor sie ohnmächtig zu Boden sank.

Jos hörte sie fallen, doch mochte ihm der Himmel beistehen, er konnte im Augenblick nicht zu ihr. Also rannte er an Deck und packte Liza am Arm. »Deine Herrin braucht dich!«

Dann stellte er sich an die Reling und starrte auf das Wasser, ohne es wahrzunehmen, abwechselnd empört und entsetzt über Cats Vorschlag. Dabei fragte er sich, ob das Dienstmädchen wirklich verschlagen genug wäre, um seiner Gemahlin diese lachhafte Idee in den Kopf gesetzt zu haben.

In der Kabine fand Liza ihre Herrin auf dem Boden vor, wo sie gerade wieder zu Besinnung kam. Sie eilte hin, um ihr zu helfen, sich aufzusetzen. Dann sagte sie: »Ich hole Mr Ludlam, damit er Sie zurück ins Bett trägt.«

Catherine packte sie am Arm. »Nein. Es … es geht gleich wieder. Gib mir … nur eine Minute.«

»Aber Mr Ludlam …«

»Ist wütend auf mich. Am besten lässt du ihn eine Weile in Ruhe.«

Sie ließ sich von Liza ins Bett helfen, legte sich mit geschlossenen Augen hin und schirmte mit einem Arm das Gesicht ab. Sie kannte Jos. Er brauchte Zeit, um über ihren Vorschlag nachzudenken. Am Ende würde er einlenken, weil er allein schlichtweg nicht zurechtkommen würde – und weil sie es wollte.

Kitty betrachtete den Stapel Schmutzwäsche und warf ihrer Mutter einen finsteren Blick zu. »Das sollte Liza waschen.

Nach allem, was du für sie getan hast, hat sie dich im Stich gelassen.«

»Sie hilft Mrs Ludlam, die im Sterben liegt. *Du* kannst deine Sachen selbst waschen. Catherine kann das nicht.«

Kitty presste die Lippen zusammen. Sie konnte es nicht ausstehen, an den Tod zu denken. Deshalb schaute sie immer weg, wenn sich Mrs Ludlam in der Nähe aufhielt, und sie nutzte ihre Wut auf Liza, um die Aufmerksamkeit von jenem entsetzlich ausgemergelten Körper und dem totenkopfartigen Gesicht abzulenken.

Dorothy bemühte sich, unbeschwert zu klingen. »Wir werden in Australien keine Hilfe haben. Also werden wir lernen müssen, alles selbst zu machen.«

»Das wird grauenhaft. Ich wünschte, ich wäre *tot!*«

Dorothy zog sie in ihre Arme, wiegte sie und gab dazu beruhigende Laute von sich. Zuerst wollte sich Kitty zurückziehen, dann jedoch erschlaffte sie plötzlich an ihrer Mutter und begann zu schluchzen.

Nach einiger Zeit stand sie auf, wischte sich die Augen ab und verkündete mit harter, angespannter Stimme: »Ich hasse Vater. *Er* hat uns das angetan. Weil er überhaupt nicht mit Geld umgehen kann, oder?«

Dorothy zuckte unverbindlich mit den Schultern. Es fühlte sich für sie nicht richtig an, einen Vater vor seinem Kind zu kritisieren.

»Tja, ich werde lernen, wie man mit Geld umgeht – und wie man es verdient. Ich werde nicht für den Rest meines Lebens in Australien bleiben.« Kitty bedachte ihre Mutter mit einem langen, ruhigen Blick. »*Du* kannst es ertragen, *du* kannst das Beste daraus machen. Ich finde eines Tages einen Weg, um zu entkommen, glaub mir.«

Dorothy streckte die Hand aus und strich Kitty das weiche braune Haar aus der Stirn. »Wenn es das ist, was du willst, mein Schatz, dann hoffe ich, es wird dir gelingen.«

»Ich sorge dafür. Ganz gleich, was ich tun muss, um es zu ermöglichen. Und jetzt« – Kitty schaute mürrisch zu dem Stapel schmutziger Kleidung – »zeig mir, wie man das wäscht.«

»Ich denke, wir lassen es uns besser beide von Liza zeigen.«

Dafür erntete sie ein zorniges Schnauben.

»Weißt du, sie hat das nicht absichtlich gemacht. Warum bist du so wütend auf sie?«

Kitty konnte ihr nicht sagen, dass es am Neid auf Lizas strahlende, glückliche Miene lag. Und an Eifersucht darauf, wie Benedict Caine und sogar ihr eigener Vater in Lizas Gegenwart lächelten. Nur Josiah Ludlam schien gefeit gegen die Anziehungskraft der jungen Frau zu sein. Andererseits hatte er nur Augen für seine Gemahlin. Um Kitty scherte sich niemand wirklich. Sie hatte unter den anderen Kabinenpassagieren niemanden, mit dem sie sich richtig unterhalten konnte.

Und mochte es kosten, was es wollte, sie *würde* irgendwann nach England zurückkehren! Dafür würde sie lügen, stehlen – was immer nötig wäre. Sie hatte von Anfang an gewusst, dass sie Australien hassen würde!

KAPITEL 8

Als Catherine an jenem Abend zu Bett ging, fiel ihr ein weiteres Argument ein, um Jos davon zu überzeugen, ihrem Wunsch zu entsprechen. Sie lächelte, als ihr klar wurde, dass es wahrscheinlich das Zünglein an der Waage sein würde.

Nachdem sie am nächsten Morgen von ihrem Frühstückstablett gegessen hatte, so viel sie konnte, forderte sie Liza auf, sich zu ihr zu setzen.

»Aber ich habe die Kabine noch nicht aufgeräumt, Mrs Ludlam.«

»Mach das später. Ich muss mit dir reden. Komm und setz dich zu mir aufs Bett.« Sie holte tief Luft. Es würde nicht einfach werden. »Liza, wenn ich gestorben bin …«

»Sagen Sie so was nicht!«

»Ich muss. Weil ich möchte, dass du etwas für mich tust – danach.«

Liza konnte nur nicken, denn bei der Aussicht, wieder allein zu sein, fühlte sich ihre Kehle vor Kummer wie zugeschnürt an.

»Ich möchte, dass du Jos nach meinem Tod heiratest.«

Da Liza überzeugt davon war, sich verhört zu haben, erwiderte sie zunächst nichts, sondern starrte ihre Herrin nur mit gerunzelter Stirn an.

Schließlich ergriff Catherine ihren Unterarm und schüttelte ihn leicht. »Hast du gehört, was ich gesagt habe?«

»Ich … bin mir nicht sicher.«

»Dann wiederhole ich es. Ich möchte, dass du Jos heiratest, nachdem ich gestorben bin.«

Lizas Mund klappte auf. Also hatte sie sehr wohl schon

beim ersten Mal richtig gehört. »*Das können Sie nicht ernst meinen!*«

»Doch. Sehr ernst sogar. Er braucht jemanden, der sich um ihn kümmert. Mein Jos ist nicht so … stark, wie er zu sein scheint. Und *du* wirst ein Zuhause für dich und das Baby brauchen.«

Verwirrt blinzelnd sah Liza sie an. »Aber warum sollte er mich *heiraten* wollen? Ich kann doch auch seine Haushälterin sein und mich um ihn kümmern, oder?«

»Nein. Das wäre skandalös, und die Leute würden schlecht von ihm denken.« Ein Skandal wäre das Letzte, was Jos gebrauchen konnte. Außerdem könnte er Liza als bloße Dienerin entlassen und seinen eigenen Weg einschlagen – der ihn leicht in Schwierigkeiten bringen könnte.

Als Liza ins Bewusstsein sickerte, dass ihre Herrin es tatsächlich vollkommen ernst meinte, platzte aus ihr heraus: »Ich will niemanden heiraten, Mrs Ludlam. Niemals.«

»Du *musst* jemanden heiraten.« Diesmal erzitterte das Mädchen unübersehbar heftig, und plötzlich begriff Catherine, was das bedeutete. »Hat er dir sehr wehgetan, jener Mann?«

Liza konnte nur nicken. Wieder schnürten ihr Tränen die Kehle zu.

»Tja, das ist nur ein Grund mehr, Jos zu heiraten.« Catherine senkte die Stimme. »Du darfst das niemals jemandem erzählen, aber mein Mann ist – nun ja, anders als andere Männer. Ihm behagen solche Dinge mit Frauen nicht. Er hat mich nie angefasst, und das würde er bei dir auch nicht.« Sie zeigte zur Verbindungstür. »Wie du siehst, teilt er nicht mal diese Kabine mit mir.«

»Ich dachte, das liegt daran, dass Sie krank sind.«

»Nein.« Cat seufzte. Einen Moment lang konnte sie nicht fortfahren. »Was Jos braucht, ist jemand, der sich um ihn kümmert und ihn vor allem bei Laune hält. Weißt du, manchmal wird er sehr bedrückt. Und da ist noch etwas. Sein Vater hat ihm fünfhundert Pfund zur Geburt seines ersten Kinds versprochen.«

Liza hielt sich den Bauch, mittlerweile vollends verwirrt. »Aber das ist nicht sein Kind.«

»Das muss niemand in Pendleworth erfahren. Jos' Vater ist ein schrecklicher Mensch, ein Tyrann. Hast du ihn je im Ort gesehen?«

Liza nickte. Jeder dort hatte den alten Mr Ludlam schon mit der Nase hoch in der Luft vorbeifahren gesehen. Man munkelte, keine junge Frau wäre vor ihm sicher. Und tatsächlich hatte man in Pendleworth Hall erhebliche Mühe, Dienstmädchen zu finden, die dort blieben. Sogar Liza wusste das, weil sie gehört hatte, wie Mrs P. mit Maggie darüber gesprochen hatte.

»Er hat Jos *verhöhnt*, indem er ihm das Geld angeboten hat, weil er nicht damit rechnet, es je bezahlen zu müssen. Und obwohl Mr Ludlam reich ist, hat er uns bei diesem Unterfangen nicht wirklich großzügig unterstützt. Er *möchte*, dass Jos es schwer hat. Deshalb bin ich zum ersten Mal in meinem Leben willens, jemanden zu betrügen.« Eine Träne kullerte ihr über die Wange. Ungeduldig wischte Catherine sie weg. »Eine andere Frau für Jos zu finden, ist das Letzte, was ich für ihn tun kann.« Ihre Brust hob und senkte sich heftig, obwohl sie sich bemühte, ruhig zu bleiben. Trotz allem entrang sich ihr ein Schluchzen. »Dann kann ich in Frieden sterben. Oh, bitte tu, was ich verlange. *Bitte!*«

»Aber ich bin Ihr *Dienstmädchen* – sind Sie sicher, dass er mich überhaupt heiraten will? Er könnte jemanden finden, der …«

»Er will *niemanden* heiraten. Das ist alles meine Idee, weil ich fürchte, er könnte versuchen, sich das Leben zu nehmen, wenn er allein zurückbleibt – danach.«

Verwundert sah Liza sie an. »Sie müssen ihn sehr lieben.«

»Ja.« Aber obwohl sie weiterhin überzeugend auf die junge Frau einredete, gelang es Catherine lediglich, Liza das Versprechen abzuringen, sie würde den Vorschlag in Betracht ziehen, wenn Mr Ludlam es für richtig hielte. Am Ende gab sie den Versuch vorläufig auf und legte sich erschöpft auf die Kissen zurück. »Bitte geh und schick Jos zu mir. Er wird an Deck sein.«

»Ja, Ma'am.« Als Liza das Deck erreichte, war sie derart verlegen, dass sie dem Mann nicht in die Augen sehen konnte und durchgehend auf ihre Füße starrte, während sie die Botschaft überbrachte.

Als sie danach beobachtete, wie er davonging, so stattlich und fein, entschied sie, das Laudanum müsste Mrs Catherine durcheinandergebracht haben. Eine andere Erklärung fiel ihr nicht ein. Wieso um alles in der Welt sollte ein Gentleman wie er ein Mädchen wie sie heiraten wollen? Ein Mädchen aus bettelarmen Verhältnissen. Ein Mädchen mit dem Kind eines anderen im Bauch. Und selbst wenn er es wollte, konnte sie sich nicht ansatzweise vorstellen, wie sie zusammenleben würden.

Unten in der Kabine stieß Josiah zornig hervor: »Du hast es ihr gesagt, nicht wahr? Ohne auch nur abzuwarten, ob ich zustimme oder nicht?«

»Ja.« Catherine lauschte schweigend, während er ausführlich Gründe ins Feld führte, warum es unklug wäre, die junge Frau zu heiraten. Dabei sprach er mit sehr lauter Stimme und fuchtelte viel mit den Armen. Ein wenig erinnerte er sie dadurch an einen aufgebrachten Schuljungen.

»Hast du bedacht«, sagte sie leise und eindringlich, als ihm die Worte schließlich ausgingen, »dass dein Vater gezwungen ist, dir weitere fünfhundert Pfund zu zahlen, wenn du Liza heiratest und das Kind als deines ausgibst?«

»Hast du überhaupt ein Wort davon gehört, was ich gesagt habe?«

»Nicht wirklich, Jos. Ich bin zu erschöpft. Mir ist nur wichtig zu wissen, dass du in Sicherheit bist, wenn ich nicht mehr bin.«

»Und du denkst, ein ungebildetes Kind wie Liza könnte dafür sorgen?« Er warf den Kopf zurück und lachte.

Catherine hörte die Verbitterung darin, betrachtete die Verzweiflung in seinen Augen und seinen angespannten Zügen und flehte: »Bitte, Jos. *Bitte* tu es für mich! Ich weiß, dass es funktionieren wird. Betrachte es als meinen letzten Wunsch, wenn du willst. Oder tu es für das Geld. Nur tu es.«

»Cat …«

Sie schüttelte seine Hand von ihrem Arm ab und spielte eine letzte Karte aus. »Ich weiß, dass du daran denkst, dich umzubringen. Du brauchst einen Grund zum *Leben*, Jos – und eine Möglichkeit, es deinem Vater heimzuzahlen.«

Damit brach sie in Tränen aus, so heftig, dass er um sie fürchtete. Doch als er sie in die Arme nahm und zu beruhigen versuchte, flehte sie ihn nur weiter an und weinte immer hysterischer.

Am Ende hielt er sie auf Armeslänge vor sich und sagte: »Na schön.« Allerdings musste er es wiederholen, bis es zu ihr durchdrang.

Dann setzte ein längeres Schweigen ein, bevor sie flüsterte: »Versprich es mir.«

»Ich verspreche, dir den Wunsch zu erfüllen und Liza zu heiraten – danach.«

Cat sank mit dem Rücken gegen die Kissen, das Gesicht weiß wie die feinen Spitzenlaken um sie herum, die Stimme ein heiseres Flüstern. »Ach, Jos, du wirst es nicht bereuen, das verspreche ich dir. Du weißt doch, dass du Kinder magst. Und bald bekommst du ein eigenes, das du großziehen kannst.«

Sein Gespür für Lächerliches rettete die Lage. »Ich bin mir sehr sicher, dass ich es bereuen werde, Cat.«

»Dann lebe eben weiter, um mich zu verfluchen, aber *lebe*, Jos!«

In jener Nacht lag er wach. Wie in drei Teufels Namen sollte er mit einem ungebildeten Geschöpf wie Liza zusammenleben? Worüber sollten sie sich unterhalten? Jemanden wie sie zu heiraten, wäre selbst dann lächerlich gewesen, wenn er den Körper einer Frau gebraucht hätte – was er nie würde, denn ihm graute beim bloßen Gedanken daran, eine Frau so zu berühren. Aber verdammt, Cat wusste, dass er nie sein Wort brach, wenn er es ihr gegeben hatte. Und das würde er auch diesmal nicht.

An Deck bemerkte Benedict an jenem Tag, dass Liza wieder zutiefst bedrückt wirkte. Mit einem schnellen Seitenblick sah er sich um. Dorothy focht gerade einen weiteren Streit mit ihrer Tochter aus, Andrew schaute verträumt über das Meer. Von dort war für das arme Mädchen keine Hilfe zu erwarten. So unglücklich, wie sie aussah, konnte er sie nicht einfach sich selbst überlassen. Obwohl er sich einen Dummkopf schalt, ging er zu ihr hinüber. »Stimmt etwas nicht?«

Liza nickte, zu aufgebracht, um vorzugeben, es wäre alles in Ordnung.

»Möchtest du mir davon erzählen?«

Mit schief gelegtem Kopf dachte sie darüber nach. Aber Mrs Ludlam hatte sie aufgefordert, niemandem etwas zu sagen. »Besser nicht.«

»Also, falls du je mit jemandem reden musst …«

Sie lächelte ihn an. »Dann komme ich zu Ihnen, Mr Caine.«

»Versprochen?«

»Ja.« Er war ein freundlicher Mann. Sie fühlte sich immer wohl in seiner Gegenwart und unterhielt sich gern mit ihm.

Nur darüber konnte sie eindeutig nicht mit ihm sprechen. Oder mit sonst jemandem.

Benedict überließ Liza ihren Gedanken und kehrte zu seiner Schnitzarbeit zurück, obwohl er eine lange Weile nur reglos mit dem Messer in der Hand dasaß. Es widerstrebte ihm, sie von Kummer gebeutelt zu sehen. Normalerweise strahlte sie solchen Frohsinn aus, dass sie die Stimmung aller um sie herum hob. Sogar Catherine sah besser aus, seit das junge Dienstmädchen für sie arbeitete. Er hatte zu hoffen begonnen, Josiahs Frau würde weiterleben, bis sie Australien erreichten, und ihm noch helfen können, sich einzuleben. Und Hilfe würde er wahrlich brauchen. Der Mann hatte weltfremde Vorstellungen davon, wie man mit der Landwirtschaft Geld verdiente. Ihm stand zweifellos die eine oder andere unerfreuliche Überraschung bevor.

Benedict sah, wie Josiah an Deck kam, zögerte und mit verdrossener Miene in Lizas Richtung schaute. Schließlich ging er zu ihr und entbot der Dienstmagd seiner Gemahlin den Arm, so undenkbar es zu sein schien. Beide wirkten steif und unbehaglich, während sie zusammen über das Deck auf und ab schlenderten. Benedict beobachtete sie verwirrt. Was um alles in der Welt ging nur vor sich?

»Meine Frau hat dir gesagt, was sie sich von uns wünscht«, begann Josiah. Der Arm, der auf seinem ruhte, zuckte und erstarrte, bevor sich Finger in den Ärmel seiner Jacke bohrten.

Liza blieb stehen und schaute zu ihm auf. »Ja.«

»Und du hast zugestimmt?«

»Ich habe gesagt, ich würde darüber nachdenken, wenn Sie es für richtig halten.«

Die beiden setzten sich wieder in Bewegung, schritten gemächlich über das Deck.

»Ich wusste nicht, was ich sonst sagen sollte, Sir. Sie hat mich damit überrumpelt. Und es schien mir völlig unvernünftig zu sein. Nur hat sie sich so hineingesteigert. Und zumindest mit etwas hatte sie recht. Um des Babys willen werde ich danach Hilfe brauchen.« Liza blickte auf ihren noch flachen Bauch hinab, bevor sie wieder zu ihm aufschaute. »Manchmal kann ich gar nicht glauben, dass mir das wirklich widerfährt. Man sieht noch nicht mal etwas.«

Darauf ging Josiah nicht ein, weil er den gesamten Ablauf der Fortpflanzung geschmacklos fand. »Auch ich bin alles andere als begeistert von der Idee. Aber meine Frau hat sich entsetzlich aufgeregt, als ich abgelehnt habe.«

Liza blieb stehen und zog den Arm zurück. »Also wollen Sie es nicht tun?«

In ihrer Stimme schwang solche Erleichterung mit, dass es ihn ein wenig pikierte. »Ich will gar niemanden heiraten. Schon gar nicht so kurz nach …« Abrupt verstummte er für einen Moment. »Ich kann immer noch nicht fassen, dass Cat sterben wird. Dass ich sie verlieren werde.«

»Sie leidet fürchterliche Schmerzen, Sir. Ich … ich denke, wenn es noch schlimmer wird, dann wird es für sie eine barmherzige Erlösung.«

»Nicht für mich! Auf keinen Fall für mich.« Wieder folgte ein längeres Schweigen, bevor er mit rauer Stimme sagte: »Aber ich habe ihr mein Wort gegeben, ihren Wunsch zu erfüllen.« Er sah Liza in die Augen, als er langsam und deutlich hinzufügte: »Und ich halte mein Wort immer.«

Verdattert starrte sie ihn an. Er hatte zugestimmt, sie zu heiraten? *Ein Ludlam?*

»Du musst nicht gleich dreinschauen, als hätte dir jemand angedroht, dich im Morgengrauen aufzuknüpfen!«, sagte Josiah gereizt. »Die meisten jungen Frauen deines Ranges würden sich auf ein solches Angebot stürzen.«

Bei den Worten verfinsterte sich Lizas Miene. »Tja, ich bin nun mal nicht wie die meisten jungen Frauen, und ich will niemanden heiraten.« Dann besann sie sich ihrer Manieren und fügte rasch hinzu: »Trotzdem danke. Aber ich denke, eine Ehe ist nichts für mich. Falls Sie nichts mehr von mir brauchen, Sir, gehe ich wieder nach unten und sehe nach Mrs Ludlam.«

Er hielt sie am Arm fest. »Ich bin noch nicht fertig damit, die Sache zu besprechen, junge Dame.«

»Sie werden mich nicht umstimmen, Sir.«

»Cat hat – richtigerweise – gesagt, dass ich eine Haushälterin brauchen werde.«

»Ihre Haushälterin kann ich auch sein, ohne Sie zu heiraten.«

Er verstärkte den Griff um ihren Arm. »Pst, du kleine Närrin! Sprich gefälligst leise!«

Als sie nickte, lockerte sich der Druck um ihren Arm ein wenig. »Also, das könnte ich schon.«

»Damit alle glauben, du wärst meine Geliebte? Nein danke.«

»Wenn es mir einerlei ist, kann es Ihnen das bestimmt auch sein.«

Er stellte fest, dass es ihm nicht egal war. Was ihn überraschte. Er war wild entschlossen, es in Australien zu Erfolg zu bringen und ein angesehenes Mitglied der Gemeinde zu werden – und sei es nur, um es seinem Vater zu zeigen. »Außerdem ist da noch die Sache mit dem Geld. Fünfhundert Pfund würden mir sehr dabei helfen, ein anständiges Haus oder … oder etwas in der Art zu bauen.«

Liza gefiel Mr Ludlams Ton nicht. Er redete mit ihr, als wäre sie dumm. »Und was würde aus mir und dem Kind, *nachdem* Sie das Geld bekommen haben?«

»Wenn ich dich heirate, passiert gar nichts. Du würdest bei mir bleiben, ›bis dass der Tod uns scheidet‹, wie es bei der Trauung heißt, denn du wärst dann eine Ludlam. Du könntest dein Kind recht bequem großziehen. Obwohl ich dir jetzt schon sage, dass ich dir nicht erlauben würde, mich mit einem anderen Mann zu betrügen oder durchzubrennen.«

Liza blieb stehen, mittlerweile zutiefst bekümmert. »Aber ich will niemanden heiraten!«, wiederholte sie in eindringlichem Flüsterton. Abermals versuchte sie, die Hand zurückzuziehen, doch er ließ sie nach wie vor nicht los.

Nach einer weiteren Runde um das Deck, die schweigend verlief, ergriff Josiah das Wort. »Du darfst nicht nur an dich selbst denken. Vergiss nicht das Kind.«

Ihre Füße hielten inne, und sie schloss die Augen. »Ja.«

Während er auf sie hinabblickte, erkannte er zum ersten Mal, dass die meisten Menschen sie wohl als hübsch bezeichnen würden. Ordentlich gekleidet würde sie vielleicht ziemlich passabel aussehen. »Meine Frau wünscht sich so sehr, dass wir heiraten. Mir ist wichtig, dass Cat alles bekommt, was sie will, bevor sie … uns verlässt.«

»Ja.«

»Deshalb wäre ich dir sehr verbunden, wenn du noch einmal ernsthaft über die Angelegenheit nachdenkst, Liza.« Damit ließ Josiah ihren Arm los, verbeugte sich und ging davon.

Liza stand da und schaute ihm nach. Dabei dachte sie, dass sogar sein Gang arrogant wirkte und er seinem Vater ähnlicher war, als er glaubte. Es überraschte sie nicht, dass er sich an seinen üblichen Platz an der Reling stellte und eine so abweisende Miene aufsetzte, dass ihn jedermann in Ruhe ließ. Einige Kabinenpassagiere tuschelten und spähten zu ihr. Vermutlich tratschten sie darüber, dass er einem bloßen Dienstmädchen seinen Arm angeboten hatte, während er sich für den Rest der Damen an Bord kaum eine höfliche Begrüßung abringen konnte.

Was würden diese Damen erst denken, wenn sie wüssten, dass er ihr gerade vorgeschlagen hatte, sie zu heiraten? Ein mattes Lächeln trat in Lizas Züge. Entsetzt wären sie, so sah es aus. Das Lächeln verblasste. Nur was sollte sie tun? Sie wollte ihn nicht heiraten, wirklich nicht. Allerdings schien es keinen anderen Weg zu geben, um ihre Sicherheit und die des Kinds zu gewährleisten. Mrs Ludlam würde bald sterben. Und wenn man einen Säugling zu versorgen hatte, bekam man keine Stelle als Dienstmädchen. Aber Liza wollte nicht, dass ihr jemand das Kind wegnähme, wie man es im Armenhaus tat. Auf keinen Fall!

Nach einem langen, stockenden Atemzug wandte sie sich um und trat den Weg zurück zu ihrer Herrin an.

Benedict bemerkte als Einziger, dass Liza auf den Stufen hinunter zu den Kabinen unter Deck innehielt. Als sie die Hände auf die geröteten Wangen drückte, sprach Panik aus ihrem Gesicht. Dann straffte sie die Schultern und ging mit ernster, entschlossener Miene weiter. Was auch immer sie bedrückt hatte, sie war gerade zu einer Entscheidung gelangt. Benedict wünschte nur, sie hätte sich ihm anvertraut.

Er wurde wütend auf sich, weil er schon wieder an sie dachte. Mit einer Willensanstrengung wandte er sich dem Schnitzen zu.

»Das sieht so bezaubernd aus, Mr Caine.«

Als er aufschaute, drückte sich Kitty in der Nähe herum. Eine weitere unglückliche junge Dame. Obwohl er lieber seine Ruhe gehabt hätte, brachte er es nicht übers Herz, sie zu verscheuchen. Als sie jedoch neuerlich mit ihm zu liebäugeln versuchte, legte er das Werkzeug weg und erklärte unumwunden: »Ich mag es nicht, wenn du mit mir schäkerst, Kitty.«

Tränen traten ihr in die Augen, und sie nahm Reißaus, flüchtete mit pochenden Schritten die Stufen hinunter zu den Kabinen. Prompt starrten ihn mehrere Leute vorwurfsvoll an. Ach, verdammt, würde diese Reise denn nie enden?

Genau zwei Wochen später starb Catherine Ludlam. Sie entschlief so sanft während der Nacht, dass Liza es zunächst gar nicht bemerkte, als sie auf ihrer nahen Pritsche erwachte.

Schließlich jedoch erkannte sie, wie reglos und still ihre Herrin im Bett lag, und sie sprang auf. Aber es war bereits zu spät. Niemand konnte noch etwas tun, um der armen Frau zu helfen.

Liza streichelte ihre blasse Wange. »Ich werde Sie nicht enttäuschen«, flüsterte sie. »Ich werde mein Versprechen halten.« Dann zog sie sich an und ging los, um Mr Ludlam zu wecken.

Bestattungen auf See waren abstoßend, entschied Josiah und hielt an seinem Zorn fest, um sich nicht zu blamieren. Der Gedanke, dass seine Cat dem Meer übergeben wurde und durch das klare blaue Wasser tief, tief hinunter bis zum Grund sinken würde wie weggeworfener Abfall, war kaum zu ertragen.

Er konnte sich der Zeremonie überhaupt nur stellen, indem er die Sinne mit reichlich Brandy benebelte. So lauschte er, wie Reverend Beeton die üblichen Floskeln von sich gab. Aber er war froh, dass für Cat wenigstens ein richtiger Geistlicher betete, wenn sie schon keinen anständigen Sarg bekam.

Ihr in gewichtetes Segeltuch gewickelter Leichnam lag auf einer langen Planke, ein Ende auf dem Schanzkleid, das andere von zwei Seeleuten gestützt. Darüber hatte man die Red Ensign drapiert, die Handelsflagge des Vereinigten Königreichs, die vom Bootsmann gehalten wurde.

Der Kapitän ergriff mit leiser Stimme das Wort. »Überantwortet sie der Tiefe. Wir beten, dass sie jetzt bei Gott ist.«

Die Matrosen kippten die Planke. Die sterblichen Überreste von Catherine Ludlam rutschten unter der Flagge hinweg und wurden vom Meer empfangen.

Josiah stöhnte und trat unwillkürlich einen Schritt vor. Er geriet schwer in Versuchung, sich hinter ihr her in die Fluten zu werfen, Versprechen hin, Versprechen her. Jemand packte ihn am Arm. Es dauerte eine Weile, bis er erkannte, dass es Benedict war.

»Alles in Ordnung, Josiah?«

Er nickte.

Benedict hielt ihn weiter fest und wandte sich an Liza, die still hinter ihnen stand, während ihr Tränen über die Wangen liefen. »Hat er getrunken?«, flüsterte er.

Sie nickte.

»Wie viel?«

»Eine Menge. Brandy.«

»Ich verstehe.«

Aber Josiah war ein Ludlam, und alle Ludlam-Männer vertrugen einiges an Hochgeistigem. »Du musst mich nicht stützen«, sagte er laut. »Ich hatte nicht genug, um umzukippen.«

Er bemerkte, wie sich die um sie versammelten Kabinenpassagiere zurückzogen. Als er zum unteren Deck schaute, sah er die Auswanderer murmeln und einige Frauen weinen. Wie immer bei Bestattungen, auch wenn sie die Verstorbene nicht gekannt hatten. Die Kinder wirkten bereits zappelig. Bald würde das Leben wieder Einzug halten – für alle außer Cat.

Der Kapitän trat auf Josiah zu. »Mein aufrichtiges Beileid zu Ihrem schweren Verlust, Mr Ludlam.«

Josiah nickte, stand still und schwieg, während ein Passagier nach dem anderen kam und ihm Ähnliches aussprach. Erwidern konnte er nichts, wenn er den Mund aufmachte, würde er wie ein Kleinkind drauflosheulen. Also nickte er nur, ließ die banalen Floskeln über sich ergehen und hoffte, es würde bald enden. Am Rande bekam er mit, dass Benedict in seiner Nähe ausharrte, als wollte er ihn bewachen. Dabei nahm er keine Notiz von Liza und den Pringles, die hinter ihm standen und ebenfalls einen schützenden Halbkreis bildeten.

Sobald Josiah konnte, wandte er sich ab und stieg den Niedergang hinunter. Einmal stolperte er dabei, richtete sich jedoch ohne Benedicts Hilfe auf, der ihm wie ein verdammter Wachhund auf Schritt und Tritt folgte.

Liza überlegte gerade, was sie als Nächstes tun sollte, als sie bemerkte, dass Mr Ludlam am Fuß der Stufen mit Benedict rangelte. Ohne nachzudenken, eilte sie zu den beiden Männern.

»Sir, was machen Sie denn?«

»Ich bin besorgt, dass er sich über Bord werfen könnte«, flüsterte Benedict.

»Es gibt keinen verdammten Grund zum Flüstern!«, brüllte Josiah. »*Sie* kann uns nicht mehr hören. Und überhaupt geht dich das nichts an, Caine. Aber ich werfe mich nicht über Bord. Dafür hat *sie* gesorgt, nicht wahr, Mädchen?«

»Sir, bitte! Kommen Sie mit. Legen sie sich jetzt hin.« Liza zerrte am Ärmel seiner Jacke.

Leicht schwankend starrte er sie an. Schließlich ließ er den Kopf hängen und gestattete ihr, ihn in den schmalen Durchgang zwischen den Kabinen zu ziehen. Aber statt in die eigene Kabine ging er in die seiner Frau und stöhnte laut auf, als er sie so leer erblickte.

Liza folgte ihm auf Zehenspitzen hinein.

Benedict beobachtete sie vom Korridor aus und wusste nicht recht, wie er sich verhalten sollte. Als sich die Tür schloss, drehte er sich um und setzte sich auf die unterste Stufe des Niedergangs nach draußen – nur für den Fall, dass Liza Hilfe brauchte.

In der Kabine bahnte sich Josiah einen unsteten Weg zu Catherines Bett. Nachdem er eine Minute lang dagestanden und hingestarrt hatte, brach er plötzlich darauf zusammen und vergrub das Gesicht in den Händen. »Sie ist weg«, murmelte er. »Jetzt ist sie wirklich weg.«

Auf einmal schüttelte ihn ein so herzzerreißendes Schluchzen durch, dass Liza vor lauter Mitgefühl heiße Tränen in die

Augen traten. In gekrümmter Haltung wiegte er sich vor und zurück, das Gesicht nach wie vor in den Händen, gebeutelt von qualvollem Kummer. Liza konnte es nicht ertragen, jemanden solche Pein erleiden zu sehen, und eilte zu ihm, um ihn zu trösten. Ehe sie sich versah, saß sie mit den Armen um ihn auf dem Bett, streichelte sein Haar und gab die Laute von sich, die ihren kleinen Bruder und ihre kleine Schwester immer beruhigt hatten, wenn sie aufgewühlt gewesen waren.

Es dauerte eine lange Weile, bis er zu weinen aufhörte.

Als er sich schließlich von ihr zurückzog, verharrte sie mit niedergeschlagenen Augen und wusste nicht recht, was sie tun sollte.

Dann streckte er die Hand aus, drehte sich ihrem Gesicht zu und wischte mit der Fingerspitze eine ihrer Tränen weg. »Ich hätte es nicht ertragen, wenn du nicht auch geweint hättest.«

Eine eigenartige Bemerkung. »Es war sehr leicht, Mrs Ludlam lieb zu gewinnen.«

»Ich habe nicht mal ein Taschentuch«, murmelte er, bevor er einen Zipfel des Lakens ergriff und sich damit das Gesicht abwischt.

»Soll ich die Kabine aufräumen?«, fragte Liza, als sich ein Schweigen hinzuziehen drohte.

Josiah schwenkte die Hand. »Du kannst machen, was du willst. Das hier gehört jetzt ganz dir.«

Vor Verblüffung verschlug es ihr die Sprache.

Mit schwermütiger Stimme fuhr er langsam fort. »Wir haben ihr beide versprochen, dass wir heiraten werden. Das willst du doch nicht etwa zurücknehmen, oder?«

Liza schluckte schwer und schüttelte den Kopf.

»Eine Woche, hat sie zu mir gesagt. Eine Woche warten, dann heiraten. Das musste ich ihr versprechen. Wegen dem Baby.« Er lachte. »Sogar einen Ring hat sie zur Verfügung gestellt.«

»Aber Sir …«

Eine lange Weile starrte er schweigend ins Leere. »Das ist alles, was ich noch für sie tun kann. Also such dir von ihren Sachen ein Hochzeitskleid aus. Nächsten Montag vermählen wir uns.«

Damit ging er hinaus. Liza blieb regungslos sitzen und fühlte sich gefangen wie ein Kaninchen in einer Falle. Ihr graute davor, ihn zu heiraten – doch ebenso sehr graute ihr davor, es nicht zu tun.

KAPITEL 9

Binnen einer Stunde nach der Bestattung ließ der von der rachsüchtigen Oberin angestachelte Kapitän den leitenden Steward rufen. »Was passiert jetzt mit Mrs Ludlams Dienstmädchen?«

»Darüber habe ich keine Anweisungen erhalten, Sir.«

»Dann bestell Mr Ludlam, dass ich ihn ersuche, in meine Kabine zu kommen. Das Mädchen kann nicht bei ihm bleiben.«

»Ja, Sir.«

Josiah weigerte sich in übelster Ausdrucksweise, an jenem Tag irgendjemanden zu besuchen, und verfluchte den Steward dafür, ihn gestört zu haben.

»Sir, ich denke wirklich, Sie sollten besser zum Captain gehen. Er will das Dienstmädchen zurück in die Unterkunft der unverheirateten Frauen verlegen. Auf Moral legt er größten Wert, unser Kapitän.«

Was für ein vermaledeiter aufdringlicher Pedant!, dachte Josiah. Stöhnend schwang er die Beine aus dem Bett, kämmte sich und strich die Kleidung glatt, bevor er dem Steward folgte.

Reginald Egge nahm kein Blatt vor den Mund. »So traurig dieser Tag für Sie ist, Sir, ich fürchte, zur Wahrung der tadellosen Sitten an Bord dieses Schiffs müssen Sie die Dienstmagd Ihrer Gattin auffordern, unverzüglich in die Unterkunft der unverheirateten Frauen zurückzukehren. Sie kann nicht bei Ihnen bleiben.« Unbehaglich räusperte er sich. »Außerdem hat mir die Oberin erzählt, dass sie in … äh … anderen Umständen ist. Strenge Aufsicht für sie ist daher unerlässlich, weil sie dafür jetzt keine Herrin mehr hat. Haben Sie … äh … eine Ahnung, wer der Vater des Kinds sein könnte? Ist das junge Frauenzimmer sehr umtriebig? Falls ja, kann ich Ihnen versichern, dass sie mit aller Strenge behandelt wird.«

Bisher hatte Josiah nicht groß über Lizas Stellung nachgedacht. Er hatte höchstens das vage Gefühl gehabt, Cat hätte übertrieben. Plötzlich wurde ihm klar, dass sich die Geier anschickten, über die kleine Frohnatur herzufallen, die seiner Frau so liebevoll ergeben gewesen war. Und dass allein er zwischen ihr und üblem Ungemach stand. *Von wegen aller Strenge!* Tja, er hatte ein wenig Erfahrung mit aufgeblasenen, selbstgefälligen Moralaposteln, und er würde die arme kleine Liza nicht ihrer zweifelhaften Gnade ausliefern.

»Ich weiß sogar genau, wer der Vater ist«, antwortete er gedehnt, lehnte sich auf dem Stuhl zurück und ließ bewusst einige Augenblicke der Stille verstreichen und den Kapitän zappeln, bevor er hinzufügte: »Ich. Und da Liza in ihrem Leben nur mit einem einzigen Mann zusammen gewesen ist, würde ich sie nicht unbedingt als umtriebig bezeichnen.«

Harrow traten die Augen aus den Höhlen, und er platzte heraus: »Dann sage ich, Schande über Sie, Sir, dass Sie das Mädchen so schamlos ausgenutzt haben. Noch dazu mit einer im Sterben liegenden Ehefrau! Und glauben Sie bloß nicht, dass sich eine solche Verbindung an Bord meines Schiffs fortsetzen wird.«

»Oh, es ist nicht an Bord Ihres hehren Kahns passiert. Das war noch vor unserem Aufbruch aus England. Wissen Sie, meine Frau war schon seit einiger Zeit krank.« Allein vom Sprechen über Cat stieg Josiah ein Kloß in den Hals. »Da die Auswanderung nach Australien beschlossene Sache war, haben wir beide gefunden, wir könnten Liza nicht einfach sich selbst überlassen. Daher haben wir die Pringles gebeten, sie als Dienstmädchen mitzunehmen. Wir konnten selbst keine Kinder bekommen und hatten uns schon mit dem Gedanken getragen, den Säugling zu adoptieren.«

Mittlerweile war das Gesicht des Kapitäns hochrot angelaufen, und er gab kurze schnaubende Laute von sich. »Nun, das ändert meine Meinung nicht. Und ich kann nicht glauben, dass eine Frau vom Stand und der Herkunft Ihrer Gemahlin bei einem solchen Plan mitgespielt hätte.«

Josiah ertappte sich dabei, dass es ihm verruchte Freude bereitete, den aufgeblasenen Idioten anzustacheln. »Sie müssen nicht um die tadellosen Sitten an Bord fürchten. Ich habe die Absicht, Liza zu heiraten und dem Kind meinen Namen zu geben. Nächsten Montag könnte ein passender Tag sein. Was meinen Sie?« Genüsslich beobachtete er, wie der Kapitän noch röter wurde. »Reverend Beeton kann die Zeremonie für uns abhalten. Immerhin ist er Geistlicher.«

»Sir, ich nehme mir heraus, Ihnen zu sagen, wie abscheulich ich finde, dass Sie so daherreden, obwohl der Leichnam Ihrer Gattin noch kaum erkaltet ist. Ich werde die Dienstmagd befragen und sehen, was sie dazu zu sagen hat.«

Josiah stand auf. »Mit Sicherheit nicht ohne meine Anwesenheit. Und *ich* nehme mir heraus, *Ihnen* zu sagen, dass Sie die Nase in Angelegenheiten stecken, bei denen sie nicht gebraucht wird. Ich bin Passagier, kein Mitglied Ihrer Besatzung.« Als er merkte, dass er den Mann damit noch mehr in Rage versetzte, verkniff er sich weitere zornige Worte. »Übrigens, wenn Sie mit Reverend Beeton sprechen, wird er es bestätigen – meine Frau wollte unbedingt, dass ich Liza nach ihrem Tod um des Kindes willen heirate. Sie hat mit ihm darüber gesprochen, bevor sie gestorben ist. Und jetzt«, fügte Josiah hinzu, der des Spiels überdrüssig wurde, »lassen Sie mich in Frieden trauern, wenn irgendwelches Mitgefühl in Ihnen steckt.«

Rasend vor Wut ging er, ohne eine Antwort abzuwarten.

Würde er denn niemals frei von heuchlerischen Puritanern sein, die ihre Nasen in seine Angelegenheiten steckten?

Ohne zu denken, riss er die Tür zur Hauptkabine auf. Er fand Liza darin in ihrem Unterkleid vor. Sie wechselte gerade von den feinen Sachen, die sie zur Bestattung getragen hatte, in ihre Arbeitskleidung. Mit einem überraschten Quieken schnappte sie sich ein Laken vom Bett und hielt es vor sich.

Er drehte ihr den Rücken zu und sagte barsch: »Zieh dich so schnell wie möglich an. Die guten Sachen. Ich vermute, wir bekommen gleich Besuch.«

Rasch schlüpfte sie wieder hinein. »Ich … ich bin bereit, Sir. Wer kommt denn?«

»Dieser übereifrige Trottel von einem Kapitän.«

»Oh.«

Josiah musterte sie kritisch. »Hol den cremefarbenen Schal meiner Frau heraus.« Er beobachtete, wie sie ihn einer Schublade des Kabinenkoffers entnahm und den weichen Stoff kurz glatt strich, bevor sie ihn um sich wickelte. Zwar brauchte sie ihn bei der Hitze nicht, aber er verlieh ihr mehr Würde. »Ja, das sieht besser aus. Und lass dich nicht einschüchtern, wenn unser Besuch kommt.« Er ging zu ihr und strich ihr das Haar mit einer leichten, unpersönlichen Berührung zurück. »Kannst du das nicht ordentlicher hinbekommen?«

Lizas Hände zitterten, als sie es versuchte. Letztlich knotete sie es mit einem Band zurück. »W-Was will der Kapitän denn?«

»Uns der Unmoral bezichtigen. Und dich zurück in die Unterkunft für alleinstehende Frauen schicken. Damit dich dort wieder diese Hexe schikanieren kann.« Als er den Schrecken in ihrem Gesicht erkannte, hob er ihr Kinn. »Als meine Frau musst du lernen, vor solchen Leuten keine Angst zu zeigen, Liza.«

»Aber, Sir …«

»Josiah. Und du musst mich duzen.«

Sie schluckte. »Dann also Josiah …«

Draußen näherten sich Schritte. Er drängte sie, sich aufs Bett zu setzen. »Behandle diese Leute von oben herab! Etwas anderes verdienen sie nicht.«

Es klopfte an der Tür. Als Liza aufspringen und hineilen wollte, packte er sie am Rock und zog sie zurück, bevor er sich neben sie stellte und ihr die Hand auf die Schulter legte. »Du bist jetzt keine Dienerin mehr. Lass sie die vermaledeite Tür selbst aufmachen. Immerhin sind sie keine willkommenen Gäste in meiner Unterkunft.« Er erhob die Stimme und rief: »Herein.«

Reginald Harrow marschierte in die Kabine, gefolgt von dem Geistlichen, der sich sichtlich unwohl fühlte. Der Kapitän wartete, bis die Tür geschlossen wurde, bevor er das Wort ergriff. »Reverend Beeton hat es bestätigt. Offenbar war es tatsächlich der Wunsch Ihrer Gemahlin, dass Sie den Bund der Ehe mit dieser jungen Frau eingehen.«

»Um … um des Kindes willen«, stammelte Reverend Beeton. »Eine sehr christliche, versöhnliche Dame. Was für ein herber Verlust.«

Josiah bohrte die Fingernägel in die Handflächen und erwiderte nichts. Er wollte eher verflucht sein, als es diesen Leuten einfach zu machen.

Der Kapitän starrte sie finster an. »Ich kann dennoch nicht dulden, dass sie in wilder Ehe hierbleibt. Bis Sie beide vermählt sind, muss dieses … dieses Frauenzimmer zurück in die Unterkunft der alleinstehenden Frauen. Und wäre sie nicht von Ihnen schwanger, würde ich eine derart übereilte, unbedachte Eheschließung an Bord meines Schiffs nicht gestatten.« Er schnippte mit den Fingern und zeigte auf die Tür. »Du, Mädchen, gehst mit Reverend Beeton. Und sieh zu, dass du dich benimmst!«

Als Liza aufstehen wollte, drückte Josiah sie zurück. »Sie geht nicht wieder in dieses Höllenloch da unten. Ebenso wenig gestatte ich, dass diese sauertöpfische alte Schachtel sie quält.«

Liza zupfte an seinem Ärmel. »Josiah, ich kann …«

»Still, meine Liebe. Lass mich das regeln.«

Der Kapitän verschränkte die Arme vor der Brust. »Keine unverheiratete Frau wohnt in einer Kabine mit einem Mann zusammen, mit dem sie weder verwandt noch verheiratet ist. Nicht an Bord meines Schiffs.«

Als Josiah erkannte, dass es nur einen Ausweg gab, täuschte er ein leidgeplagtes Seufzen vor und wandte sich an Liza. »Was sagst du, Liebes? Heiraten wir heute? Oder willst du eine Woche unten bei dem Drachen verbringen?«

Liza sah ihn entsetzt an. »Heute? Aber Mrs Ludlam ist doch eben erst bestattet worden. Das erscheint mir so … so respektlos.«

»Nein, nicht respektlos gegenüber Cat«, berichtigte er in sanftem Ton. »Du weißt, dass sie es gewollt hat – es passiert nur etwas eher als erwartet.« Er erhob die Stimme. »Und ich tue es nur deshalb jetzt, weil ich nicht möchte, dass die Mutter meines Kinds von übergriffigen Wichtigtuern schlecht behandelt wird.«

Als Liza aufschaute, entdeckte sie in seinen Zügen eine Freundlichkeit, wie sie bisher allein seiner Ehefrau vorbehalten gewesen war. Dadurch fühlte sie sich etwas besser beim Gedanken, ihn zu heiraten. Vielleicht würde es gar nicht so schlimm werden, wenn er nett zu ihr wäre. »Ich werde tun, was immer du für richtig hältst, Josiah – obwohl ich lieber gewartet hätte.«

Er nickte und wandte sich an Reverend Beeton. »Sir, ich möchte meinen Protest bekunden und Ihnen versichern, dass die Hast dieser Eheschließung nicht auf mich zurückgeht. Aber ich werde nicht zulassen, dass Liza misshandelt wird.«

Der Geistliche drehte sich dem Kapitän zu. »Vielleicht …«

Erbost darüber, wie Ludlam mit ihm gesprochen hatte,

stieß Reginald Harrow barsch hervor: »Die Vermählung findet in einer Stunde in der Messe statt. Du, Mädchen, bleibst mit Reverend Beeton hier, bis ich jemanden schicke, der dich begleitet.«

Während sich Josiah umzog, weil er nicht in einem zwei Tage lang getragenen Hemd heiraten wollte, erkannte er, dass Cat einen Teil ihres Ansinnens bereits erreicht hatte. Er verspürte nicht mehr den Drang, sich selbst über Bord zu werfen, sondern den Kapitän. Vor dem Rasierspiegel verzog er das Gesicht zu einer Grimasse. »Ich bin noch nie ein Retter der Unterdrückten gewesen«, sagte er. »Und ich bin mir nicht sicher, ob ich gut darin sein werde.«

Außerdem würde ein Kind geboren werden. Wie Cat gesagt hatte, mochte er Kinder. Die Gesellschaft seiner kleinen Nichten und Neffen hatte er immer sehr genossen. Zu seiner Überraschung stellte er fest, dass er die Vorstellung, Vater zu werden, ansprechend fand. Er hoffte zwar, es würde ein Junge werden, doch unabhängig davon würde er das Kind auf keinen Fall so behandeln wie sein Vater ihn.

Als Dorothy Pringle die Kabine betrat, zog Reverend Beeton hastig und erleichtert von dannen. Dabei murmelte er bei sich etwas darüber, von so etwas noch nie gehört zu haben.

»Der Kapitän hat mir erzählt, was los ist«, sagte sie forsch. »Aber Catherine hatte mir ohnehin schon vor einer Weile erklärt, was sie wollte.« Zu dem Zeitpunkt hatte es sie überrascht, doch auf verquere Weise war es wohl sinnvoll, denn auch ihr war nicht entgangen, in was für Stimmungstiefs Josiah manchmal verfiel. Allerdings sorgte sie sich um Liza. Würde er sie gut behandeln? Würde er freundlich zu ihr sein?

Liza holte das weiße Seidenkleid heraus, das Catherine als geeignet zum Heiraten auserkoren hatte, und zog es an. Als sie es jedoch schließen wollte, zitterten ihre Finger zu sehr, um mit den kleinen geschnitzten Elfenbeinknöpfen zurechtzukommen.

»Lass mich dir dabei helfen, Liebes.«

»Ach, Mrs P., ich weiß nicht, wo mir der Kopf steht.«

»Willst du ihn wirklich heiraten? Denn falls nicht, kannst du gern zu uns zurückkommen.«

Einen Moment lang stand Liza regungslos da und starrte ins Leere. »Offen gestanden will ich niemanden heiraten. Und eigentlich will ich auch kein Kind. Aber ich habe jetzt keine große Wahl mehr, oder? Außerdem habe ich es Mrs Ludlam versprochen.«

»Aber bestimmt könntest du noch ein paar Tage warten. Mir erscheint es falsch, es ausgerechnet heute zu tun.«

»Daran ist der Kapitän schuld, nicht wir.« Liza betrachtete sich im Spiegel und wünschte, sie wäre nicht so blass. »Ich will nicht zurück in die Unterkunft der unverheirateten Frauen, nicht mal für eine Stunde. Die Oberin würde mir das Leben zur Hölle machen.«

»Na schön. Dann lass mich dir die Frisur richten. Wir wollen doch, dass du wunderschön aussiehst. Und von jetzt an nennst du mich besser Dorothy, Liebes.«

Als sie in der Messe eintrafen, befand sich dort nur Benedict Caine, der zugleich grimmig und entschlossen wirkte. »Lassen Sie mich kurz allein mit Liza reden, Dorothy, ja?«

Sie nickte und ging hinaus vor die Tür.

Er trat auf Liza zu, ergriff ihre Hände und sah ihr mit ernster Miene in die Augen. »Bist du dir *sicher*, dass du das willst, Mädchen?«

»Ich habe keine große Wahl. Immerhin erwarte ich ein Kind.«

»Und wir wissen beide, dass es nicht *sein* Kind ist, ganz gleich, was er den Leuten einreden will. Hätte dich nicht der wahre Vater heiraten können?«

Er hielt nach wie vor ihre Hände, und sie gestattete sich,

die seinen noch etwas länger zu umklammern, als sie erkannte, dass ihr nicht halb so bang wäre, wenn sie den Bund stattdessen mit diesem Mann einginge. »Der Vater wollte mich heiraten. Aber er hätte mich regelmäßig geschlagen und mir das Leben verleidet.«

»Warum hast du dann …« Abrupt verstummte er. Die Frage stand ihm nicht zu.

»Warum ich mit ihm das Bett geteilt habe?« Sie lachte, doch es klang dünn, freudlos und verbittert. »Weil er mich dazu gezwungen hat. Weil mein eigener Bruder mich für Geld in sein Haus geschleift hat.«

Entsetzt starrte Benedict sie an.

Schließlich entzog sie ihm die Hände und trat einen Schritt zurück. »Ich habe ein Kind im Bauch und ich brauche einen Ehemann. Niemand sonst bietet an, mich zu heiraten – oder möchten *Sie* es?« Liza sah, wie er zusammenzuckte. Abermals lachte sie. »Nein. Wer würde jemanden wie mich auch schon als echte Ehefrau wollen?«

Einige Augenblicke lang verschlug es ihm die Sprache, und er konnte sich nicht rühren, denn er wünschte … Oh verdammt, er wusste nicht, was er wünschte. »Mir waren die Umstände nicht klar. Oh Liza, Liza! Was hat man dir nur angetan?«

Ihre Lippen bildeten eine schmale Linie, ihre Augen funkelten hart und zornig. »Josiah hat mich gerettet, so sieht es aus. Und Mrs Ludlam auch. Dafür bin ich beiden dankbar.«

Dann klopfte es an der Tür, und Dorothy kam herein. »Der Kapitän ist unterwegs herunter.«

Liza stellte sich neben sie, blickte durch das Bullauge hinaus auf die endlosen Weiten des Wassers und wünschte, sie wäre irgendwo anders statt auf diesem Schiff gefangen.

Andrew Pringle trat zuerst ein und strahlte die Anwesenden an, als wäre es ein freudiger Anlass. Ihm folgten Reverend

Beeton mit sehr schmalen Lippen und der Kapitän mit versteinerter, missbilligender Miene.

Zuletzt schlenderte der Bräutigam herein, makellos gekleidet, aber mit hochmütigem Gesichtsausdruck. »Ich nehme mir die Freiheit, erneut zu betonen, wie sehr mir Ihr übertriebenes Drängen darauf widerstrebt, unsere Vermählung heute zu vollziehen«, teilte er Reginald Harrow mit. »Das möchte ich vor allen hier Versammelten festhalten.«

Der Kapitän erwiderte nichts, sondern trat einen Schritt zurück, als wollte er sich vom Geschehen distanzieren. »Fangen Sie an, Beeton.«

So mühten sie sich durch den Hohn einer Zeremonie. Liza flüsterte ihre Antworten dabei kaum hörbar für die Zeugen, Josiah wiederum stieß sie barsch hervor, sobald der Geistliche sie ihm vorgesagt hatte.

Als Reverend Beeton sie schließlich zu Mann und Frau erklärte, stand Josiah auf und starrte Liza an, als hätte er sie noch nie zuvor gesehen. Es brauchte einen Schubs von Benedict, bevor er tief durchatmete und die Luft über der Wange seiner frisch Angetrauten küsste.

Andrew trat vor und beglückwünschte die Braut mit einem herzhaften Schmatz auf jede Backe. Dann wurde Benedict klar, dass von ihm dasselbe erwartet wurde. Liza starrte auf ihre Hände und errötete heftig.

Mitleid durchströme ihn, als er vortrat, sie in die Arme nahm und flüsterte: »Kopf hoch, Mädchen. Und lass dich von niemandem von oben herab behandeln.« Und weil Tränen in ihren Augen waberten und sie so jung und verängstigt wirkte, zog er sie an sich und drückte ihr sanft einen Kuss auf jede Wange.

Der Bräutigam entbot seiner Angetrauten den Arm. Als sie sich bei ihm einhängte, führte er sie hinüber zu dem langen, am Deck befestigten Esstisch. Ohne dem Kapitän auch nur die geringste Beachtung zu schenken, rief er: »Steward! Wo ist der

Wein? Ich möchte auf die Gesundheit meiner neuen Gemahlin anstoßen.«

»Mich müssen Sie entschuldigen. In meinen Augen ist das kein Anlass zum Feiern.« Steif verneigte sich Reginald Harrow vor der Gesellschaft und stapfte davon, um die Eheschließung in das Logbuch einzutragen.

Der Geistliche stand da, schaute von einem zum anderen und schien nicht recht zu wissen, wie er sich verhalten sollte. Seine Gattin hatte sich rundheraus geweigert, an der Hochzeit teilzunehmen, und meinte, jede anständige Frau würde die neue Mrs Ludlam schneiden. Aber die Frischvermählte wirkte geradezu verängstigt, und er wusste, wie liebevoll sie sich um ihre Herrin gekümmert hatte. Er entschied, wenn Christus Sündern vergeben und bei einer Hochzeit Wein trinken konnte, dann dürfte er es auch.

Als die Gläser gefüllt waren, trat peinliche Stille ein, bis Andrew in die Bresche sprang und vorschlug, auf die Braut anzustoßen.

Danach erhob Josiah die Stimme. »Ich schlage vor, wir stoßen noch einmal an. Auf Catherine!«

»Oh ja!« Eifrig streckte Liza das Glas hoch und führte es klirrend an das ihres frischgebackenen Ehemanns. »Auf Mrs Ludlam!«, stimmte sie mit ein, bevor sie sehr leise hinzufügte: »Ich habe Ihren Wunsch erfüllt.«

Nur Benedict befand sich nah genug bei ihr, um die letzten Worte zu hören. Er schüttelte den Kopf. Obwohl er wusste, warum Josiah das tat, würde es einen Skandal nach sich ziehen, über den nicht so leicht Gras wachsen würde. Er fragte sich, ob der sanftmütigen Catherine bewusst gewesen war, in was für eine schwierige Lage sie Liza damit brachte. Aber selbst wenn, hätte es sie vermutlich nicht von ihrem Vorhaben abgebracht, denn seit ihrer Kindheit war sie stets nur auf Josiahs Wohlergehen bedacht gewesen. Obwohl ihre Ehe mit ihm ein Gräuel gewesen war, hatte sie keinen Versuch unternommen, daraus zu entkommen. Nun war ein weiteres Gräuel begangen worden, diesmal mit der armen Liza als Opfer.

Josiah stellte sein leeres Glas ab, erhob sich und bot seiner Gemahlin erneut den Arm an. »Ich finde, wir sollten jetzt einen Spaziergang an Deck unternehmen, Liebste.«

»Oh nein!«, protestierte Liza unwillkürlich, bevor sie flüsternd zu ihm meinte: »Alle werden uns anstarren. Kann ich nicht einfach zurück in die Kabine?«

Er ergriff ihre schlaffe Hand und fädelte sie durch seinen Arm. Dabei stellte er zum ersten Mal fest, dass sie etwas größer und kräftiger gebaut als Catherine war. »Nein. Du musst lernen, dich von Klatsch nicht verunsichern zu lassen, meine Liebe. Nur so bewältigt man ihn.«

Aber sogar er fühlte sich unbehaglich, als sich die anderen Damen abwandten, seine Grüße ignorierten und seine Frischangetraute wie Luft behandelten. Es hielt ihn trotzdem nicht davon ab, zwei Runden um das kleine obere Deck zu drehen und alle dort bei jedem Vorbeikommen namentlich zu grüßen. Ihm fiel auf, dass die Zwischendeckpassagiere vom unteren Deck heraufstarrten, untereinander tuschelten und auf sie zeigten. Wer zum Teufel hatte ihnen davon erzählt?

Als sie nah am Rand des Oberdecks vorbeischlenderten, winkte ihr jemand aus einer Gruppe junger Frauen und rief: »Ich wünsche dir alles Gute, Liza!«

Abrupt blieb sie stehen. Tränen traten ihr in die Augen. Sie nickte in Richtung der Rufenden.

»Jetzt dank ihr schon!«, zischte Josiah. Nachdem Liza es getan hatte, nickte auch er der jungen Frau unten zu. Dann setzten sie den gemächlichen Spaziergang fort. Nach der zweiten Runde erbarmte er sich seiner blassen Gemahlin und geleitete sie unter Deck.

Da das Hochgefühl von seinem Sieg über den Kapitän allmählich verflog, fühlte sich Josiah wieder zutiefst niedergeschlagen. Er führte Liza zur Kabine, bevor er verkündete: »Ich fürchte, später beim Abendessen müssen wir uns ihnen noch einmal stellen. Sei um sechs Uhr bereit.« Damit verschwand er in die eigene Kabine und verschloss die Tür vor ihr.

Als sie allein dasaß, bemühte sie sich, nicht zu weinen. In ihren Gedanken herrschte Aufruhr. Mehrmals blickte sie auf den Ehering hinab, immer noch erstaunt über den Anblick. War sie wirklich Mrs Josiah Ludlam? Eine verheiratete Frau? Es fühlte sich nicht so an. Als sie sich umsah, rechnete sie halb damit, die ehemalige Mrs Ludlam könnte jeden Moment von einem Ausflug an Deck zurückkehren.

»Wie soll ich das nur ertragen?«, flüsterte sie und drückte sich die Hand auf den Mund, um nicht zu weinen.

Mit der Zeit ließ der Drang dazu nach, und sie begann, gefasster über die Zukunft nachzudenken. Sie legte die Hand auf den Bauch, weil sie sich dadurch weniger allein fühlte. Der Rock unter ihren Fingern war aus Seide. Der Wunsch einer Sterbenden hatte sie von einer Dienstmagd in die Gemahlin eines wohlgeborenen Mannes verwandelt. Tatsächlich hatte sie bei wenig etwas mitzureden gehabt, was ihr in den vergangenen Monaten widerfahren war. Während sie allein in der Kabine saß, die nunmehr ihr gehörte, und abwesend über die glatte weiße Seide ihres Rocks strich, wuchs Entschlossenheit in ihr heran. Sie betrachtete den Ring an ihrer Hand, ein Geschenk von ihrer vormaligen Herrin. Schließlich flüsterte sie: »Ich weiß nicht, ob Sie mir einen Segen oder einen Fluch auferlegt haben, Catherine Ludlam. Eigentlich weiß ich überhaupt nicht viel, nur dass ich noch lebe und Sie nicht. Und dass ich ein Kind bekomme, um das ich mich kümmern muss.«

Plötzlich fühlte es sich beinah so an, als huschte ein Schatten ihrer früheren Herrin an ihr vorbei und nickte mitfühlend. Da ließ die Beklommenheit in ihr nach.

Als es Zeit wurde, sich auf das Abendessen vorzubereiten, betrachtete Liza ihr Hochzeitskleid und beschloss, sich umzuziehen. Es erschien ihr besser, sich nicht in den feinsten Sachen ihrer verstorbenen Herrin zu zeigen. Und sie würde sich angewöhnen müssen, ihre Vorgängerin Catherine zu nennen. Zum Üben sprach sie es laut aus. »Catherine.« Dann fügte sie entschuldigend hinzu: »Ich hoffe, das macht Ihnen nichts aus.«

Sie entschied sich für ein schlichtes blaues Kleid, das Catherine und sie zusammen angepasst hatten. Sie hatten an einem heißen Tag daran genäht, während das Schiff in einer Flaute auf Wind gewartet hatte. Nachdem Liza das Kleid angezogen hatte, nickte sie sich im ovalen Spiegel zu. Damit sah sie mehr wie sie selbst aus.

Dann runzelte sie die Stirn über ihr Haar, das sich wieder gelöst hatte und ihr über den Rücken wallte. Ehefrauen trugen es nicht so, nur unverheiratete jüngere Damen wie Kitty. Sie zog die dichte, federnde Masse zurück und überlegte, wie sie sich bändigen ließe, bevor sie die Schubladen des Kabinenkoffers durchsuchte. Alles darin gehörte nun ihr. Doch obwohl Catherine selbst gesagt hatte, sie sollte es benutzen, fühlte sich Liza schuldig, während sie darin stöberte. Eine Schublade enthielt lauter Spitzenkragen und Manschetten, Bänder jeder Farbe, Borten und gehäkelte Haarnetze. Ja, das wäre die Lösung – ein Haarnetz! Sie zog eines heraus und bündelte ihre Mähne zu einem tiefsitzenden Knoten. Anschließend fügte sie etwas von den Spitzen und Bändern hinzu, die Catherine zum Abendessen getragen hatte, als es ihr noch gut genug gegangen war, um es zusammen mit den anderen einzunehmen. Liza betrachtete sich im Spiegel und nickte zufrieden. So sah sie besser aus. Eindeutig weniger kindlich.

Als Josiah an die Verbindungstür zu seiner kleineren Kabine klopfte, rief sie: »Herein!« Er blieb am Eingang stehen und starrte sie an, bis es ihr unangenehm wurde. »Stimmt etwas nicht, Josiah?«

Er schüttelte den Kopf, trat ein und ließ sich auf der Bettkante nieder. »Nein. Ich wollte nur nachsehen, ob du bereit bist, dich der Meute zu stellen, Kind.«

»Ja. Und ich bin kein Kind. Ich bin achtzehn. Wie alt bist du?« Nicht einmal das wusste sie über ihn.

»Achtundzwanzig. Zehn Jahre älter als du.«

Plötzlich tauchte aus seinem Gedächtnis auf, wie verwirrt er sich in ihrem Alter gefühlt hatte. Damals hatte er seine Natur nicht begriffen und manchmal befürchtet, er würde den Verstand verlieren. Liza wirkte nicht mehr verwirrt wie zuvor, sondern entschlossen.

»Ich möchte dir dafür danken, dass du mich geheiratet hast und dem Kind einen Namen gibst«, fuhr sie fort. »Außerdem habe ich mich etwas gefragt. Möchtest du jetzt lieber in diese Kabine umziehen? Sie ist größer als deine.«

»Nein. Sie würde mich zu sehr an Cat erinnern.«

Stille trat ein. Krampfhaft suchten beide nach einem Gesprächsthema, doch ihnen fiel nichts ein. Deshalb fühlte sich die Glocke, die zum Abendmahl in die Messe rief, wie eine Erleichterung an, obwohl sie beide wussten, dass ihnen dort eine weitere Tortur bevorstand.

»Falls du nicht weißt, welche Messer und Gabeln du benutzen sollst, achte einfach darauf, was die anderen machen«, riet er ihr, als sie die Kabine verließen.

Liza lächelte. Sie hatte oft genug für die Pringles den Tisch gedeckt, um zu wissen, wofür was verwendet wurde. Und beim Essen in der Kabine mit Catherine hatte sie es geübt. Kopfzerbrechen bereiteten ihr die Leute, nicht das Besteck.

Sie war erleichtert, als man sie in der Mitte ihrer Gruppe platzierte, flankiert von Andrew auf der einen Seite und Josiah auf der anderen. Gegenüber saßen Dorothy und Kitty. Obwohl sie die Anordnung einigermaßen schützte, warfen die anderen Passagiere ihr abfällige Blicke zu, und niemand richtete auch nur ein Wort an sie, wodurch sich Liza unbehaglich fühlte.

In das Tischgebet flocht der Kapitän einige pointierte Bemerkungen über Sünder ein. Josiah gähnte dabei laut, während Andrew ein Hustenanfall ereilte.

Nach dem Essen begaben sich alle Passagiere an Deck und spazierten dort auf und ab, weil es noch sehr warm war. Liza wandte sich ihrer Kabine zu, doch Josiah hielt sie am Arm zurück und murmelte: »Noch nicht.« Er drehte mit ihr mehrere Runden, bevor er sie nach unten entließ.

Danach lehnte er sich an seiner Lieblingsstelle an die Reling, blickte über das Wasser und wünschte, diese verdammte Reise würde bald enden. Er blieb, bis sich alle anderen in die Kojen zurückgezogen hatten. Als ihn ein Steward am Arm berührte, zuckte er erschrocken zusammen.

»Ist alles in Ordnung, Sir? Es wird allmählich spät.«

»Es geht mir so gut, wie es mir je wieder gehen wird.«

»Kann ich Ihnen etwas bringen?«

»Nein. Nein, danke. Ich denke, ich begebe mich jetzt besser nach unten.« Vor Lizas Tür zögerte er, aber er konnte ihr an diesem Abend nicht mehr vor die Augen treten. Außerdem sah er unter dem Spalt kein Licht. Wahrscheinlich schlief sie bereits tief und fest.

Liza schlief nicht. Sie war zwar kurz eingedöst, allerdings erschrocken wieder erwacht, als sich die Leute in ihre Kabinen begeben hatten. Eine Zeit lang waren vereinzelt Geräusche ertönt, als die beiden Aborte benutzt wurden, bevor sich die Passagiere zur Nachtruhe zurückzogen.

Danach hatte eine lange Stille geherrscht, ehe sie Josiah herunterkommen hörte. Es war ihre Hochzeitsnacht. Würde er zu ihr kommen? Und darauf bestehen, dass sie die Ehe vollzogen? Oder hatte Catherine die Wahrheit gesagt? Berührte er Frauen wirklich nicht auf diese Weise? Angespannt lag Liza da, bis sie hörte, wie er sich hinlegte. Er hustete mehrmals und putzte sich die Nase, dann schlief er wie die anderen ein.

So erschöpft Liza auch war, sie fühlte sich hellwach. Es würde nicht einfach werden, Mrs Ludlam zu sein. An diesem Tag hatte Josiah sie freundlich behandelt, aber sie hatte miterlebt, wie er sogar bei Catherine plötzlich gehässig, missmutig oder verbittert geworden war. Unverhofft wünschte Liza, sie könnte ihre Mutter sehen, und wären es nur ein paar Minuten. Sie sehnte sich nach jemandem, der die Arme um sie legte und sich um sie kümmerte. Aber so jemanden hatte sie nicht. Tränen schossen ihr in die Augen, und sie musste ein Schluchzen mit dem Kopfkissen dämpfen. Sie weinte eine lange Weile.

KAPITEL 10

Nach der Hochzeit schien die Zeit schleichend zu vergehen, weil Liza so wenig zu tun hatte, seit sie sich nur noch um sich selbst kümmern musste. Und natürlich um Josiah, wenn er es ihr gestattete. Was nicht oft vorkam.

Die anderen Damen auf dem Oberdeck ignorierten sie unverändert. Nur Mrs Fenton schaute oft zu ihr und wirkte nicht ganz so feindselig wie die anderen. Liza fühlte sich sehr einsam. Natürlich konnte sie von Dorothy Pringle nicht erwarten, ständig bei ihr zu sitzen. Und obwohl Josiah täglich Zeit mit ihr in der Öffentlichkeit verbrachte, zeigte er sich nicht besonders gesprächig. Nach ihren Spaziergängen an Deck fühlte sie sich jedes Mal niedergeschlagen bei der Aussicht auf ein solches Leben mit ihm, geprägt von viel Schweigen und nur gelegentlichen nüchternen, unpersönlichen Bemerkungen.

Das Schiff folgte einer sogenannten »Großkreisroute«. Wie der Erste Offizier erklärte, würden sie das Ziel so schneller erreichen als über Kapstadt. Der Kapitän hoffte, innerhalb von siebzig Tagen nach dem Aufbruch aus Liverpool in Fremantle einzulaufen. Leider konnten sie dadurch unterwegs nirgendwo einen Zwischenstopp einlegen und würden so weit nach Süden kreuzen, dass sie auf Eisberge stoßen würden.

Das rauere, kältere Wetter verbannte etliche Kabinenpassagiere abermals vor Seekrankheit in die Kojen, und die Stewards hatten alle Hände voll damit zu tun, sich um sie zu kümmern. Die nach unten führenden Luken wurden gelegentlich versiegelt und die Passagiere im Zwischendeck sich selbst überlassen. Bei solchen Gelegenheiten wurden sogar die Kabinenpassagiere aufgefordert, sich nicht an Deck zu begeben, obwohl man sie nicht wirklich einsperrte und sie sich in die Messe setzen konnten, wenn sie wollten. Für Liza zogen sich solche Tage schier endlos hin. Hätte sie besser lesen gekonnt, hätte sie gern in Catherines Büchern geschmökert. Allerdings hatte sie jedes Mal das Gefühl für eine Geschichte verloren, bis sie sich durch eine einzige Seite gemüht hatte.

Sie fand es schon in ihrer Unterkunft frostig und vermutete, dass es in Benedict Caines Deckkabine an stürmischen Tagen noch kälter sein musste. Er klagte nicht darüber, obwohl er manchmal trübe Augen hatte und blass war, als hätte auch er nicht gut geschlafen. Liza stellte fest, dass ihr Blick regelmäßig zu ihm wanderte, wenn er sich an Deck aufhielt. Sie beobachtete ihn gern. Sowohl er als auch ihr Ehemann waren groß, aber Benedict strahlte Energie aus, Josiah hingegen Traurigkeit. Benedict zog Menschen an. Um ihn fand sich oft eine lebhafte Gruppe ein. Die Leute standen dann da, sahen ihm beim Schnitzen zu und unterhielten sich angeregt über alles Mögliche. Liza hätte sich ihnen gern angeschlossen, doch wenn sie sich einer solchen Gruppe näherte, schlenderten die Leute davon, als wollten sie nichts mit ihr zu tun haben, und nur er redete mit ihr.

Eines Nachts wurde das Schlingern und Stampfen des Schiffs so schlimm, dass sie überzeugt davon war, es würde kentern. Auf dem Kamm jeder riesigen Welle schien es innezuhalten, zu zittern und zu knarren, als könnte es jeden Moment in Stücke zerbrechen. Liza lag zunehmend verängstigter im Bett. Als das Schiff besonders heftig schlingerte, geriet sie in Panik, sprang auf, stürmte durch die Kabine und hämmerte an Josiahs Tür.

So schnell, wie er sie aufriss, konnte auch er nicht geschlafen haben. »Was ist? Stimmt etwas nicht?«

Liza brach in Tränen aus. »Das Schiff wird sinken, ich weiß es! Und bitte, Josiah – ich will nicht allein sterben.«

Einen Moment lang starrte er sie überrascht an, bevor er in spöttisches Gelächter ausbrach. »Das ist nur ein Sturm, du albernes Kind.« Nachdem er ihre Hand von seinem Arm entfernt hatte, fügte er sanfter hinzu: »Ich glaube kaum, dass wir kentern werden. Unser Kapitän mag ein Frömmler sein, aber von seinem Handwerk scheint er etwas zu verstehen. Sei ein braves Mädchen und geh wieder ins Bett.«

Doch sie klammerte sich in der Dunkelheit weiter an seinen Arm. »Kommst du und setzt dich zu mir? Nur für eine Weile? Oh bitte! Ich will nicht allein sein.«

Er seufzte kapitulierend. »Aber nur kurz. Ich bin müde, auch wenn du es offenbar nicht bist.«

Er zündete die Wandlampe an, danach saßen sie schweigend da. Nach einer Weile begann er zu gähnen. »Warum liest du nicht ein Buch, wenn du nicht schlafen kannst?«

Sie spürte, wie sie errötete. Unbehaglich wetzte sie hin und her und wusste nicht, wie sie darauf antworten sollte.

»Liza?« Nach kurzer Stille hakte er nach: »Du kannst doch lesen, oder?«

»Ein bisschen. Aber ... nicht gut genug für Catherines schwierige Bücher.« Tränen der Scham kullerten ihr über die Wangen. Sie konnte ihn nicht ansehen, während sie es ihm zu erklären versuchte. »Pa hat mich so oft von der Schule zu Hause behalten, damit ich im Laden helfe, dass ich nicht die Möglichkeit hatte, viel zu lernen. Dabei würde ich so gern besser lesen können.«

Als Josiah wieder das Wort ergriff, klang seine Stimme nicht unbedingt herzlicher, aber zumindest auch nicht verächtlich. »Dann üben wir es mal besser. Ich kann keine Analphabetin zur Frau haben.«

Obwohl sie nicht wusste, was Analphabetin bedeutete, schaute sie hoffnungsvoll auf. »Lehrst du mich wirklich, besser zu lesen?«

Er zuckte zusammen. »Ich *bringe es dir bei*, Liza. *Lernen* wirst du es.«

Mit schiefgelegtem Kopf dachte sie darüber nach und nickte, als sie den Unterschied erkannte. »Darauf freue ich mich.« Aus irgendeinem Grund fürchtete sie sich mit ihm an der Seite nicht mehr so sehr vor dem Sturm, also kuschelte sie sich unter die Decke. »Können wir bitte gleich morgen mit dem Lesen anfangen?«

»Falls sich das Wetter beruhigt. Ich bezweifle, dass wir uns vernünftig konzentrieren könnten, solange das Schiff derart wild schaukelt.«

»Versprich es mir.«

»Ich verspreche es.«

Als sie ihn anstrahlte, ertappte er sich dabei, unwillkürlich zurückzulächeln. Dann saß er da und beobachtete, wie sie einschlief. Allerdings kehrte er eine ganze Weile nicht in die eigene Kabine zurück, denn auch ihm war in Gesellschaft leichter ums Herz. Erst kurz vor dem Morgengrauen, als sich die heftigen Bewegungen des Schiffs legten, begab er sich nachdenklich wieder in sein Bett.

Trotz ihres Lerneifers verlief der Großteil der ersten Lektion für Liza unter Tränen, weil das Buch vor langen, schwierigen Wörtern strotzte und Josiah nicht verhehlen konnte, dass ihn entsetzte, wie wenige davon sie kannte. Nun, niemand in ihrer Familie benutzte solche Wörter. Deshalb wusste sie nicht mal, wie man sie aussprach, geschweige denn, wie man sie las.

Am Ende verkündete er barsch: »Mehr kann ich heute nicht ertragen. Übe diese Seite. Arbeite sie durch, bis du sie kannst.« Damit stürmte er aus der Kabine und knallte die Tür hinter sich zu.

Liza hatte entsetzliche Angst, er würde den Unterricht einstellen. Also trocknete sie sich die Augen und ergriff das Buch mit leicht zitternden Händen. Sie wünschte, sie hätte eines der einfachen Bücher, die bei den allmorgendlichen Lektionen für die Kinder im Zwischendeck benutzt wurden. Aber wenn sie fragte, ob sie sich eines leihen könnte, würde man erfahren, wie ungebildet sie war. Dann würde man über sie lachen, und Josiah würde nur noch zorniger werden.

Langsam und mühsam buchstabierte sie sich durch die Seite. In mehreren Fällen konnte sie ein Wort überhaupt nicht entziffern. Dann rollten ihr Tränen über die Wangen, weil sie geradezu verzweifelt besser und von ihm gelobt werden wollte.

Am nächsten Morgen zog Josiah auf die ihm eigene Weise eine dunkle Augenbraue hoch und fragte: »Unterricht?«

»Bitte, Josiah.«

Er begleitete sie in die Kabine, setzte sich neben sie an den kleinen Tisch und schlug das Buch auf.

Liza plagte sich durch dieselbe Seite wie zuletzt. Ihre Stimme wurde dabei zunehmend leiser und zögerlicher. Er lauschte still und korrigierte sie, wenn ihr ein Fehler unterlief. Als sie das Ende der Seite erreichte, schaute sie bang zu ihm auf.

»Du hast dir mehr gemerkt, als ich erwartet hatte.« Er tippte auf das Buch. »Wir machen diese Seite noch mal, danach widmen wir uns der nächsten.«

Wieder begann sie mit vor Nervosität zittriger Stimme.

Josiah klatschte eine Hand über die Seite und bremste sie mitten im Satz. »Warum hast du solche Angst vor mir? Was glaubst du denn, was ich dir antun würde, du albernes Mädchen? Dich schlagen?«

»Ich w-weiß es nicht. Vielleicht. Du siehst immer so wütend aus.«

Josiah stutzte und starrte sie an, als hätte er sie zuvor nicht richtig wahrgenommen. »Bist du oft geschlagen worden?«

»Manchmal von Pa. Und … und meine großen Brüder haben uns Jüngere viel gehauen. Nur Ma hat nie jemanden von uns geschlagen.« Dann schnürte es ihr die Kehle zu, weil sie plötzlich ein Bild von ihrer Mutter am Küchentisch vor Augen hatte.

Der flüchtige Einblick in Lizas Leben berührte sein Herz. »Ich verstehe. Also, ich kann dir versichern, dass ich dich nicht schlagen werde, ganz gleich, was du tust. Mach weiter. Fang mit dieser Seite von vorn an.«

Er ließ sie eine halbe Stunde fortfahren, bevor er sich zurücklehnte und gähnte. »Das war genug Philanthropie für heute.«

Auch dieses Wort verstand sie nicht und musste Benedict später fragen, was es bedeutete.

Liza blieb eine unverbesserliche Frühaufsteherin. Bei schönem Wetter hielt sie sich in den Morgenstunden oft als einzige Kabinenpassagierin auf dem Oberdeck auf. Sie genoss es, an der Reling zu stehen, während das Schiff in der Dünung anstieg und absank. Der Wind und die Bewegungen erfüllten sie mit Energie. An manchen Tagen schien das Schiff geradezu über das Wasser zu fliegen. Sie beobachtete die Matrosen beim Schrubben der Decks und lachte über die Sperenzchen der alleinstehenden Männer, die normalerweise zuerst zum Waschen aus dem Zwischendeck heraufkamen. Um die mit frischem Meerwasser gefüllten Zuber herum hatte man Paravents aus Segeltuch aufgestellt, doch die Männer achteten nicht immer darauf, sich dahinter zu verbergen, und manchmal alberten sie herum und bespritzten sich gegenseitig. Sie sollte sie nicht beobachten, das wusste Liza, trotzdem erfreute sie sich an der guten Laune, die sie dabei versprühten.

Allmählich füllte sich das Unterdeck mit Zwischendeckpassagieren. Dort drängten sich so viele Menschen, während sich Liza das Oberdeck mit nur ein, zwei anderen teilte. Das erschien ihr nicht fair.

Manchmal kam auch Benedict recht früh aus seiner winzigen Kabine. Allerdings leistete er ihr nie Gesellschaft, und

Liza kannte den Grund. Wenn er sich allein mit ihr unterhielte, würde nur umso mehr Klatsch aufkommen. Neuerdings schien sie ihre Tage nur noch als Beobachterin zu verleben. So beobachtete sie beispielsweise, wie die Feuer in der Kombüse auf dem Hauptdeck vor fünf Uhr morgens angezündet wurden. Ab etwa sechs oder sieben Uhr tummelten sich dort die Küchendienstlerinnen und Küchendienstler vom Zwischendeck. Sie halfen den Köchen dabei, Porridge, sonstigen Brei oder gekochten Reis mit Melasse zuzubereiten, und trugen die Mahlzeiten dann hinunter zu ihren Gruppen.

Bei rauem Wetter kam es dabei zu Missgeschicken. Manche Pechvögel verschütteten das eben erst gekochte Essen, wenn eine unverhoffte Bewegung des Schiffs sie ausgestreckt auf dem Deck landen oder die Niedergänge hinunterstürzen ließ. Dann konnte sie nicht umhin, nachsichtig zu lächeln, wenn sie beobachtete, wie die ärmeren Kinder herbeieilten, um sich zu schnappen, was sie kriegen konnten. Sie schlangen das verdorbene Essen förmlich hinunter, bevor es ihnen jemand wegnehmen konnte. Einige schienen während der Reise ziemlich gewachsen zu sein. Liza selbst hatte zumindest deutlich zugenommen, und nicht nur wegen der Schwangerschaft. Sie hatte noch nie zuvor im Leben so gut gegessen, nicht mal bei den Pringles.

Etwas später beobachtete sie, wie einige der bessergestellten Familien aus dem Zwischendeck mit zusätzlichen Vorräten heraufkamen, um sie in der Kombüse zu kochen. Benedict verkaufte ihnen scheibenweise Schinken. Sie hatte einige der Kabinenpassagiere abfällig über seine Geldmacherei reden gehört, doch sie machte ihm daraus keinen Vorwurf. Sie selbst besaß zum ersten Mal überhaupt eigenes Geld, und es fühlte sich gut an. Catherine hatte ihr vor ihrem Tod eine Börse voller Münzen gegeben und ihr aufgetragen, Josiah nichts davon zu verraten. Eines Tages hatte Liza das Geld gezählt und war ehrfürchtig auf über hundert Pfund gekommen.

Wenn es regnete, beobachtete sie neidisch, wie die Zwischendeckpassagiere an Deck eilten, um das reine Wasser mit jeglichen verfügbaren Gefäßen aufzufangen. Gern hätte sie dabei mitgemacht, aber da es sonst kein Kabinenpassagier tat, blieb sie seufzend im Durchgang zwischen den beiden Kabinenreihen und sah von dort aus zu. Der leitende Steward spannte eine Segeltuchmarkise, und der Schiffskoch stellte ein paar Eimer auf, doch mit etwas mehr Mühe hätten sie wesentlich mehr Frischwasser bekommen können. Mittlerweile schmeckte jenes an Bord faulig, selbst wenn es mit Limettensaft versetzt wurde.

An einem schrecklichen Tag ereignete sich ein Unfall, der alle erschütterte. Das Schiff segelte hart am Wind, die Segel gebauscht, die Takelage straff gespannt. Liza befand sich an Deck, als sich das Großsegel teilte und das ungesicherte Schothorn wild in der steifen Brise flatterte. Es traf eine junge, an der Reling stehende Frau und schleuderte sie über Bord ins schäumende Meer. Die gellenden Schreie der Armen hörte man überall auf dem Schiff.

Ein Seemann an Deck warf geistesgegenwärtig eine lange, beschwerte Leine in ihre Richtung, während sie im Wasser zappelte und unter dem Gewicht ihrer nassen Kleidung rasch sank. Es blieb vergebliche Liebesmüh, und so schnell, wie sich das Schiff von ihr entfernte, war offensichtlich, dass es für sie keine Rettung geben würde.

Der traditionelle Ruf »Mann über Bord« ließ den Kapitän auf das Poopdeck stürmen. Er stellte sich neben den Steuermann, suchte das Meer ab und rief dann zu den in der Takelage arbeitenden Männern hinauf: »Irgendwas zu sehen?«

Unwillkürlich betete Liza, dass sie bejahen würden.

»Nicht das Geringste, Sir.«

»Schaut genau. Wir müssen uns sicher sein.«

»Nein, Sir, da ist nichts. Sie ist sehr schnell untergegangen.«

Nach einigen Augenblicken schüttelte der Kapitän traurig den Kopf und drehte sich dem Mann am Steuer zu. »Immer noch nichts? Dann Kurs halten. Welchen haben wir derzeit eingeschlagen?«

»Süd-Süd-Ost, Sir.«

Unter den Leuten an Deck herrschte Totenstille, während die Matrosen einander zuriefen. Dann schrie eine Frau, und ein Gewirr aufgeregter Stimmen setzte ein.

Die verzweifelte, hysterische Mutter musste davon abgehalten werden, sich über Bord zu werfen, und wurde von mehreren nach unten gebracht, während der Vater an der Reling blieb und hemmungslos weinte.

Liza schluchzte ebenfalls. Als sie den Kopf drehte, stand Benedict neben ihr und bot ihr ein Taschentuch an. Als sie es entgegennahm, murmelte sie: »Es ist so fürchterlich schnell gegangen. In der einen Minute hat sie noch gelebt, in der nächsten … war sie weg.« Sie tupfte sich die Augen ab, dann gab sie das Taschentuch zurück. »Wissen Sie, das Mädchen war ungefähr so alt wie ich. Früher habe ich mich unten in der Unterkunft der alleinstehenden Frauen manchmal mit ihr unterhalten.« Allerdings hatte sich die Ertrunkene viel jünger verhalten, war der verwöhnte Schatz ihrer Eltern gewesen, deshalb hatte sich Liza stets erheblich älter gefühlt als sie.

Er schaute bedrückt drein. »Tja, so ist das Leben leider. Achte darauf, dass du dich bei rauem Wetter immer an den Rettungsleinen festhältst, wenn du an Deck kommst. Oder besser noch, bleib unten.«

Liza bedachte ihn mit einem Seitenblick. Trotz der herzlos klingenden Worte wirkte auch er betroffen.

Als er ihre Aufmerksamkeit bemerkte, fragte er leise: »Wie geht es so? Ist er freundlich zu dir?«

Sie brauchte nicht zu fragen, wen er meinte. »Es ist alles gut.« Das stimmte zwar nicht ganz, aber zumindest lief es wohl so gut, wie man es unter den gegebenen Umständen erwarten konnte. Sie wechselte das Thema. »Und wie geht es mit der neuen Schnitzarbeit voran?«

Plötzlich tauchte Josiah neben ihr auf und legte ihr den Arm um die Schultern, als wollte er öffentlich zeigen, dass sie zu ihm gehörte. Und als er mit Benedict sprach, lag eine merkwürdige Schärfe in seiner Stimme.

Als Liza weggehen wollte, hielt Josiah sie zurück. Also stand sie da und hörte zu. Dabei fragte sie sich zum wiederholten Mal, warum die beiden Männer nie so recht warm miteinander wurden.

Später fiel ihr auf, dass Benedict an jenem Tag nicht mehr schnitzte. Und dass sogar Mrs Beeton aufgewühlt wirkte. Und dass sich Dorothy Pringle mehrmals ohne ersichtlichen Grund die Augen abtupfte. Und dass Josiah immer wieder die Lider schloss und den Kopf schüttelte, als beschäftigte ihn etwas. Liza bemerkte wesentlich mehr, als irgendjemand ahnte.

Am nächsten Morgen wurde auf dem Unterdeck eine Gedenkfeier für die Ertrunkene abgehalten, an der alle teilnahmen. Sogar die Kabinenpassagiere fanden sich am Rand des Poopdecks ein, um als Zeichen des Respekts mitzubeten.

Bevor es begann, wandte sich der Kapitän an die Versammelten. »Mir ist zu Ohren gekommen, dass einige Passagiere meinen, wir hätten gestern umkehren sollen. Ich fürchte, das hätte nichts gebracht. Ich stehe zu meiner Entscheidung, den Kurs beizubehalten. Es wäre sowohl schwierig als auch gefährlich gewesen, das Schiff bei derart starkem Wind zu wenden. Noch gefährlicher wäre es gewesen, ein Arbeitsboot zu Wasser zu lassen. Selbst wenn wir gewendet hätten, wir hätten nicht sicher sein können, ob wir an dieselbe Stelle zurückgekehrt wären. So genaue Instrumente gibt es nicht.« Mit einem Nicken gab er Reverend Beeton zu verstehen, dass er anfangen sollte, bevor er selbst mit ernster Miene zurückwich.

Nach dem Gottesdienst wandte sich Liza unachtsam ab

und stieß mit Mrs Beeton zusammen, die sie von sich schob und fauchte: »Bleib mir gefälligst aus dem Weg, du!«

Die willkürliche Kränkung brachte das Fass zum Überlaufen. Die Gemahlin des Geistlichen ließ keine Gelegenheit für Gehässigkeiten aus und hatte mehrmals beleidigende Äußerungen laut genug fallen gelassen, dass andere sie hören konnten. Liza versperrte der Frau den Weg, stemmte die Hände in die Hüften und fragte: »Warum reden Sie immer so mit mir?«

»Weil du eine Metze bist!«

»Wenn Sie eine Ahnung hätten, was passiert ist, wüssten Sie, dass ich das nicht bin! Und selbst wenn ich es wäre, steht in der Bibel, dass man Sündern vergeben soll.« Doch der Gesichtsausdruck der Frau ließ keinerlei Einsicht erkennen. Also trat Liza beiseite, damit sie an ihr vorbeistapfen konnte. Dabei wäre sie um ein Haar mit Mrs Fenton zusammengestoßen, die hinter ihr gestanden hatte.

Am nächsten Tag war es wieder kalt und stürmisch. Liza fror und hatte es satt, allein in ihrer Kabine zu hocken. Also beschloss sie, in die Messe zu gehen, die außerhalb der Essenszeiten von den Damen als Wohnzimmer genutzt wurde. Sie wusste, dass man nicht mit ihr reden würde, aber zumindest könnte sie zuhören. Außerdem war es dort wärmer. Vor der Tür zögerte sie. Dann ermahnte sie sich, nicht feig zu sein, und schob sie auf.

Mrs Beeton sah auf, starrte Liza empört an und zischte: »Du bist hier unerwünscht. Geh nach unten zu den anderen Bediensteten. Dort gehörst du hin.«

Liza straffte die Schultern. »Ich bin Kabinenpassagierin und habe das gleiche Recht wie Sie, hier zu sein.«

»Unverschämtheit!« Mrs Beeton lief rot an.

»Das ist nur die Wahrheit. Und ich mag vor meiner Heirat eine Dienstmagd gewesen sein, aber wenigstens kenne ich Mitgefühl für andere. Mehr als Sie, obwohl Sie die Frau eines Geistlichen sind.« Danach jedoch konnte Liza es nicht ertragen, zu bleiben. Sie wickelte sich lieber in ihrer Koje in eine Decke, als weitere Beleidigungen über sich ergehen zu lassen.

Später bei der täglichen Tortur des Abendessens blickte Mrs Fenton den Tisch entlang zu Liza und sagte: »Die Suppe ist ausgezeichnet, nicht wahr, Mrs Ludlam?«

Alle am Tisch verstummten verblüfft.

Liza schaute verdattert drein. Als Josiah sie stupste, gelang es ihr, eine Zustimmung zu stammeln.

Mrs Beeton schnaubte hörbar.

Nach und nach setzten die Unterhaltungen wieder ein.

Im Anschluss an das Essen überquerte Mrs Fenton vor aller Augen das Deck, trat vor Liza hin und sagte laut: »Ich finde, wir haben uns der Unhöflichkeit Ihnen gegenüber schuldig gemacht, Mrs Ludlam, und dafür entschuldige ich mich. Ich bin Agnes Fenton.« Sie streckte die Hand aus.

Liza schüttelte sie und brachte heraus: »Freut mich, Sie kennenzulernen, Mrs Fenton.«

»Agnes, wenn es genehm ist. Du heißt Liza, nicht wahr? Wollen wir zusammen eine Runde um das Deck drehen? Mittlerweile scheint die See viel ruhiger zu sein.«

»G-Gern. Das wäre …« Ihr fiel ein Wort ein, das Catherine oft benutzt hatte. »… reizend.«

Arm in Arm schlenderten die beiden auf und ab, unverändert im Blickpunkt aller Augen. Einige davon wirkten recht feindselig. Als sie das hintere Ende des Decks erreichten, platzte Liza heraus: »Warum machst du das?«

»Nachdem ich gesehen habe, wie diese arme junge Frau ertrunken ist, finde ich, das Leben ist zu zerbrechlich und kostbar, um unfreundlich zu jemandem zu sein, der mir nichts getan hat. Und ich gebe zu, ich langweile mich auch und freue mich über neue Gesellschaft. Mrs Beeton neigt dazu, nur von Tod und Krankheit zu leiern. Ich dachte mir, es könnte interessant sein, zur Abwechslung mit dir zu reden. Du hast bestimmt eine andere Sicht auf die Welt.« Agnes warf ihr lächelnd einen fragenden Seitenblick zu. »Ich hoffe, meine Offenheit beleidigt dich nicht.«

»Nein. Ehrliche Leute sind mir lieber. Mich hat der Tod der jungen Frau auch zutiefst erschüttert.« Instinktiv legte Liza die Hand auf den Bauch. »Wie untröstlich ihre Mutter sein muss …«

»Wann wird dein Kind zur Welt kommen?«

»Im Dezember.«

»Wünschst du dir einen Jungen oder ein Mädchen?«

Liza lächelte. »Ich kann mich nicht entscheiden. Eigentlich hoffe ich nur, dass es gesund wird und ein glücklicheres Leben als ich haben wird. Und dass ich mich gut um das Kind kümmern kann.«

Ihre Worte berührten Agnes. »So empfinde ich auch über mein Baby.«

»Oh. Man … man sieht noch gar nichts. Dein erstes Kind?«

Ein Schatten huschte über Agnes' Züge. »Nein. Vor einem Jahr habe ich eines verloren. Das Mädchen hat nur zwei Tage gelebt.«

»Tut mir so leid. Meine Mutter hat drei Kinder verloren. Sie hat immer gesagt, es wäre Gottes Wille, und wenigstens hätte sie dadurch nicht noch mehr Mäuler zu stopfen.« Liza errötete. Sie hatte nicht vorgehabt, so viel über ihre Herkunft preiszugeben.

»Dann ist deine Familie wohl recht arm, richtig?«

»Sie kommt ohne Almosen über die Runden. Mein Vater hat einen Gebrauchtbekleidungsladen. Meiner Mutter … Ihr geht es nicht so gut.« Liza traten Tränen in die Augen. »Ich weiß nicht, wie sie ohne mich zurechtkommt. Ich wünschte …« Abrupt verstummte sie.

Agnes musterte sie mit gerunzelter Stirn. »Also wolltest du eigentlich gar nicht nach Australien?«

»Nicht wirklich. Aber ich musste.« Wieder konnte sie nicht anders, als auf ihren Bauch hinabzublicken.

»Ah, ich verstehe. Na ja, wenigstens nimmt Mr Ludlam seine Verantwortung dir gegenüber wahr.«

Von da an unterhielt sich Agnes Fenton regelmäßig mit Liza, und sie lieh ihr sogar ein Buch, das Josiah ihr vorlesen musste, damit sie mit ihr darüber reden konnte. Es handelte sich um eine lustige Geschichte über Damen, die möglichst reiche Ehemänner finden wollten. Josiah brachte Liza bei, was sie sagen sollte, wenn sie darüber sprach. In der Öffentlichkeit nickte Mrs Fenton zustimmend über ihre nachgeplapperten Kommentare. Danach erkundigte sie sich unter vier Augen, was Liza wirklich von dem Buch hielt, und prustete vor Gelächter über ihre Antworten. Außerdem erzählte sie ihr, dass sie erneut in anderen Umständen wäre. Hoffentlich würde alles gutgehen.

Die anderen Damen nickten Liza manchmal grüßend zu, doch damit hatte es sich. Keine redete wirklich mit ihr.

Und Mrs Beeton schenkte ihr hartnäckig keine Beachtung. Was Liza nur recht war.

KAPITEL 11

Als der Sturm abflaute, verkündete der Kapitän: »Ich gehe davon aus, Westaustralien in ein bis zwei Tagen zu sichten. Also lasse ich morgen das Gepäck ein letztes Mal an Deck bringen. Wir sind nicht ganz so gut vorangekommen wie erhofft, aber auch nicht allzu schlecht.«

Sofort brach ein Stimmengewirr aus. Sämtliche Mienen um den langen Esstisch herum hellten sich auf.

Am nächsten Morgen herrschte reges Treiben, als zuerst die Schrankkoffer der Kabinenpassagiere, dann die bunte Mischung aus Truhen, Weidenkörben und Bündeln der Zwischendeckpassagiere an Deck gebracht wurden, damit die Menschen ihnen frische Sachen zum Umziehen entnehmen konnten. Nachdem alles wieder unten verstaut worden war, blieben die Leute auf den Decks. Nach so langer Zeit konnten sie es kaum erwarten, Land zu erblicken. Allerdings sollten sie an jenem Tag enttäuscht werden.

Am nächsten Morgen schnupperte Benedict und verkündete: »Man kann es riechen.«

»Was riechen?«, fragte Kitty.

»Land.«

Liza beobachtete, wie er die Augen schloss und tief einatmete. Dabei trat unübersehbare Sehnsucht in seine Züge. Sie schloss selbst die Lider, ahmte ihn nach, war sich jedoch nicht sicher, ob sie wirklich etwas riechen konnte oder es sich nur einbildete.

Erst zu Mittag ertönte aus dem Ausguck der Ruf: »Land in Sicht!« Prompt eilten wieder alle zur Reling, obwohl sie unten natürlich noch nichts sehen konnten. Die Leute wurden rastlos. Den gesamten Nachmittag über liefen sie hin und her, redeten und gestikulierten. Liza wäre lieber auf dem Unterdeck gewesen, denn auf dem Oberdeck verhielten sich die Leute zurückhaltender. Dabei hätte sie auch gern ihrer Aufregung freien Lauf gelassen. Es fiel ihr schwer, still zu sitzen oder mit gemessenen Schritten zu gehen.

Dann rief plötzlich Gerard Fenton, der sich ein Fernglas an die Augen hielt: »Da! Ist es das nicht?«

Alle spähten in die Richtung seines Zeigefingers. Für Liza sah es so aus, als hätte jemand mit einem schmutzigen Daumen eine Schliere über den Horizont gezogen. »Viel gibt's da ja nicht zu sehen.«

Benedict blickte grinsend auf sie hinab. »Enttäuscht?«

»Ja. Ich dachte … na ja, ich dachte, man würde Klippen und Berge und so sehen.«

Plötzlich schnappte sie nach Luft und umklammerte ihren Bauch. »Oh! Es hat sich bewegt! Mein Baby hat mich gerade getreten. Oh Josiah, ist das nicht aufregend? Es freut sich auch, dass wir Australien erreichen.«

Aber ihr Ehemann bedachte sie nur mit einem angewiderten Blick und entfernte sich über das Deck.

Liza schlug die Augen nieder und versuchte verzweifelt, die Tränen wegzublinzeln, bevor jemand sie bemerkte.

Benedict legte ihr eine Hand auf den Arm und sagte in sanftem Ton: »Ich finde, jedes Kind ist ein Wunder, Liza. Lass dir das von ihm nicht verderben.«

»Ich werde mich bemühen. Aber manchmal ist es schwierig.« Seufzend schaute sie weiter zum Horizont, bis sie sich wieder beruhigt hatte. Sie konnte sich nicht erklären, warum ihr Josiahs Verhalten so unter die Haut ging. Immerhin hatten sie nicht aus Liebe geheiratet. Und trotzdem schmerzte es, wenn er angewidert von ihr wirkte.

Benedict stand still neben ihr und betrachtete ebenfalls den

Horizont. Er wünschte, er könnte derjenige sein, der ihr half und mit ihr die Freuden dieses Abenteuers teilte, denn in ihr steckte solche Lebensfreude. Nur hatte er dazu nicht das Recht. Seine Zukunft sah etwas völlig anderes vor.

Zwei wichtige Dinge jedoch befanden sich für ihn in Reichweite, und bei Gott, er hatte vor, sie zu verwirklichen. Zum einen würde er sich ein eigenes Stück Land beschaffen, zum anderen würde er fortan niemandem mehr untertan sein.

Als sie sich der Kolonie Swan River näherten, zeigte Benedict auf eine große Insel. »Das Eiland da heißt Rottnest. Die Matrosen haben mir erzählt, dass dorthin verbrecherische Eingeborene verbannt werden.«

»Die Armen«, meinte Liza mitfühlend. »Es ist grausam, sie aus der Heimat zu verbannen und doch in Sichtweite dazu festzuhalten.«

»Sie sind nicht die Einzigen aus der Heimat Verbannten«, steuerte Josiah verdrossen bei.

Damit beschwor er neuerlich eine unangenehme Stille herauf.

Als sie sich der Insel näherten, feuerten die Seeleute zwei Kanonen und zwei Raketen ab, um einen Lotsen anzufordern. Allerdings kam keiner. Also ging das Schiff vor Anker, um den nächsten Morgen abzuwarten, denn die Küste galt durch zahlreiche Riffs als tückisch.

Kaum zeigte sich das erste Tageslicht, stand Liza freudig auf. An jenem Morgen hatte sie auf dem Oberdeck sogar Gesellschaft, und es gab eine Menge zu sehen. Signale wurden geschwenkt, um einen Lotsen anzufordern, und wieder wurde eine Kanone abgefeuert.

Kurz vor zehn Uhr brachte ein kleines Boot den Lotsen zu ihnen. Sofort wurde er von Leuten umringt, die ihn über die Kolonie ausfragten. Die Matrosen mussten für ihn eine Schneise durch die Menge schaffen. Er übernahm das Ruder und steuerte die *Louisa Jane* über die wenigen verbleibenden Seemeilen nach Fremantle.

Als sie sich dem Hafen näherten, herrschte Stille, weil er niemandes Erwartungen entsprach.

»Das ist ja bloß ein vermaledeites Dorf!« In Josiahs Stimme schwang unüberhörbarer Zorn mit.

»Das ist nur Fremantle. Perth ist bestimmt größer«, meinte Benedict, obwohl auch er enttäuscht wirkte.

»Perth ist zwar eindeutig größer als Fremantle, aber trotzdem nicht groß«, merkte ein Offizier im Vorbeigehen an. »Ich fürchte, eine Stadt bekommen Sie hier nicht geboten. Für englische Verhältnisse entspricht Perth bestenfalls einer Kleinstadt, auch wenn es die Hauptstadt von Westaustralien ist.«

Er ließ eine betreten schweigende Gruppe von Passagieren zurück.

Einzelne, weiß gestrichene, von Gärten umgebene Häuser sprenkelten willkürlich einen sanft ansteigenden Hang – als Hügel konnte man ihn gar nicht bezeichnen. Und obwohl es sich nicht um Baracken handelte, waren die meisten gemessen an den Normen des englischen Landadels ziemlich klein, eigentlich eher Cottages. »Tja, wir werden wohl das Beste daraus machen müssen, nicht wahr?«, meinte Liza zu Josiah und hängte sich bei ihm ein, ohne darüber nachzudenken. Er starrte sie an, als hasste er sie und die gesamte Welt. Erschrocken ließ sie ihn los und trat einen Schritt zurück.

»Daraus lässt sich nichts Gutes machen.« Seine Worte troffen vor Schmerz. »Wie kannst du so daherreden? Bist du denn völlig gefühllos?«

»Ich sollte lieber zu Ende packen.« Damit eilte sie davon.

»Es war ganz und gar unnötig, sie zum Weinen zu bringen, nur weil du unglücklich bist!«, herrschte Benedict ihn an, rückte an der Reling von ihm weg und kehrte ihm den Rücken zu.

Schuldgefühle überkamen Josiah. Er wusste, dass Cat ihn

für seine Unfreundlichkeit gescholten hätte. Aber die Wirklichkeit von Fremantle hatte neuerliche Wut darüber ausgelöst, was sein Vater ihm angetan hatte. Seine einzige Hoffnung auf Glück bestand darin, genug Geld anzuhäufen, um diesen Ort zu verlassen und an einen zivilisierteren außerhalb des Zugriffs seines Vaters zu ziehen. Vielleicht Frankreich. Dann könnte er England gelegentlich besuchen. Sogar Amerika lag zu weit von Pendleworth entfernt.

Nur hatte er nun Liza und das Kind in ihr, um die er sich kümmern musste. Warum nur hatte er eingewilligt, sie zu heiraten? Es war falsch von Cat gewesen, darauf zu bestehen. Er folgte seiner unerwünschten zweiten Ehefrau nicht hinunter in die Kabine, wollte sie im Augenblick nicht sehen.

Die Kabinenpassagiere gingen zuerst von Bord – unter Pfiffen und Buhrufen der Zwischendeckpassagiere, die frustriert darauf warten mussten, ebenfalls von dem überfüllten Schiff gelassen zu werden. Für Liza stellte sich heraus, dass sie an Land Schwierigkeiten beim Gehen hatte, weil sie festen Boden unter den Füßen nicht mehr gewöhnt war. Ohne Josiahs Arm wäre sie wohl sogar gefallen, obwohl auch er leicht taumelte.

In der Nähe eines Stegs warteten sie auf rauem, sandigem Untergrund auf den Raddampfer *Lady Stirling*, der sie nach Perth bringen würde.

Die Fahrt über den Fluss gefiel Liza, aber die Farben der Umgebung empfanden ihre an die englische Landschaft gewöhnten Augen als falsch. Die Grüntöne ringsum wirkten schmutzig und ausgebleicht. Die Bäume wiesen andere Formen und weniger Blätter auf.

»Wir haben Juli«, sagte Benedict unverhofft. »Es ist mitten im Winter. Trotzdem haben die meisten Bäume noch Blätter. Seltsam, nicht wahr?«

Andrew sah sich mit strahlender Miene um. »Ist das nicht wundervoll? Weit und breit kein Schnee und kein Eis!«

»Grauenhaft ist es hier!«, rief Kitty.

Dorothy schwieg. Auch sie enttäuschten die ersten Eindrücke des neuen Lands zutiefst. Sie hoffte verzweifelt auf Besserung in Perth.

Allerdings entpuppte sich der Ort als Fremantle sehr ähnlich, wenn auch etwas weitläufiger. Zwei lange Piers standen zum Anlegen für Boote bereit. Die Umgebung dahinter wirkte äußerst ländlich. Nur vereinzelt sah man größere Gebäude. Jemand von der Besatzung des Dampfers wies die Passagiere auf das Colonial Hospital hin, ein zweigeschossiges quadratisches Bauwerk mit Veranden, und auf die Knabenschule von Perth, die mehr wie eine kleine Kirche aussah. Etwas Prunkvolles jedoch suchte man in dieser Hauptstadt vergeblich.

Nach dem Anlegen heuerte Benedict zwei von mehreren in der Nähe wartenden Burschen mit Handkarren dafür an, sie und ihr Gepäck zu einem Hotel zu bringen. Doch selbst das passte Josiah nicht. Er blickte auf seine ordentlich polierten Halbschuhe aus Leder hinab, dann auf die unbefestigte Straße. Irritiert fragte er. »Gibt es hier nichts als verdammten Sand?«

Die Hotels stellten sich als nahezu ausgebucht heraus, aber sie fanden ein kleines mit zwei freien Zimmern. Sie mussten sie allerdings teilen. Die drei Frauen schliefen in einem, die drei Männer im anderen. Als eine Kakerlake unter dem Kleiderschrank hervorkrabbelte, kreischte Kitty und sprang auf eines der Betten. Liza zerstampfte das Insekt und schob die Überreste mit der Schuhspitze zurück unter den Schrank.

»Hast du die Hausarbeit auch so erledigt?«, fragte Kitty hämisch, als sie wieder vom Bett stieg.

Liza stemmte die Hände in die Hüften. »Wenn du nicht höflicher zu mir bist, lasse ich die Nächste über deine Zehen kriechen. Vielleicht klettert sie sogar dein Bein hoch.« Sie lächelte, als Kitty ängstlich quietschte. »Ist doch nur eine Schabe. Benedict sagt, in einem heißen Land wie diesem wird es jede Menge davon geben.«

»Die tun dir nichts«, beteuerte Dorothy leise. »Sei nicht so kindisch.«

Kitty brach in Tränen aus und warf sich mit dem Gesicht voraus auf die Matratze. Die beiden anderen Frauen wechselten einen langmütigen Blick, bevor sie weiter auspackten und dem Mädchen keine Beachtung mehr schenkten.

Als die Männer an die Tür klopften und einen Spaziergang vorschlugen, stimmten die drei Frauen erleichtert zu. Aber auch das bot wenig Ermutigung, denn obwohl auf den zentralen Straßen von Perth einigermaßen reges Leben herrschte, gerieten sie schon bald auf sandige Trampelpfade.

An jenem Abend aß eine stille Gruppe eine sehr schlichte, erbärmlich zubereitete und lieblos angerichtete Mahlzeit.

Die nächsten Tage reiste Benedict an Bord des kleinen Dampfers zwischen Perth und Fremantle hin und her. Er kümmerte sich um die Ausschiffung und vorübergehende Weideplätze für seine und Josiahs Tiere. Die meisten hatten die Reise überlebt, waren allerdings in keinem guten Zustand.

Außerdem begannen er und die anderen Männer, Erkundigungen über den Kauf von Land anzustellen. Wenn sie von einem Grundstück hörten, mieteten sie Pferde und ritten hin, um es zu besichtigen. Den drei Frauen blieb indes wenig mehr zu tun, als durch die Stadt zu schlendern oder am Fluss zu promenieren.

Die Männer kehrten jedes Mal enttäuscht zurück.

»Der Boden in der Gegend ist schlecht und sandig«, berichtete Benedict bedrückt. »Ich kann mir nicht erklären, warum dein Vater uns ausgerechnet in diesen Teil von Australien geschickt hat, Josiah. Und wenn die Sommer so trocken sind, wie die Leute sagen, brauchen wir fließendes Wasser auf unserem Land – nur hat uns der Bursche heute mitgeteilt, dass manche der Flüsse und Bäche im Sommer versiegen.«

»Können wir nicht Regenwasser sammeln?«, fragte Liza.

»Anscheinend regnet es im Sommer kaum. Da fällt bis zu fünf Monate lang kein Tropfen.«

Das konnte sich Liza nicht mal vorstellen. In Pendleworth regnete es unabhängig von der Jahreszeit mindestens jeden zweiten Tag. Außerdem hatte es seit ihrer Ankunft bereits mehrmals geregnet, immer in Form von plötzlichen heftigen Schauern, vor denen die Leute auf Veranden flüchteten.

Während sich die Männer weiter nach Land umsahen, versuchten die drei Frauen, ein Haus zur vorübergehenden Miete zu finden. Der Aufenthalt im Hotel war teuer, und Dorothy hatte zugegeben, dass die Pringles sich die Kosten kaum leisten konnten. Allerdings herrschte in Perth ein Mangel an Unterbringungsmöglichkeiten. Jene Einwanderer, die keine Mittel für ein Hotel oder eine sonstige Unterkunft besaßen, brachte die Regierung in beengten Verhältnissen im alten Gerichtsgebäude unter, das mittlerweile als Auffanglager diente. Dorothy sorgte sich, dass Andrew dort bald einen Platz für sie beantragen müsste, so demütigend es auch wäre.

Im Hotel lebte es sich alles andere als angenehm, und das Essen ließ zu wünschen übrig. Liza hätte lieber Brot und Käse gegessen als das verkohlte Lamm, das ihnen an den meisten Abenden aufgetischt wurde. Allerdings hatte man ihnen unmissverständlich mitgeteilt, dass man ihre Zimmer anderweitig vergeben würde, wenn sie ihre Mahlzeiten woanders einnähmen. Was sollte aus ihnen werden? Hatten sie den weiten Weg etwa umsonst zurückgelegt?

Insgeheim jedoch war Liza erleichtert, sich kein Zimmer mit Josiah zu teilen. Eines Tages würde sie das müssen – und dann konnte sie nur beten, dass Catherine die Wahrheit gesagt hatte und er sie nicht anfassen wollen würde.

Am nächsten Tag unternahm Liza auf eigene Faust einen forschen Spaziergang. Sie hatte genug von Kittys ständigen Klagen und strotzte vor aufgestauter Energie. Sie stand gerade da und blickte den Hang zum Fluss hinunter, als sie sah, wie eine junge Frau stolperte und auf die Knie fiel. Als Liza zu ihr rannte, um ihr zu helfen, stellte sie fest, dass die Fremde unter dem bauschigen Umhängetuch hochschwanger war und erschöpft wirkte.

Schwer atmend lehnte die Frau sich an sie. »Es tut mir leid. Mir … ist einfach schwummrig geworden. Es ist ein langer Tag gewesen. Und … und mir ist noch immer schwindlig. Ich sollte … sollte hier meinen Gatten treffen.«

Ein Schrei ertönte, und ein Mann kam auf sie zugerannt. »Breda, was ist denn?« Er legte einen Arm um die Frau.

Liza hob die verstreuten Einkäufe auf und wartete mit den verschiedenen Paketen, bis die beiden bereit waren, weiterzugehen.

Die Frau gab sich alle Mühe, sich zusammenzureißen. Aber als sie versuchte, sich in Bewegung zu setzen, musste sie sich erneut an ihrem Mann festklammern. »Entschuldige, David. Ich glaube, ich kann noch nicht zum Wagen gehen. Mir ist so schwindlig. Hast du … hast du etwas gefunden, wo ich bleiben kann?«

»Nein. Niemand will dich aufnehmen und dir mit dem Baby helfen. Außerdem sind die Schafpreise am Boden, also fürchte ich, wir können es uns ohnehin nicht leisten, für Hilfe zu bezahlen.«

Zerknirscht sahen sie sich gegenseitig an. Dann wurde ihnen bewusst, dass sie Liza ignorierten. »Entschuldigung. Wir haben uns weder vorgestellt noch uns für Ihre Hilfe bedankt. Ich bin David Lowrey, und das ist meine Frau Breda.«

»Ich bin Liza Ludlam. Wir sind gerade mit der *Louisa Jane* angekommen. Mein Mann ist auf der Suche nach Land zum Kaufen oder Pachten.«

»Ha! Um sich in der Umgebung von Perth etwas zu kaufen, muss er reich sein.« David wandte sich wieder an seine

Frau. »Tut mir leid, Schatz. Wir werden einfach nach Hause müssen – und versuchen, es allein zu schaffen.«

Tränen traten Breda in die Augen. Eine kullerte ihr über die Wange. »Wir *müssen* Hilfe finden, David.«

Sie sah so blass und müde aus, dass Liza vortrat. »Warum lassen Sie Ihre Frau nicht bei mir, Mr Lowrey, und holen den Wagen? Sie ist nicht in der Verfassung, zu laufen.«

Aufrichtig erleichtert sah er sie an. »Das macht Ihnen nichts aus?«

»Natürlich nicht. Ich habe gerade nichts Besseres zu tun. Wir sind in einem Hotel abgestiegen, bis wir etwas Eigenes finden.« Sie verzog das Gesicht. »Und um die Wahrheit zu sagen, langweile ich mich. Ich bin es gewohnt, immer beschäftigt zu sein.«

Nachdem David den Wagen geholt und seiner Frau hineingeholfen hatte, zögerte er kurz, ehe er sagte: »Bitte entschuldigen Sie, wenn ich mich in Ihre Angelegenheiten einmische, aber falls Sie einen Platz zum Bleiben suchen, während Sie entscheiden, wo Sie sich niederlassen möchten, haben wir eine brandneue Scheune, die noch nie für Tiere genutzt worden ist. Ist zwar nicht prunkvoll, aber recht solide und viel günstiger als ein Hotel.« Er wechselte einen Blick mit seiner Gemahlin, die ihm mit einem Nicken bedeutete, fortzufahren. »Wissen Sie, Breda braucht dringend eine Frau, die ihr hilft, wenn das Kind zur Welt kommt. Sie … Sie verstehen nicht zufällig etwas vom Gebären, oder?«

»Na ja, ich bin zwar keine Hebamme, aber ich habe Ma bei unserem Kieran geholfen und Mrs Roberts nebenan bei zwei von ihren Kindern. Ich habe den Eindruck, mich schon um Säuglinge gekümmert zu haben, seit ich groß genug war, um sie zu halten.«

Seine Züge hellten sich auf. »Was ist mit Ihrem Ehemann? Versteht er etwas von Landwirtschaft?«

»Ich fürchte nein – jedenfalls noch nicht. Josiah ist ein

landadliger Siedler. Aber er hat einen Partner, der Bauer ist. Und wir sind mit Freunden zusammen, die ebenfalls hoffen, Landwirtschaften zu betreiben. Wir sind zu sechst, drei Familien, und wir wollen zusammenbleiben.«

»Nun, mein Angebot steht. Die Scheune ist groß, der Platz würde leicht für Sie alle reichen. Von unserem Hof aus könnten Sie sich Parzellen weiter südlich ansehen, wo es erschwinglicher ist. Nur müssten Sie das Land dort wahrscheinlich selbst bestellbar machen, wenn Sie es unberührt nehmen.« Als David merkte, dass sie ihn nicht verstand, fügte er hinzu: »Die Bäume roden, um Anbauflächen zu schaffen, meine ich. Ein Großteil des Gebiets dort ist bewaldet.«

»Oh, verstehe.« Mittlerweile mochte Liza ihn und seine Frau, die bereits wesentlich besser aussah. »Was halten Sie davon, wenn Sie mit ins Hotel kommen und mit den anderen über Ihr Angebot reden? Es könnte genau das Richtige für uns sein.«

Sie fanden die gesamte Gruppe niedergeschlagen auf der Veranda des Hotels vor. Liza eilte zu ihnen. In ihrer Aufregung purzelten die Worte nur so aus ihr heraus.

»Ich glaube, ich habe ein Plätzchen gefunden, wo wir bleiben können!« Sie drehte sich um und bedeutete ihren neuen Freunden, zu ihr aufzuschließen. »Das sind Mr und Mrs Lowrey.«

Hände wurden geschüttelt, bevor David sein Angebot erklärte. Abschließend meinte er: »Breda und ich setzen uns ein Weilchen in den Wagen, dann können Sie sich in Ruhe absprechen.«

»Ist das nicht aufregend?«, platzte es aus Liza heraus, kaum dass sie gegangen waren.

Sogar Josiah lächelte über die freudige Erregung seiner Ehefrau. »Wir können es gemütlicher besprechen, wenn du dich setzt, findest du nicht?«, schlug er vor.

»Aber es *ist* aufregend, oder?«, wiederholte sie und ließ sich neben ihn plumpsen.

»Es ist ein gewisses Risiko«, tat Andrew seine besorgte Meinung kund.

»Hier herzukommen, war ein Risiko«, merkte Dorothy spitz an.

Liza fiel auf, dass alle, sogar ihr Ehemann, Benedict ansahen. Sie wollten hören, was er dachte, bevor sie eine Entscheidung treffen würden.

»Ich bin dafür, Lowreys Angebot anzunehmen«, erklärte er. »Wir würden nicht nur Geld sparen, sondern könnten von ihm auch etwas über örtliche Anbaumethoden erfahren, was genauso wichtig ist.«

»In einer *Scheune* wohnen!«, rief Kitty schrill dazwischen. »Mutter, nein!«

»Pst, Liebes.«

»Mir gefällt dieser Lowrey«, sagte Benedict nachdenklich. »Er hat ein ehrliches Gesicht. Und mir widerstrebt es, hier mein Geld zu verschwenden.«

»Dann sollten wir annehmen«, entschied Josiah und verzog die Lippen zu einem verhaltenen, wenngleich etwas spöttischen Lächeln. »Immerhin habe ich noch nie die Freuden des Lebens in einer Scheune erfahren.«

Der Transport erwies sich als Problem. Am Ende teilte sich Benedict den Erwerb eines überdachten Wagens und zweier Zugpferde mit Josiah, als sie ein billiges, im Grunde solides Fahrzeug fanden, das zum Verkauf stand und sich mit ein wenig Arbeit auf Vordermann bringen ließ. Die Zugtiere würden auch als Pflug- und Reitpferde herhalten müssen. Josiah rümpfte darüber die Nase und erstand ein weiteres Pferd als reines Reittier für sich allein, eine feine rotbraune Stute. Andrew legte sich einen kleineren Wagen und ebenfalls ein Pferd zu.

Sie brauchten den Großteil des Tags, um die Farm der Lowreys zu erreichen, die ein gutes Stück südlich von Fremantle lag. Manchmal, wenn der Regen nachließ und der Untergrund es zuließ, ging Liza zu Fuß neben dem Wagen, und Josiah stieg gelegentlich vom Pferd ab, um an ihrer Seite zu marschieren.

Unterwegs passierten sie eine kleine Gastwirtschaft am Wegesrand. Dort kauften sie Bier für die Männer und eine Kanne Tee für die Damen. Das Besitzerpaar befragte sie beflissen über England, und zumindest die Frau wirkte dabei wehmütig.

»Haben Sie je die Königin gesehen?«, fragte sie.

Liza lachte. »Grundgütiger, nein.«

»Ich schon. Einmal. In London. Als wir kurz vor der Abreise die Great Exhibition besucht haben. Wissen Sie, die Frau ist auch die Königin von Australien. Das finde ich tröstlich.«

Liza fand nur tröstlich, dass sie sich weit, weit weg von Mr Marshall und ihren beiden älteren Brüdern befand. Wenn Dermott und Niall wüssten, dass sie einen Ludlam geheiratet hatte, würden sie versuchen, Profit daraus zu schlagen, weil sie alle Ludlams für reich hielten.

Schließlich gelangten sie zu einem grob gefertigten Wegweiser mit den eingebrannten Worten *Luska Farm.* Dort bogen sie auf dem schmalen Pfad nach links ab. Als sich dieser im Sand verlief, erreichten sie ein winziges, von Bäumen umgebenes Cottage.

»Das ist es?«, murmelte Josiah. »Das reicht doch gerade mal für einen verflixten Arbeiter!«

Breda kam heraus und erwartete sie lächelnd auf der kleinen Veranda. David trat zwischen den Bäumen hinter dem Haus hervor und winkte ihnen grüßend zu. »Sie haben uns also gefunden.« Josiahs verächtlicher Gesichtsausdruck entging ihm keineswegs. »Ich weiß, das Haus ist klein, aber vorerst konnte ich nicht mehr als zwei Räume bauen. Zumindest hält es den Regen ab. Während man Land rodet, hat man Wichtigeres zu tun. Die ersten zwei Monate haben Breda und ich unter einer Segeltuchplane gelebt. Kommen Sie. Ich zeige Ihnen die Scheune.«

Obwohl sie sich als ungefähr doppelt so groß wie die zwei Zimmer im Hotel erwies, besaß sie nur einen Erdboden und enthielt lediglich einen Heuhaufen.

»Das Heu können Sie für provisorische Betten benutzen. Aber wenn Sie Privatsphäre wollen, müssen Sie sich Trennwände basteln«, sagte David, als er sie zum Abladen allein ließ.

»Das ist … nicht besonders gemütlich«, meinte Dorothy stockend, sobald sie unter sich waren.

»Die Scheune ist solide gebaut und spart uns eine Menge Geld«, beharrte Benedict, während er die Decke betrachtete. »Heute Abend können wir keine Trennwände mehr bauen. Ich schlage also vor, wir schlafen einfach in Decken gewickelt auf dem Heu.«

Kitty stöhnte.

Josiah schloss die Augen und atmete tief durch.

»Tja, dann holen wir mal ein paar Decken raus«, sagte Liza voller Tatendrang. Und sie organisierte auch die anderen Frauen, während Benedict die Aufsicht übernahm, als sie von den Karren abluden, was sie brauchten. Einmal sahen sie sich quer durch die Scheune gegenseitig an. Dabei grinste er ihr entgegen und verdrehte die Augen über Kittys unaufhörliches Klagen. Liza verkniff sich ein Lächeln und breitete weiter Decken für sich und den sauertöpfischen Josiah aus.

In den folgenden Tagen freute sich Liza nicht nur über Bredas Gesellschaft, sondern auch darüber, was ihre Gastgeberin ihnen über das Kochen mit offenem Feuer und das Bewältigen so vieler Dinge beibrachte, die sie in England als selbstverständlich betrachtet hatten. Es war wunderbar, mit einer anderen jungen Frau reden zu können. Und da Breda vor ihrer Heirat ebenfalls Dienstmädchen gewesen war, hatten sie einiges gemeinsam. Wie so viele Dienstmägde in den Kolonien hatte Lizas neue Freundin aus ihrer Sicht »nach oben« geheiratet, aber sie und David schienen rundum glücklich miteinander zu sein.

Dann setzten die Wehen ein. In der Kolonie herrschte ein Mangel an Ärzten, und lediglich dafür, ein Kind zu entbinden, kamen sie nicht in entlegene Gegenden, selbst wenn man sie rechtzeitig rufen konnte. Also nahm Liza im Schlafzimmer das Heft in die Hand. Zu ihrer Erleichterung wurde das Kind – ein Junge – ohne größere Unbilden geboren.

Danach ließ sie David seinen Sohn anhimmeln und ging hinaus zu Dorothy. Sie bereitete das Abendessen in der kleinen Küche zu, die aus Angst vor einem Brand getrennt vom Haupthaus war und nur ein Dach und zwei Wände besaß, um sie vor den ständigen Winden zu schützen.

»Wie geht es ihnen?«, erkundigte sich Dorothy.

Liza setzte sich mit einem müden Lächeln. »Beiden geht es gut. Weißt du, ich hatte keine Ahnung, dass Geburten so einfach sein können. Meine Mutter hatte dabei immer solche Probleme. Bei unserem Kieran hat es sich über zwei Tage hingezogen.«

Dorothy musterte sie eingehend und erkannte, dass ihr das Sorgen bereiten musste. »Breda ist jung und gesund – und das bist du auch.«

»Ja.« Nur was, wenn sie nach ihrer Mutter kam? Wie sollte sie dann zurechtkommen? Was, wenn keine Frau zur Stelle wäre, um ihr zu helfen? Wäre Josiah zu etwas nütze? Er berührte sie denkbar selten. Liza konnte sich nicht vorstellen, wie er die intimen, bei der Geburtshilfe nötigen Handgriffe ausführte.

Erschöpft ließ sie sich am Rand der Veranda nieder, wollte sich nur noch ausruhen. Am Himmel verdichteten sich die

Wolken. Es würde wieder regnen, doch es war nicht wirklich kalt. Wenn sie sich gerade im kältesten Teil des Winters befanden, wie würden dann die Sommer sein? Hoffentlich würden sie bald ein Plätzchen finden, um sich niederzulassen, damit sie für die Niederkunft wenigstens ein Haus haben würde. Darüber hinaus wusste sie nicht, was sie sich erhoffte. Die Zukunft gab ihr Rätsel auf. Sie versuchte einfach, von einem Tag zum nächsten zu leben und dabei so fröhlich wie möglich zu bleiben.

KAPITEL 12

In England brach ein weiterer Streit im Hause Docherty aus. Con beendete ihn damit, dass er seinen beiden ältesten Söhnen die Tracht Prügel ihres Lebens androhte, wenn sie sich nicht besserten.

»Kein Docherty hat je die Finger in Diebstahl gehabt!«, tobte er. »Wenn ich euch noch mal dabei erwische, dass ihr Diebesgut in meinem Laden annehmt, rufe ich persönlich den Schutzmann und lasse euch abführen, verlasst euch drauf.«

Kurz hing in der Schwebe, ob sie ihm trotzen würden. Dann schlug Dermott die Augen nieder und murmelte: »Ja, Pa. Tut mir leid, Pa.«

Als Niall erkannte, dass er somit allein gegen seinen Vater stünde, der immer noch stärker war als jeder von ihnen, rang er sich zähneknirschend ebenfalls eine angemessene Entschuldigung ab.

Nachdem sein Bruder und er nach draußen gegangen waren, wartete er, bis sie um die nächste Ecke bogen. Dann rammte er Dermott so wuchtig die Faust in den Magen, dass er sich vornüber krümmte, zu Boden ging und sich überschlug und stöhnend auf der Straße wand. Als Draufgabe trat Niall ihn noch zweimal. »Wenn du mir das nächste Mal in den Rücken fällst, du Mistkerl, wird's dir *richtig* leidtun.«

»Das … war nicht nötig«, stieß Dermott mühsam hervor, der kaum Luft bekam. »Überhaupt nicht.«

»Und ob es nötig war. Irgendwann werden Pa und ich uns in die Haare kriegen, und dann will ich dich auf meiner Seite haben, nicht auf seiner.«

»Aber er ist unser Vater!«

»Und ein dämlicher alter Trottel, der zehnmal so viel verdienen könnte, wenn er nur ein bisschen aufgeschlossener wäre.«

Unbehaglich schwieg Dermott. Er wusste, dass Niall von Hehlerei sprach. Sein Bruder war fest entschlossen, zu Geld zu kommen, und ihn scherte nicht groß, wie. Auch er hoffte auf eine Zukunft mit mehr finanziellen Mitteln als ihre Eltern. Aber er wollte Pa dafür nicht angreifen und erst recht nicht Ma aufregen, die schon traurig genug über Lizas Verschwinden war. Niall kümmerte Ma nicht. Eigentlich lag ihm an niemandem etwas, außer vielleicht an seinem Bruder. Dermott hingegen hatte die vielen kleinen Freundlichkeiten seiner Mutter aus seiner Kindheit nicht vergessen und steckte ihr gelegentlich den einen oder anderen Schilling extra zu.

Niall legte seinem Bruder einen Arm um die Schultern. Sein Zorn war so schnell verraucht, wie er hochgekocht war. »Ach, jetzt komm schon. Tut mir leid, dass ich dich geschlagen habe. Zur Wiedergutmachung lade ich dich auf ein Bier ein.«

Allerdings wussten sie beide, dass er es nicht wirklich bereute und künftig mehr Unterstützung von Dermott erwartete. Und er würde sie bekommen. Er war schon immer der Rädelsführer gewesen.

Das Vieh wurde südwärts nach Luska gebracht und in einen sicheren Pferch getrieben, damit sich die armen Tiere vollständig von der Seereise erholen konnten. Benedict und Josiah beschlossen, weiter südlich nach Land zu suchen. Von dem Gebiet hatte ihnen der Fahrer eines Ochsengespanns erzählt, dem sie unterwegs auf der Straße begegnet waren. Mandurah war eine an einem großen, etwa fünfzig Kilometer langen und mehrere Kilometer breiten Meeresarm errichtete Kleinstadt. Anscheinend wimmelte es in der Gegend von Wild und in dem Gewässer von Fischen. Es gab dort auch zwei Flüsse, die sich jeweils in zahlreiche Bäche verästelten.

Die beiden Männer brachen mit der Erwartung auf, fünf bis sechs Tage, höchstens eine Woche dort zu verbringen. Tatsächlich kehrten sie erst nach zwölf Tagen zurück, und bis dahin sorgten sich längst alle um sie. Mittlerweile waren sie zu einer eng verwobenen Gruppe zusammengewachsen. Sie standen sich sogar so nah, dass sie untereinander auf jegliche Förmlichkeiten aus der alten Heimat verzichteten.

Als sie eines sonnigen Nachmittags auftauchten, zeigten sich beide in bester Laune.

»Wir haben's gefunden«, verkündete Benedict und strahlte alle an. »In der Nähe von Mandurah gibt es gutes Land mit dauerhaft fließendem Wasser. Morgen wollen wir nach Perth, um zu sehen, ob wir es kaufen können.«

Josiah verzog das Gesicht. »Es ist teurer als erwartet – zehn Schilling pro Morgen verlangt die Regierung derzeit. Aber man hat uns geraten, die Teile mit Wasser zu kaufen und das umliegende Land vorerst zu pachten, dann können wir es später dazukaufen.«

Andrews Züge fielen in sich zusammen. »Das ist zu teuer für uns.«

»Aber die Parzelle ist es wert.« Nach kurzem Zögern fragte Benedict vorsichtig: »Habt ihr nicht irgendetwas zu verkaufen, damit ihr wenigstens einen kleinen Besitz erwerben könnt?«

Andrew warf Dorothy einen Seitenblick zu und schürzte die Lippen. »Ich muss darüber nachdenken.«

Später war es seine Gemahlin, die an Benedict herantrat: »Bist du sicher, dass es das beste Land ist, das wir bekommen können?«

»Ja. Ganz sicher.« In seine Augen trat Anteilnahme. »Ich weiß, dass Andrew nicht immer praktisch denkt. Aber wenn ihr euch in der Nähe niederlasst, kann ich euch helfen.«

Ihr kamen die Tränen. »Wir haben kein Anrecht auf deine Freundlichkeit.«

»Wenn ein Mann einem Freund nicht helfen kann, was ist er dann wert? Außerdem ist es mir lieber, meine Nachbarn zu kennen.«

Dorothy seufzte. »Na schön. Ich habe von meiner Mutter ein Medaillon aus Gold, ein Armband und einen Diamantring. Die Sachen habe ich für Notfälle behalten. Würdest *du* sie für mich verkaufen?«

»Aber sollte das nicht lieber Andrew über…«

»Nein. Auf keinen Fall. Zum einen ist er kein guter Verhandler. Zum anderen vertraue ich bei dir darauf, dass du mir das gesamte Geld bringst, das du dafür bekommst. Er hingegen würde es für irgendetwas verprassen, noch bevor er zurück wäre.«

»Wird es ihm nichts ausmachen, wenn ich die Sachen für dich verkaufe?«

»Doch, aber er wird nichts sagen, weil der Schmuck mir gehört.« Abgesehen von der kleinen Rente war es der einzige Teil ihres Erbes, den sie hatte behalten können.

»Weißt du, er kann hart arbeiten.« Andrew schien es tatsächlich regelrecht zu genießen, im Freien zu werkeln – was man von Josiah nicht behaupten konnte.

»Ja. Er hätte Landarbeiter werden sollen, was? Kein Landadliger, und schon gar keiner mit Verantwortung für Geld. Und Benedict … Ich möchte, dass du so tust, als hättest du weniger dafür bekommen, als du tatsächlich herausschlagen kannst, und dass du mir den Rest gibst, ohne ihm etwas davon zu sagen.« Sie sah ihm seine Überraschung an. »Ich muss genug für eine etwaige Rückkehr nach England auf die Seite schaffen – nur für alle Fälle. So sehr es mir widerstreben würde, mich der Barmherzigkeit meiner Schwester auszuliefern, falls wir alles verlieren, müsste ich es wohl.«

Nach dem Abendessen trat Liza an Josiah heran. »Gehst du ein bisschen mit mir spazieren? Es ist ein schöner Abend.«

Überrascht musterte er sie. »Na gut.«

Als er ihr den Arm anbot, hängte sie sich für kurze Zeit bei ihm ein und ließ sich von ihm über den Zufahrtsweg der Farm führen. Dann wurde sie seines behäbigen Tempos überdrüssig und löste sich von ihm, um mit forscheren Schritten an seiner Seite zu gehen.

Als sie ihn seufzen hörte, fragte sie leise: »Du hasst es hier, nicht wahr, Josiah?«

»Ja. Fehlt dir Lancashire denn nicht?«

Sie legte den Kopf schief und überlegte. »In mancher Hinsicht schon. Pa betrachtet sich zwar als Iren, aber mich hat er immer sein ›Lancashire-Mädel‹ genannt, bevor …« Nach kurzem Zögern fügte sie zerknirscht hinzu: »Bevor er mit dem Trinken angefangen hat.«

»Aber wärst du nicht lieber wieder dort?«

Liza schüttelte entschieden den Kopf. »Nein. Ich hatte in Pendleworth kein besonders schönes Leben, deshalb … deshalb erwarte ich vielleicht nicht so viel wie du. Ich will mich nur anständig um mein Kind kümmern können.«

»Du bist doch selbst kaum mehr als ein Kind.«

Mit trauriger Miene sah sie ihn an. »Ich fühle mich schon lange nicht mehr wie ein Kind. Kitty ist noch eines, aber ich bin eine Frau.«

Sie gingen weiter.

»Wer ist der Vater?«, fragte er unvermittelt.

Sie erschauderte. »Darüber will ich nicht reden.«

»Ich werde nicht noch einmal fragen, aber ich finde, es steht mir zu, es zu wissen, wenn ich die Vaterrolle für das Kind übernehmen soll.«

Also erzählte sie es ihm. Ihre Stimme zitterte, als sie jene grauenhafte Nacht und den Verrat ihres Bruders noch einmal durchlebte.

Josiah schwieg dazu, bis sie fast zurück auf der Farm waren. Erst dann sagte er: »Wir müssen das nie wieder erwähnen. Aber danke, dass du es mir anvertraut hast.«

Liza wusste nicht, was sie davon halten sollte. So ging es ihr bei ihm oft.

Nach dem Abschluss der Formalitäten für den Kauf des Lands mieteten sie mehrere große, von Ochsen gezogene Wagen für den Transport ihrer Habe.

Sie kamen langsam, aber stetig voran. Die Pferde konnten sie regelmäßig ausruhen lassen und tränken, weil sich die Ochsen selbst dann nicht schnell bewegten, wenn sie angetrieben wurden. Die Straße bestand aus einem Trampelpfad, den man geschaffen hatte, indem kleinere Bäume gefällt worden waren. Größere umrundete der Weg. Bäche und Flüsse querte er mit grob gefertigten Brücken. Einer der Fahrer erzählte ihnen, dass die meisten dieser Gewässer im Sommer vertrockneten, derzeit jedoch durch die winterlichen Regenfälle ihren Höchststand erreicht hatten.

Das eine oder andere Mal stießen sie auf einen unlängst auf den Weg gekippten Baum. Dann mussten die Männer ihn beiseiteschaffen, bevor sie weiterreisen konnten.

»Gutes Holz in der Gegend«, meinte Benedict, der neben einem der Wagen ging. »Wir können unsere Häuser aus unseren eigenen Bäumen bauen, sobald wir eine Sägegrube eingerichtet haben.« Er grinste zu Josiah hoch, der gerade auf dem Kutschbock saß. »Kennst du dich mit Sägegruben aus?«

»Ich habe gesehen, wie man sie benutzt.«

»Tja, wenn du dich als nützlich erweist, können wir eine Menge Geld sparen, indem wir selbst Bretter anfertigen.«

Josiah verzog angewidert die Lippen. »Ich werde zugeschnittenes Holz kaufen, verdammt. Und jemanden dafür bezahlen, mein Haus zu bauen. Jedenfalls habe ich nicht vor, monatelang auf ein Dach über meinem Kopf … über unseren

Köpfen zu warten. Meine Frau und das Kind sollen keinen Tag länger als nötig unter widrigen Bedingungen leben müssen.«

Einen Moment lang hielt Liza inne und starrte ihn überrascht an. Damit hatte er bereits zum zweiten Mal so über das Kind gesprochen, als wäre es wirklich von ihm. »Mir machen widrige Umstände nichts aus. Ich will dir helfen und keine Bürde sein.«

»Tja, aber *mir* machen sie etwas aus.«

Wenig später gelangten sie an einer Stelle vorbei, an der Wildblumen in Hülle und Fülle wuchsen. Liza scherte aus, um zwischen ihnen zu spazieren. Dabei bückte sie sich gelegentlich, um die zarten Blüten zu streicheln. Der Fahrer des Wagens neben ihr nannte ihr einige der Namen: Kängurublume, Miniaturorchideen und Papierblumen. Einmal stieß sie auf eine Schlingpflanze, die einen halb verbrannten Baum überwuchert hatte, und Liza blieb stehen, um seufzend die Schönheit der sattblauen Blüten zu bewundern. »Ein Kleid in der Farbe wäre bezaubernd«, meinte sie verträumt.

»Es würde dir stehen«, pflichtete Dorothy ihr bei.

»Ist es hier nicht wunderschön?« Liza streckte die Arme aus und tanzte ein paar Schritte weit, bis ihr Körper sie an das zusätzliche Gewicht erinnerte, das sie herumschleppte. »Oh, ich bin so froh, dass wir jetzt auf unser eigenes Land ziehen, ihr nicht auch?«

Sogar Josiah lächelte über den Inbegriff jugendlicher Freude, den seine Frau zur Schau stellte. Nur Kitty brummelte etwas über »Protzerei«.

Einer der Ochsenfahrer grinste Liza an, als sein Gespann an ihr vorbeirollte. Er rief ihr zu: »Bewahre dir diese Einstellung, Mädel. Erfolg haben hier diejenigen, die fröhlich bleiben.«

»Und die schwer schuften«, fügte sein Beifahrer hinzu. »Ist

harte Arbeit, das Land zu roden. Bald wirst du deine Zeit nicht mehr mit Tanzen vergeuden wollen.«

»Hör niemals auf, zu tanzen und glücklich zu sein!«, sagte Benedict später leise zu ihr, als er ihr die Hand anbot, um ihr über einen kleinen Bach zu helfen. »Deine Fröhlichkeit hebt unser aller Stimmung.«

Sie zögerte auf dem Baumstamm, über den Wandernde den Bach trockenen Fußes überqueren konnten. Verunsichert sah sie ihn an. »Ich will nicht kindisch erscheinen. Nur manchmal vergesse ich es.«

»Was vergisst du? Steif zu sein?« Er grinste. »Das würde dir selbst dann nicht gelingen, wenn du es versuchst. Außerdem hast du das Recht, jung zu sein.«

In der ersten Nacht lagerten sie auf gerodetem Land in der Nähe eines winzigen Holzhauses von Wildfremden, die zutiefst bedauerten, ihnen keinen überdachten Unterstand bieten zu können. Aber sie ließen sie die Kocheinrichtungen benutzen und gaben ihnen frisches Wasser. Das Haus bestand aus grob gesägtem Holz, das Dach aus riesigen Rindenstücken, beschwert von Seilen mit Steinen an den Enden.

Die drei Frauen schliefen unter einem der großen Wagen, die drei Männer unter einem anderen, die Fahrer der Ochsengespanne unter dem dritten. Da es in der Nacht zu regnen begann, mussten sie darunter hervorkriechen, sich bestmöglich in die Wagen pferchen und die Planen über sich ziehen.

Als Liza im Morgengrauen erwachte, hörte sie Papageien in den nahen Bäumen kreischen. Sie waren schwarz, hatten weiße Schwänze und veranstalteten einen solchen Lärm, dass sie kaum klar denken konnte. Begeistert beobachtete sie die Vögel.

Schließlich kamen die Hausbesitzer mit einem Eimer voll heißem Tee heraus. Die Fahrer tauchten Blechbecher hinein und schlürften laut und genüsslich. Danach gingen sie los, um die Ochsen von der Koppel zu holen, die zu benutzen ihre Gastgeber ihnen erlaubt hatten.

Plötzlich begann es erneut, in Strömen zu schütten. Die Frauen suchten Zuflucht unter der Veranda, während die Männer die Wagen zu Ende beluden und die Pferde anspannten.

»Bereit zum Aufbruch!«, rief der Anführer der Fahrer.

»Wir folgen euch in Kürze!«, brüllte Benedict zurück.

Sie holten die großen Wagen früher als erwartet ein, allerdings deshalb, weil einer feststeckte. Es dauerte drei Stunden, ihn aus dem Schlammloch zu befreien. Dafür mussten Ochsen von den anderen Wagen abgespannt werden. Ein Dutzend der Tiere musste sich ins Zeug legen und ziehen, während sechs Männer von hinten schoben und sie anspornten.

Als der Wagen schaukelte, schlingerte und sich ein wenig in Bewegung setzte, hielt Liza den Atem an. Als er abermals schaukelte und plötzlich vorwärtsrollte, jubelte sie und tanzte daneben einher. Benedict grinste darüber, Josiah schenkte ihr eines seiner verhaltenen Lächeln, und Andrew lachte unverhohlen. Kitty hingegen wandte sich ab, und Dorothy schloss nur die Augen, ließ sich auf dem Sitz des Wagens nieder und wirkte völlig erschöpft.

Nach drei Tagen gelangten sie zu einem von Benedict angefertigten und an einen Baum genagelten Wegweiser. Dort bogen sie nach links auf einen noch schmaleren Weg ab. Er führte ins Landesinnere statt nach Süden in Richtung Mandurah und zum Meer.

»Aber ich wollte die Stadt sehen«, klagte Kitty.

»Es ist nicht wirklich eine Stadt, Liebes«, klärte ihr Vater sie auf. »In England würden wir es als Dorf bezeichnen. Noch dazu als kleines.«

Zweige strichen über die Wagen und benetzten die Planen mit Feuchtigkeit. Auf dem sandigen Untergrund jedoch floss das Wasser größtenteils gut ab, weshalb sie nicht erneut stecken blieben.

»Wie weit ist es noch?«, fragte Liza, während sich der Nachmittag hinzog.

»Ein paar Kilometer«, antwortete Josiah und sah sich mürrisch um.

»Treffen wir vor Einbruch der Dunkelheit ein?«

»Das hoffe ich. Obwohl es dort nichts anderes zu sehen gibt. Nur Bäume und Waldland wie hier – und einen eigenen Sumpf haben wir auch.«

»Aber es wird unser Zuhause, nicht wahr? Dadurch wird es für uns besonders.«

»Zuhause!« Mit barscher Stimme sprach er so laut, dass alle ihn hörten. »An einem solchen Ort werde ich mich nie zu Hause fühlen! Meine Heimat ist Pendleworth, und …« Abrupt verstummte er, als er erkannte, dass alle die Köpfe gedreht hatten und ihn anstarrten. »Herrgott noch mal«, fluchte er mit wildem Unterton. »Werde ich nie wieder Privatsphäre haben?«

Liza hörte den Schmerz in seiner Stimme. Zaghaft legte sie ihm eine Hand auf den Arm. Aber er schüttelte sie ab und kehrte ihr den Rücken zu, also ließ sie ihn in Ruhe.

Als sie eine weitere Kennzeichnung erreichten, verkündete Benedict: »Hier beginnt mein Land.«

Da die Parzelle der Pringles hinter jener Josiahs lag, hatten sie sich darauf geeinigt, auf seiner zu lagern, zusammenzuarbeiten und genug Fläche zu roden, dass sich jede Familie ein Haus bauen konnte.

Als sich die Pferde wieder in Bewegung setzten und den Spuren der Ochsen folgten, sagte Josiah leise: »Es tut mir leid, Liza. Nichts von all dem ist deine Schuld. Ich sollte meinen Zorn nicht an dir auslassen.«

»Im vergangenen Jahr sind viele Dinge nicht meine Schuld gewesen, Jos. Aber ich lasse mich davon nicht unterkriegen.«

Trotz aller Bemühungen wurde er prompt wieder wütend. »Was hast du schon verloren?«, höhnte er. »Ein darbendes Dasein mit zu wenig zu essen? Einen Vater, der dich geschlagen hat?«

Liza wurde seiner Launen allmählich überdrüssig. »Ach, du bist ein richtiger alter Miesepeter, Josiah Ludlam.« Voll Genugtuung sah sie, dass sie ihm damit die Sprache verschlug. Gut! Sie würde nicht vor ihm kuschen und so tun, als wäre er ein Gott, feiner Herr hin oder her.

In dem Moment rief Benedict: »Liza, hier beginnt euer Land.«

»Also sind wir endlich in Pendleworth angekommen«, sagte sie leise und konnte nicht länger zornig bleiben.

Josiah wiederholte das Wort. »Pendleworth.« Allerdings schloss er dabei mit gequälter Miene die Augen.

Da wurde ihr klar, wie sehr ihn seine Verbannung verletzt hatte – und ihn weiterhin schmerzen würde. Und wie recht Catherine damit hatte, dass er eine Frau an seiner Seite brauchte, und mochte es nur ein ahnungsloses junges Ding wie sie sein. Spontan riskierte sie eine weitere Ablehnung und hängte sich wortlos bei ihm ein. Diesmal schüttelte er sie nicht ab.

In England quälte sich Grace Newton. Neuerdings schien sie ihren Eltern nichts mehr recht machen zu können. Sie wünschte, es wäre ihr gelungen, Benedict zu überreden, sie mit nach Australien zu nehmen. Das hätte so vieles vereinfacht. Aber sie beschwerte sich nicht, sondern stellte sich darauf ein, es zu ertragen.

Wenn er mich nicht bald nachholt, reise ich trotzdem zu ihm, gelobte sie sich, während sie ihre Aufgaben auf der Farm weiterhin mit der gewohnten Effizienz erfüllte. Abends nähte sie und fertigte alles Mögliche an, was ihr für den Haushalt einfiel, den sie eines Tages für Benedict in Australien führen würde. Und falls ihr Blick dabei manchmal verträumt wurde, verlor niemand ein Wort darüber.

Als sie ihrer Familie alles erzählt hatte, war ihre Lage auf wenig Gegenliebe gestoßen. Es wurde offen geäußert, sie hätte sich verschleudert, obwohl sie vor fünf Jahren Michael Norwick hätte heiraten können. Dann wäre sie mittlerweile Herrin über einen gut geführten Hof.

Grace war das egal. Sie hatte immer nur Benedict Caine gewollt.

KAPITEL 13

Vier Wochen später hielt Josiah bei der verhassten körperlichen Schwerarbeit inne. Er wischte sich den Schweiß von der Stirn und blickte auf seine rauen, vernarbten Hände hinab – nicht mehr die eines feinen Herrn. Liza und er schliefen auf dem Wagen. Darüber hatten sie auf einem zwischen zwei riesigen Bäumen gespannten Seil eine große Plane drapiert. Obwohl sie nicht froren, wurde manchmal Regen auf sie geweht, zudem wurden sie von Stechmücken heimgesucht, vor allem bei Anbruch der Nacht.

Als er sich umsah, entschied er spontan, dass er genug vom harten Leben gekostet hatte. Zielstrebig marschierte er hinüber zum Kochbereich. »Liza, ich habe es mir anders überlegt. Ich reite umgehend nach Mandurah, kaufe Holz und veranlasse, dass ein Haus für uns gebaut wird. Lieber will ich verdammt sein, als weiterhin so zu leben, und wenn es noch so viel Geld spart. Kommst du in der Zwischenzeit allein zurecht?«

»Meinst du nicht, du solltest … na ja, mit Benedict darüber reden?«

»Nein, das sollte ich *nicht.* Er würde mich nur überreden wollen, damit zu warten. Aber ich habe es gründlich satt, wie ein Bauer zu leben, und habe vor, das zu ändern.« Josiah ging, um sein Reitpferd von der schlichten Koppel zu holen, die Benedict für ihr Vieh eingezäunt hatte. Danach legte er die verdreckte Arbeitskleidung ab und schrubbte sich wild die schmutzigen Hände.

Als er schließlich davonritt, schaute Liza ihm kopfschüttelnd nach und dachte wieder einmal, dass er nicht aus dem richtigen Holz für ein solches Leben geschnitzt war.

Am Abend kehrte er mit triumphierender Miene aus Mandurah zurück. »Ich habe eine Ladung zugeschnittenes Holz gekauft und zwei Männer für den Bau der Hütte angeheuert. Sie kommen in ein, zwei Tagen her. Ich habe ihnen gesagt, du wirst sie bewirten, während sie bauen.«

Liza nickte. Allmählich wurde sie recht gut dabei, über offenem Feuer zu kochen – und die Zunge zu hüten. Josiah hingegen stellte sich alles andere als gut darin an, bei Arbeiten durchzuhalten, die ihm widerstrebten. Liza wusste, dass Benedict bereits mehrere Diskussionen mit ihrem Ehemann gehabt hatte. Und soweit sie es mitbekommen hatte, war Benedict bisher immer die Stimme der Vernunft gewesen. Nur hörte Josiah ohnehin nicht auf sie, also sparte sie sich den Atem und ließ ihn einfach machen.

Im Gegensatz zu ihm begeisterte sie dieser Ort. Vor allem gefielen ihr die riesigen Bäume. Manchmal schlenderte sie einfach allein darunter umher und erfreute sich an der sonnigen Idylle der Umgebung. Selbst im Winter gab es Tage mit wolkenlosem Himmel, an denen die Sonne alles um sie herum vergoldete. Sie glaubte durchaus, dass sie sich auf ihrem Besitz heimisch fühlen könnte. Allerdings bezweifelte sie zunehmend, ob ihr Mann je damit zufrieden sein würde, ganz gleich, was sie daraus machten. Früher hatte sie immer geglaubt, der Landadel müsste glücklich sein, weil er so viel Geld besaß und reichlich zu essen hatte. Aber Josiah gehörte eindeutig zu den unglücklichsten Menschen, die sie je kennengelernt hatte.

Als Benedict zwei Männer mit der ersten Ladung Holz den Pfad aus Mandurah entlangkommen sah, folgte er ihnen zu dem Grundstück, das mittlerweile alle Pendleworth nannten, um herauszufinden, was vor sich ging. »Du bist ein Narr«, warf er Josiah rundheraus vor. »Ich hätte dir das Holz viel billiger beschaffen können. Sobald dich die Leute reden hören, verdoppeln sie ihre Preise.«

Josiah ignorierte die Bemerkung, musterte ihn jedoch nachdenklich. »Wie viel würdest du dafür verlangen, sie zu beaufsichtigen und zu unterstützen, damit sie die Arbeit anständig verrichten?« Die Einzelheiten des Unterfangens langweilten ihn bereits.

»Du willst mich beauftragen?«

»Habe ich das nicht gerade gesagt? Also, wie viel?«

»Zehn Pfund. Und ich werde sie mir verdienen, das kannst du mir glauben.« Ihn überraschte keineswegs, dass Josiah nicht mal versuchte, darüber zu verhandeln.

Die beiden Männer zeigten Benedict, wie man Buschhütten errichtete. Er behielt ihre Arbeit im Auge und half mit. Sogar Josiah unterstützte sie, wenngleich eher ungeschickt. So wurde das kleine Haus ziemlich schnell gebaut. Es besaß einen Dielenboden, weil sich Josiah strikt weigerte, auf einem aus Erde zu leben. Die Dielen waren rau, aber Benedict versprach, sie zu schleifen, zu beizen und anschließend zu polieren.

Richtige Fenster würden sie erst bekommen, wenn sie Glas aus Perth herschaffen könnten. Vorerst fertigte Benedict Holzrahmen mit Läden an. Auf Lizas Vorschlag hin brachten sie davor Musselin aus Catherines großer Truhe mit Stoffen an, damit die Motten abends nicht hereinflatterten und an der Lampe in den Tod prallten. Der Anblick widerstrebte ihr zutiefst. Sie hatten auch eine mit dem Material überzogene Innentür sowie zur Sicherheit eine Außentür aus massivem Holz. Die mit Musselin hatte Josiah vorgeschlagen, weil er irgendwo gelesen hatte, dass man damit Gebäude in Indien kühlte. Anscheinend erzielte man diese Wirkung durch die ins Haus wehende Luft, wenn man den Stoff bei Hitze mit kaltem Wasser bespritzte.

Liza schwieg dazu, freute sich jedoch insgeheim bereits auf

wärmeres Wetter. An Bord des Schiffs hatte es ihr gefallen, und ihr fiel kein Grund ein, warum es an Land anders sein sollte.

Es wurde ein großes Ereignis, als die Ludlams einzogen, obwohl sie vorerst nur mit strohgefüllten Matratzen auf dem Boden schlafen würden. Nachdem sie das Klavier, den edlen Tisch aus Walnussholz und die sechs dazugehörigen Stühle ausgepackt hatten, sah der Salon »fast zivilisiert« aus, wie Josiah es ausdrückte.

»Wollen wir die anderen zum Feiern zu einem Essen einladen?«, fragte Liza zögerlich, als sie sich allein im Haus befanden.

»Noch nicht. Zuerst will ich etwas Ruhe und Privatsphäre genießen.«

Was bedeutete, dass er nicht mit ihr redete, sondern nur im Licht der Lampe dasaß und las. Also packte auch Liza ihr Lesebuch aus und buchstabierte sich erneut durch die ersten Seiten. Erleichtert stellte sie fest, dass sie die Worte nicht vergessen hatte. Trotzdem wäre ihr Gesellschaft lieber gewesen. Und obwohl er mitbekam, wie sie sich mit dem Buch plagte, bot er nicht an, ihr beim Lesen zu helfen.

Später entkorkte er eine Flasche Portwein und trank sie restlos aus. Was bewirkte, dass er die Nacht hindurch laut schnarchte und die Welt am nächsten Tag besonders verdrossen betrachtete.

Wird so fortan mein Leben aussehen?, fragte sich Liza und fühlte sich dabei elend. Wenn er nicht gerade etwas von ihr brauchte, behandelte er sie wie Luft. Aber sie gestattete sich nicht, darüber zu weinen.

Eines Morgens brachen Benedict und Josiah auf, um den Sumpf, durch den der Bach floss, genauer zu erkunden. Es handelte sich um einen übel riechenden Morast, derzeit um die Ränder ausgetrocknet. Er strotzte vor den Ausscheidungen der zahlreichen Tiere, die abends daraus tranken.

»Wenn wir in der Trockenzeit einen Teil tiefer ausheben können«, meinte Benedict und schritt den Bereich ab, »könnten wir ihn zu einem kleinen See aufstauen. Dann würde es uns nie an Wasser mangeln.« Ihm bereitete nämlich Sorgen, wie sehr der Sumpf bereits ausgetrocknet war, seit die Regenfälle weitgehend geendet hatten.

»Ein See?« Josiah nickte zustimmend. »Ja, das würde für eine schöne Aussicht vom Haus sorgen.«

»Das Wasser ist wohl wichtiger als die verflixte Aussicht!«, entgegnete Benedict barsch. Doch Josiah hörte ihm gar nicht zu, sondern trat einige Schritte zurück, betrachtete das Gelände und murmelte etwas von Perspektiven. Benedict seufzte. Würde irgendetwas diesen arroganten, rastlosen Kerl je in einen praktisch denkenden Landwirt verwandeln? Zu seiner Erleichterung jedoch versiegte der Bach nicht völlig, obwohl die Tage trocken und sonnig blieben.

»Wir sollten dem verdammten Rinnsal einen Namen geben«, schlug Josiah irgendwann müßig vor, als die beiden Männer beim Roden weiterer Flächen gerade eine kurze Pause einlegten.

»Warum benennen wir den Bach nicht nach deiner Frau?«, erwiderte Benedict.

»Catherine Brook?«

»Nein. Ich meine deine jetzige Frau, die hier leben wird.«

Josiah zuckte mit den Schultern. »Darin sehe ich keinen Sinn.«

»Weißt du, Jos, du behandelst sie ungerecht. Liza kümmert sich gut um dich und arbeitet hart, ohne je zu klagen. Das wäre eine Möglichkeit, ihr zu danken. Und ich für meinen Teil werde den Bach ab sofort Lizabrook nennen.«

Einen Moment lang verhakten sich die Blicke der beiden Männer ineinander. Dann sagte Josiah in schneidendem Ton:

»Du interessierst dich allmählich zu sehr für ihr Wohlergehen. Lass mich dich daran erinnern, Caine, dass sie *meine* Frau ist.«

»Nur dem Namen nach.«

Einen Moment lang herrschte feindselige Stille zwischen ihnen. Schließlich wandte sich Benedict ab, stapfte davon und rief über die Schulter: »Ich komme heute Abend wieder her und fange an, den Sumpf auszuheben.«

Er ging nach Hause, ließ sich auf die vor seinem Zelt aufgestellte Holzbank plumpsen und griff nach dem Wasserbeutel aus Segeltuch. Um den Inhalt durch allmähliche Verdunstung zu kühlen, hing er von einem Baum. Nachdem er getrunken hatte, lehnte er sich zurück und sah sich um. In seinem Lager herrschte Ordnung, aber bevor der nächste Winter anbräche, würde er sich eine vernünftige Unterkunft bauen müssen. Er verbrachte zu viel Zeit damit, andere zu beraten und Josiah zu helfen. Immer wieder nahm er sich vor, sich endlich um die Rodung des eigenen Grundstücks zu kümmern. Und jedes Mal sah er, wie sich Liza mit ihrem mittlerweile behäbigen Körper bei irgendetwas plagte, und schon ertappte er sich dabei, an einem weiteren kleinen Unterfangen mitzuwirken, das ihr das Leben erleichtern würde.

Das Problem bestand darin, dass er ihre Gesellschaft ungebrochen genoss und sie ihn stets mit einer gewissen zurückhaltenden Erleichterung begrüßte, als wäre sie ausgehungert nach einem Gespräch. Er hätte zu wetten gewagt, dass Josiah an den meisten Abenden kaum ein Wort mit ihr wechselte. Dorothy war am Ende jedes Tags zu müde, um sie zu besuchen. Und Kitty, die nicht viel jünger als Liza war und ihr eine Freundin hätte sein können, blieb ihr gegenüber unverhohlen feindselig.

»Ach, Liza. Warum haben wir uns nicht kennengelernt, bevor ich mit Grace gesprochen habe?« Stöhnend verbarg er das Gesicht in den Händen. Nach einer Weile stand er auf und beschloss, mit dem Bau der eigenen Hütte zu beginnen, um sich von Dingen abzulenken, die besser nicht in Worte gefasst werden sollten.

»Pendleworth!«, murmelte er irgendwann, während er Bodenfläche ebnete. »Was für ein alberner Name für einen Ort in Australien.«

Andrew war als Einziger rundum glücklich dort. Aber sogar er sah manchmal blass und müde aus, als ginge es ihm nicht gut. Zudem wusste Benedict, dass die Pringles kaum noch Geld übrighatten. Würde irgendjemand ihrer Gruppe je den Weg durch das Gewirr zermürbender Schwerarbeit zu einem glücklichen, anständigen Leben finden? Tja, er würde es jedenfalls versuchen. Immerhin gehörte das Grundstück ihm, ein Wissen, das er als gehörigen Trost empfand. Früher oder später würde er Grace herholen müssen. Eigentlich wusste er gar nicht, warum er es hinauszögerte. Er könnte gut eine Frau gebrauchen, die an seiner Seite arbeitete.

Allerdings konnte er nicht verhindern, dass er prompt wieder von Liza träumte. Und er schrieb Grace nicht mit der Aufforderung, zu ihm zu reisen. Noch nicht.

Als Benedict ging, blieb Josiah am Sumpf zurück und stellte sich dort einen kleinen See vor. Vom Haus sollte eine sattgrüne Rasenfläche zum Wasser verlaufen, auf der Kinder spielen könnten – bei dem Gedanken hielt er inne und lächelte. Nun, zumindest ein Kind. Dann runzelte er die Stirn, als er überlegte, ob er je das nötige Geld besitzen würde, um den Ort so zu gestalten, wie er wollte. Es war kein besonders fruchtbares Ackerland, obwohl sie aus den vorhandenen Angeboten das Beste ausgewählt hatten. Er würde wohl einen anderen Weg finden müssen, um Geld zu verdienen. Und das würde nicht einfach werden.

Plötzlich tauchte Liza neben ihm auf. Lächelnd bot sie ihm einen Blechbecher mit lauwarmem Wasser an.

»Danke.« Durstig stürzte Josiah es hinunter. »Wie kannst du so fröhlich aussehen?«, fragte er, als er ihr den Becher zurückgab.

»Weil die Sonne scheint, die Wäsche schon trocken ist und ich den Nachmittag damit verbringen kann, mehr Boden für den Anbau von Gemüse vorzubereiten.«

Er rieb sich den steifen Rücken. »Werden Frauen in anderen Umständen nicht angeblich schneller müde als sonst? Warum ist es bei dir so anders? Woher nimmst du die ganze Energie?«

»Von dem feinen Essen, das wir haben.«

»Kängurufleisch!«

Sie zuckte mit den Schultern. »Mir schmeckt es recht gut. Warum hast du so oft schlechte Laune?«

»Weil es nun mal so ist.« Damit drehte er ihr den Rücken zu und widmete sich wieder der Arbeit.

Liza kehrte zu ihrer Freiluftküche zurück. Als sie nach dem Tiegel greifen wollte, erstarrte sie. Im Wald hinter ihr hatte sich etwas bewegt. Etwas Großes. Sie schnappte sich eine Pfanne, wirbelte herum – und erblickte eine Eingeborene, die an einem Baum lehnte, als wäre sie erschöpft. Bevor ein Wort gesprochen werden konnte, rollten die Augen der Frau nach oben und sie brach auf den Boden zusammen.

Liza ließ die Pfanne fallen und eilte zu ihr. Die Bewusstlose wirkte dünn und krank. Am Arm hatte sie eine schwärende Wunde. Die gerötete Haut um sie herum fühlte sich heiß an.

»Woher um alles in der Welt ist die denn gekommen?«

Liza drehte sich um und sah, dass Josiah neben ihr stand, den Spaten wie eine Waffe erhoben. »Weg damit! Sie ist nicht gefährlich. Sie ist gerade ohnmächtig geworden.«

»Geh weg von ihr!«

Liza schüttelte den Kopf. Sie hatten bereits mehrmals Eingeborene gesehen. Aber Josiah hatte nie versucht, sich mit ihnen anzufreunden. Andrew und Benedict schon – und Liza hätte es auch gern getan. »Sie ist krank, Jos. Hilf mir, sie zum Haus zu tragen, ja?«

»Lass sie, wo sie ist. Sollen ihre Leute sich doch um sie kümmern.«

Da baute sich seine Frau mit in die Hüften gestemmten Händen vor ihm auf, den Bauch streitlustig vorgestreckt. »Ich lasse sie *nicht* zum Sterben hier liegen. Entweder hilfst du mir, oder ich ziehe sie auf einer Decke hinüber.«

Josiah legte den Spaten weg und rückte zögerlich vor. »Weißt du, wir sind nicht für sie verantwortlich.« Aber er hob die Frau hoch und trug sie zu ihrer Lichtung, wo er sie auf eine Decke legte, die Liza schnell im Schatten eines Baums ausbreitete. Dann standen sie beide da und beobachteten die Besinnungslose. Schließlich rührte sie sich und schlug die Augen auf. Bei Josiahs Anblick schnappte sie nach Luft, schrak zurück und riss eine Hand vors Gesicht, als fürchtete sie, er könnte sie angreifen.

»Sie hat Angst.« Liza fühlte mit der Fremden. »Und sieh dir die blauen Flecke in ihrem Gesicht an. Jemand hat sie geschlagen.« Sie holte einen Becher Wasser, bevor sie der Frau half, sich aufzusetzen und daran zu nippen. Aus ihren Augen sprach Dankbarkeit, doch kurz darauf schlossen sie sich wieder. Liza senkte sie zu Boden, kauerte sich auf die Fersen und runzelte die Stirn.

»Was meinst du, woher sie kommt, Jos?«

»Wie zum Teufel soll ich das wissen? Frag sie doch, wenn sie aufwacht. Ich habe Arbeit zu erledigen.« Er holte sich noch einen Schluck Wasser, bevor er durch den Wald davonstapfte.

Die Frau schlief den gesamten Nachmittag durch. Als sie sich endlich wieder rührte, kroch bereits die Dämmerung über die Lichtung. Im selben Moment ertönten durch das Unterholz lärmende Schritte und Männerstimmen, die sich gegenseitig riefen. Nicht die von Josiah oder Benedict. Liza versteifte sich und lauschte. In den Stimmen schwang ein zorniger Unterton mit, der sie an ihre Brüder oder Pa erinnerte, wenn sie schlechte Laune hatten.

Mit einem Seitenblick stellte sie fest, dass die Frau erwacht war und wieder einen zu Tode verängstigten Ausdruck im Gesicht hatte. Sie versuchte, sich auf die Beine zu rappeln, war jedoch zu schwach, um aufzustehen, geschweige denn wegzulaufen. Jagten diese Männer sie? Nun, sie würden sie nicht bekommen und misshandeln. Liza legte einen Finger an die Lippen, ergriff die Hand der Fremden und half ihr ins Haus. Dort führte sie die Verängstigte ins Schlafzimmer, drückte sie auf das Bett, breitete Decken über sie aus und schüttelte die Federmatratze um sich herum auf, um den zierlichen Körper zu verstecken. Dann legte sie sich selbst so hin, dass sie die andere Frau verbarg. Sie schloss die Augen und stellte sich schlafend.

Die Stimmen näherten sich. Liza war entsetzt, als zwei Wildfremde ins Haus trampelten, die Schlafzimmertür aufrissen und eintraten. Liza setzte sich auf, als wäre sie eben erst geweckt worden, tat so, als wäre sie zu Tode erschrocken, und stieß einen gellenden Schrei aus. »Josiah! Hilfe, Josiah!«

Als jedoch kein antwortender Ruf folgte, rutschte sie im Bett zurück. Sie spürte die Wärme des Körpers der Frau unter ihr – und ihr Zittern.

Die Männer starrten sie an. »Wer zum Henker bist du?«, fragte einer barsch. »Ich wusste nicht, dass sich hier jemand niedergelassen hat.«

Als er sich dem Bett näherte, entfesselte Liza einen weiteren durchdringenden Schrei. Zu ihrer gewaltigen Erleichterung ertönte diesmal zur Antwort ein entfernter Ruf.

Der zweite Mann stellte sich neben den ersten und trat gegen das Bett. »Hör auf mit dem Gezeter, dämliche Schlampe! Wir haben dich nicht mal angefasst.«

Allerdings wanderte sein Blick über ihren Körper, und sie war überzeugt davon, angesichts ihres mächtigen Bauchs Enttäuschung über seine Züge huschen zu sehen. Der andere Mann drehte sich um und begutachtete mit zu Schlitzen verengten Augen ihre Habseligkeiten, als schätzte er ihren Wert ab.

»Wir jagen eine Eingeborene. Sie lebt bei uns, ist aber ausgebüxt.«

»Ihre Dienstmagd, meinen Sie?«, stellte sich Liza dumm.

»Ja, sie hilft uns im Haus und, äh, mit anderen Diensten.«

Beide lachten grölend.

Zwar trugen sie anständige Kleidung, die jedoch wie ihre Haut verdreckt war, und sie sonderten einen üblen Geruch ab, von dem Liza schlecht wurde. Am beunruhigendsten fand sie die Schusswaffen, die sie bei sich hatten. Sowohl Josiah als auch Benedict besaßen ebenfalls Flinten. Aber sie ließen sie immer im Haus, wenn sie nicht gerade Kängurus jagten, weil sie meinten, damit könnte man gar nicht vorsichtig genug sein. Und Liza hatten sie streng verboten, sie anzufassen. Wie sie feststellte, fühlte es sich zutiefst beängstigend an, wenn eine Schusswaffe auf einen gerichtet wurde. Plötzlich wünschte sie, selbst eine zu besitzen und zu wissen, wie man damit umging, um einer solchen Bedrohung gleichwertig begegnen zu können.

»Wann ist es so weit?«, fragte einer der Männer und deutete mit der Waffe auf ihren Bauch.

»Richten Sie dieses Ding nicht auf mein Baby!«, schrie sie, unternahm jedoch keine Anstalten, sich vom Bett zu erheben.

Mit finsterer Miene lehnte er sich vor. »Ich hab dir 'ne Frage gestellt, blöde Schlampe. Antworte.«

»Mein Baby kommt im Dezember.«

»Mit wem lebst du zusammen? So, wie du redest, bist du keine feine Dame. Du könntest was Besseres als das hier kriegen, sobald du den Balg geworfen hast. Weißt du, in den Städten gibt's nicht genug weiße Frauenzimmer. Manche Kerle müssen sich mit den Schwarzen begnügen.«

Darüber lachten beide, verstummten jedoch abrupt, als hinter ihnen eine barsche Stimme ertönte. »Diese Dame ist meine Ehefrau, also reden Sie bitte ab sofort höflich mit ihr – falls Sie überhaupt je wieder mit ihr reden müssen, was ich aufrichtig *nicht* hoffe.«

Unwillkürlich schluchzte Liza vor Erleichterung. Auch in grober Arbeitskluft merkte man ihrem Gemahl durch und durch den feinen Herrn an. Etwas an seiner Haltung zeugte davon, noch bevor er mit seiner tiefen, kultivierten Stimme das Wort ergriff.

Die beiden Fremden wechselten einen Blick, ehe sie langsam die Gewehre sinken ließen. Einer trat mit ausgestreckter Hand auf Josiah zu. »Ich bin Pete Greenby. Wenn ich nicht grade wegen Sandelholz unterwegs in den Hügeln bin, lebe ich derzeit in Pinjarra.«

Die Hand wurde ignoriert und wieder zurückgezogen. Mit verdrossener Miene zeigte er auf seinen Gefährten. »Das ist Ralph O'Mara, 'n Kumpel von mir. Wir suchen nach 'ner durchgebrannten Eingeborenen. Sie ist, äh …« Er spähte zu Liza und schmunzelte, bevor er hinzufügte: »Unsere Dienstmagd.«

Josiahs Miene wurde nur noch verächtlicher. »Wie Sie sehen, ist hier nur meine Frau. Also schlage ich vor, Sie machen sich wieder auf den Weg.«

»Sie hätten nicht zufällig 'n Tässchen Tee übrig, oder?«, fragte der Mann, der sich Pete nannte.

»Nein, haben wir nicht.« Josiah verwirrte, warum Liza im Bett lag. Sonst ruhte sie sich tagsüber nie aus, es sei denn, er zwang sie dazu. Ihn beunruhigte, dass sie sich womöglich unwohl fühlte. »Sie können Wasser haben. Danach möchte ich, dass Sie gehen. Wie offensichtlich sein dürfte, ist meine Frau nicht in der Verfassung, irgendjemanden zu bedienen.«

Liza hätte schwören können, die Gewehre zucken zu sehen, während die beiden Eindringlinge ihn anstarrten. Ihr

Herz hämmerte wild. Würden sie Josiah und sie erschießen und ausrauben?

Als hinter den Männern eine weitere Stimme ertönte, ging ein Schauder der Erleichterung durch sie.

»Wollen Sie nicht lieber tun, was mein Freund verlangt?«

Benedict betrat den Raum mit dem eigenen Gewehr im Anschlag. Aus irgendeinem Grund wirkte er wesentlich bedrohlicher als Josiah. Das fanden eindeutig auch die ungebetenen Gäste, die sich prompt auf die Tür zubewegten.

»Wollten wir gerade«, murmelte einer.

Liza legte eine Hand auf die Stirn und verkündete: »Ich fühle mich schwach.«

Benedict und Josiah scheuchten die Männer vor sich her zur Eingangstür. Erst, als Liza sah, wie sie davongingen, hob sie die Decke an und half der Eingeborenen, sich aufzusetzen.

In dem Moment kehrte Josiah ins Haus zurück. »Ach, verdammt. Ich hatte gehofft, sie wäre weitergezogen.«

»Das kann sie nicht. Sie ist krank.« Liza rutschte vorsichtig zur Bettkante. Benedict eilte herbei, um ihr zu helfen, während sich Josiah nicht von der Stelle rührte. Liza war aufgefallen, dass ihr Ehemann sie umso weniger anfassen oder auch nur ansehen wollte, je üppiger sie wurde.

»Deine Freundin sollte lieber eine Weile im Haus bleiben, falls die zurückkommen«, riet Benedict.

Die Frau sah Liza an. »Danke. Ich konnte nicht mehr rennen.«

»Warum sind sie hinter dir her?«

»Sie haben mich von meinem Volk entführt.« Schlagartig füllten Tränen die dunklen Augen. »Sie haben mich ans Bett gefesselt und sich bei mir abgewechselt. Ich bin geflüchtet, wusste aber nicht, wohin.«

Liza musste an Teddy Marshall denken. Vor Mitgefühl wurden ihre Augen feucht. »Tja, wir lassen nicht zu, dass sie dich zurückholen. Du kannst bei uns bleiben.«

Josiah trat vor. »Nur, bis es dir gut genug geht, um weiterzureisen.«

»Du sprichst sehr gut Englisch«, merkte Benedict an.

Ein mattes Lächeln trat in die Züge der Frau. »Mein Vater war Ire.« Dann legte sie sich mit einem Seufzen zurück. Sie schien am Ende ihrer Kräfte zu sein.

Liza holte heißes Wasser vom Kessel, der neben dem glimmenden Feuer hing, und wusch ihre Wunden sorgfältig aus. Die Frau beobachtete sie dabei, aber ihr fielen immer wieder die Augen zu. Kaum hatte Liza die Arbeit beendet, legte sie sich seufzend zurück und schlief innerhalb von Sekunden ein.

»Wir müssen sie aus deinem Bett schaffen«, meinte Josiah.

»Noch nicht«, gab Liza unbekümmert zurück. »Ich richte ihr eine Liegestatt auf dem Boden, wenn du mir Heu für eine Matratze bringst. Und ab morgen möchte ich, dass du mir beibringst, wie man ein Gewehr lädt und abfeuert. Vorher habe ich mich hier nie allein gefürchtet, aber heute schon. Ich muss mich verteidigen können.«

Die Hand auf ihrem Bauch kündete davon, dass sie dabei auch an die Verteidigung des Babys dachte.

»Sie hat recht«, meldete sich Benedict zu Wort. »Wir sollten allen Frauen beibringen, wie man schießt.«

Josiah lachte kurz und schnaubend. »Pringle besitzt nicht mal ein Gewehr. Die Kängurujagd überlässt er uns. Der taugt nur dafür, Gemüse anzubauen, Bäume zu roden und Fische zu fangen.«

»Macht dir aber nichts aus, sein Gemüse und den Fisch zu essen, oder?« Liza wünschte, Josiah würde nicht immer so abfällig über Menschen sprechen.

Er ignorierte ihre Bemerkung und sah Benedict an. »Willst du einen Schluck Portwein? Ich finde, das haben wir uns verdient.«

»Nein danke. Ich hole Heu für die Matratze.«

Josiah machte keine Anstalten, ihm zu helfen. Er schenkte

sich nur ein Glas ein und ließ sich auf einen der Stühle plumpsen.

»Wir haben vor Einbruch der Dunkelheit noch Zeit für ein bisschen mehr Arbeit«, merkte Benedict pointiert an, als er zurückkam und das Heu auf der Veranda ablud.

Josiah lachte, erhob das Glas und bewunderte die Farbe im Sonnenlicht, das durch eines ihrer mit Musselin verhangenen Fenster strömte. »Von Arbeit der Art habe ich für heute genug.«

Als Liza nach draußen ging, um das Abendessen zu kochen, trat Benedict auf sie zu und fragte flüsternd: »Trinkt er viel?«

Sie nickte.

»Das auch noch! Kommst du zurecht?«

»Ja, natürlich.«

»Du kannst die Frau zu mir schicken, falls Josiah sie nicht bleiben lässt.«

»Oh, ich sorge dafür, dass sie bleibt.« Liza schaute ihm nach, als er ging, seufzte und setzte die Arbeit fort. Wenig später weckte sie die Frau und überredete sie, etwas zu essen und mehr Wasser zu trinken.

Liza beobachtete, wie ihr Ehemann in einer Mahlzeit stocherte, bevor er auf dem Stuhl zurücksackte und sich ein weiteres Glas Wein einschenkte. Sie merkte ihm an, dass er nicht mehr in der Lage war, ein vernünftiges Gespräch zu führen, deshalb beschloss sie, früh zu Bett zu gehen. Draußen brachte der Wind das Geäst zum Rascheln, und der Ruf einer Eule ertönte – zumindest klang es wie eine Eule. Als sie durch die Tür im Schlafzimmer das Doppelbett erblickte, sparte sie sich die Mühe, die neue Matratze für die Kranke zu stopfen, sondern teilte sich das Bett einfach mit ihr.

Es fühlte sich gut an, nicht allein zu schlafen. Allerdings musste sie dabei auch an Nancy und Kieran denken. Mit Tränen in den Augen fragte sie sich, wie es den beiden gehen mochte. Vor Australien hatte sie nur ein einziges Mal ein eigenes Bett gehabt, damals bei den Pringles – und selbst dort hatte sie Maggie auf der anderen Seite der dünnen Dachbodenwand schnarchen gehört.

Josiah wollte sie nicht mal anfassen, geschweige denn ein Bett mit ihr teilen. Manchmal brauchte man Berührungen, wie Liza festgestellt hatte, aber je üppiger sie wurde, desto mehr hielt er sich von ihr fern. Ohne nachzudenken, schmiegte sie sich an ihre Bettgefährtin und fand Trost in der Wärme eines anderen menschlichen Körpers.

Liza hätte glücklich in Australien sein können. Es machte ihr nichts aus, hart zu arbeiten und beim Aufbau einer Farm zu helfen. Nur die geringschätzige Haltung ihres Gemahls schmerzte manchmal, und allmählich schlug ihr die Einsamkeit aufs Gemüt. Vielleicht würde sich alles bessern, sobald das Kind geboren wäre. Sie hoffte es, denn so könnte sie nicht weiterleben.

KAPITEL 14

Als Liza am Morgen erwachte, stellte sie fest, dass sich die eingeborene Frau auf einen Ellbogen stützte und sie anstarrte. »Geht es dir gut?«, erkundigte sie sich.

»Besser.« Zögerlich fügte die hinzu: »Du hast dir das Bett mit mir geteilt.«

»Na ja, es war doch leicht genug Platz.«

»Aber ich … ich bin schwarz.«

Liza blickte auf ihrer beider Hände hinab, die so nah beisammen auf dem Laken ruhten. Dann lächelte sie. »Nicht wirklich schwarz. Eigentlich gar nicht mal so viel dunkler als ich.« Da bemerkte sie die Tränen in den Augen der anderen Frau. »Was ist denn?«

»Mich hat lange niemand mehr wie einen normalen Menschen behandelt.«

»Wir sind doch beide Frauen, oder? Aber ich kenne noch nicht mal deinen Namen. Gestern Abend habe ich nicht daran gedacht, dich danach zu fragen.«

»Meine Mutter hat mich Dinny genannt. Das bedeutet in unserer Sprache ›kleines Känguru‹.« Nach einer kurzen Pause ergänzte sie: »Aber für meinen Vater war ich Davnat. Das ist irisch.«

»Welcher Name ist dir lieber?«

»Dinny.«

»Na schön. Dann nenne ich dich so. Und ich bin Liza.«

»Soll ich dich nicht als Herrin anreden?«

Liza lachte prustend. »Ich fühle mich eindeutig nicht wie eine Herrin. Und wir dürften ungefähr gleich alt sein, oder?«

»Ich bin zweiundzwanzig.«

»Ich noch nicht ganz neunzehn. Aber meinen Ehemann nennst du besser Mr Ludlam. Das würde er auf jeden Fall bevorzugen.«

Liza selbst hielt nichts von Förmlichkeiten, und Dinny passte sich nur zu gern dran an. Innerhalb weniger Tage wurden sie beste Freundinnen und tauschten Geschichten aus.

Dinnys irischer Vater war gestorben, als sie achtzehn Jahre alt war. Sie und ihre Mutter waren mit ihm in diese Gegend gezogen. Ihre Heimat jedoch lag viel weiter südlich, deshalb hatten sie keine Verwandten in der Nähe, als sie allein zurückgeblieben waren, was ihre Mutter zutiefst beunruhigt hatte. Allerdings war sie zu schwach gewesen, um wieder nach Süden zu reisen.

»Mein Volk betrachtet mich hier genauso sehr als ›Fremde‹ wie die Weißen«, erklärte Dinny eines Tages traurig. »Ich gehöre nirgendwo dazu.«

Liza drückte mitfühlend ihre Hand. So hatte auch sie sich manchmal an langen Abenden gefühlt, wenn sie bei Josiah gesessen und sich mit Sticken oder dem Lesen der ewig gleichen Seiten eines Buchs zu beschäftigen versucht hatte, von ihm weitgehend unbeachtet. »Wie bist du bei den Männern gelandet, die dich gejagt haben?«

»Als meine Mutter letztes Jahr gestorben ist, konnte ich keine Arbeit finden. Ich musste mich irgendwie durchschlagen. Eines Tages haben sie mich gefangen genommen. Und dann …« Sie sprach nicht weiter.

Liza ergriff ihre Hand und drückte sie mitfühlend. »Hat denn niemand versucht, dir zu helfen?«

»Es hat niemand davon gewusst. Sie haben mich in ihrem Lager festgehalten und gefesselt, wenn sie in die Stadt geritten sind.«

Am nächsten Tag wandte sich Liza an Josiah. Davor sorgte sie dafür, dass er gute Laune haben würde, indem sie seine

Leibspeise zubereitete. »Ich möchte, dass Dinny bei uns bleibt, weil ich Hilfe mit dem Kind brauchen werde.«

»Soll das heißen, du willst sie als Bedienstete einstellen?«

Liza runzelte die Stirn. Dann wurde ihr klar, dass er es wohl nur so akzeptieren würde. »Ja. Und würdest du bitte einen Friedensrichter aufsuchen und ihm sagen, dass sie unser Dienstmädchen ist, falls diese Männer noch einmal versuchen, sie sich zu schnappen? Dann wäre sie in Sicherheit, denn auf dich würde er hören.«

Josiah musterte sie nachdenklich. »Nun, ich hätte zwar lieber ein weißes Dienstmädchen gehabt. Aber du wirst bei der Geburt die Hilfe einer anderen Frau brauchen, also warum nicht?« Er wollte mit der Niederkunft eindeutig nichts zu tun haben.

»Und können wir sie bezahlen?«

Er zog eine Augenbraue hoch. »Es ist nicht meine Art, meine Bediensteten zu prellen, Liza.«

»Nein, natürlich nicht.«

Anfang Dezember bewegte sich Liza zunehmend mühsamer. Dennoch bestand sie darauf, weiterhin mitzuhelfen, obwohl Josiah es missbilligte.

»In der Regel hüten Frauen in dieser Phase das Bett«, erklärte er eines Tages, »oder bleiben zumindest in ihren Zimmern.«

»Was machen sie dort?«

»Woher soll ich das wissen? Sich ausruhen, vermute ich. Außer Sicht bleiben.«

Liza stemmte die Hände in die Hüften und funkelte ihn an. »Tja, dir mag der Anblick nicht gefallen« – sie tätschelte ihren Bauch und streckte ihn trotzig so weit wie möglich vor – »dennoch werde ich mich *nicht* in meinem Zimmer verstecken. Ich würde durchdrehen, wenn ich nur untätig herumsitze.«

»Ach, mach doch, was du willst. Tust du ohnehin immer.«

»Das stimmt nicht! Ich versuche ständig, es dir recht zu machen. Nur scheint es mir nie zu gelingen.«

»Sei so gut und sprich leiser. Sonst klingst du wie eine Fischverkäuferin.« Damit kehrte er ihr den Rücken zu und ging davon, um das Vieh zu versorgen.

Liza blinzelte drohende Tränen weg. »Ich werde mich *nicht* verstecken!«, murmelte sie trotzig.

Im Verlauf der Tage wusste sie Dinnys Freundschaft umso mehr zu schätzen, weil Josiah sie mied und nicht mal ansah, wenn er nicht musste.

Er arbeitete mit Benedict hart daran, weitere Bodenfläche zu roden. Eines Morgens schien er schon vom Aufstehen an übel gelaunt zu sein. Er nörgelte darüber, wie Liza kochte, dann schob er sein Frühstück von sich und schimpfte darüber, mit welchem Fraß er in diesem verfluchten Höllenloch auskommen musste, bevor er sich zu den Feldern davonschleppte. Am Nachmittag kam er früher als sonst zurück, wusch sich mit der gewohnten Sorgfalt und holte eine seiner kostbaren Flaschen Brandy hervor. Liza sah Dinny an, verdrehte die Augen und ging ihm aus dem Weg.

Er nahm die Flasche mit nach draußen, setzte sich auf einen der von Baumstämmen abgesägten Klötze, die sie als Hocker benutzten, lehnte sich an einen Baum und starrte ins Leere, während er aus einem edlen Kristallglas an seinem Brandy nippte. Einmal verbarg er das Gesicht lange hinter dem Arm.

Liza spähte immer wieder besorgt durchs Fenster hinaus, denn so niedergeschlagen hatte sie ihn noch nie erlebt.

»Er ist ein sehr unglücklicher Mann«, meinte Dinny leise und stellte sich neben sie.

»Ja. Richtig glücklich habe ich ihn noch nie gesehen.«

»Das wird er auch nie sein. Über ihm schwebt eine Dunkelheit.«

Mit einem Seitenblick stellte Liza fest, dass ihre Freundin ebenfalls ins Leere starrte, als könnte sie Dinge jenseits der Schatten erkennen. Unwillkürlich schauderte sie. In der Luft schien etwas Düsteres und Bedrohliches zu liegen. Um sich abzulenken, putzte Liza gründlich das Haus, obwohl sie sich an dem Tag müder als sonst fühlte.

Josiah blieb die ganze Zeit draußen und rührte sich nicht, schaute nicht mal herüber. Als die Dämmerung anbrach, verweigerte er das Essen und hatte den Großteil des Brandys geleert.

Bevor Liza zu Bett ging, trat sie an die Tür und rief: »Gute Nacht, Josiah.« Er drehte weder den Kopf noch erwiderte er etwas, sondern starrte weiter in die Dunkelheit, als verbärge sich außerhalb des Lichtkegels vom Haus etwas, das nur er sehen konnte. Wieder schauderte Liza, bevor sie sich in ihr Schlafzimmer begab.

Obwohl sie sonst nie Mühe hatte, einzuschlafen, fand sie diesmal keine Ruhe. Sie wünschte, Dinny würde noch das Bett mit ihr teilen, denn es fühlte sich tröstlich an, nachts einen warmen Körper neben sich zu spüren. Aber Josiah hatte es nicht geduldet, deshalb schlief Dinny mittlerweile in einer Ecke des Wohnzimmers und rollte ihr Bettzeug tagsüber ein.

Plötzlich schnappte Liza erschrocken nach Luft, als ihr gesamter Bauch erstarrte. Als sie mit den Händen darüberstrich, fühlte sich das normalerweise so weiche Gewebe hart wie ein Brett an. Sie verspürte nicht wirklich Schmerzen, empfand es allerdings als unangenehm. Und sie wusste, was es bedeutete – das Baby war im Anmarsch. Endlich! Als sich die Bauchmuskeln wieder entspannten, seufzte sie vor Erleichterung gedehnt und tätschelte die mächtige Erhebung, die sie seit einer gefühlten Ewigkeit begleitete. »Wir schaffen das, mein Schatz«, flüsterte sie. »Du und ich.«

Sie wusste, dass es eine Weile dauern konnte, bis es so weit wäre. Zwar fing sie an, ihre Sachen vorzubereiten, rief Dinny jedoch vorerst nicht zu Hilfe. Allerdings wurden die Krämpfe schneller als erwartet stärker. Als ein besonders stechender Schmerz durch ihren Leib zuckte, konnte sie sich ein Stöhnen nicht verkneifen und rief: »Dinny!« Aber sie bekam keine Antwort.

Sie brach auf, um nach ihrer Freundin zu sehen, fand das Bett aber verwaist vor. Manchmal ging Dinny nachts hinaus und spazierte durch den Wald, eine Freiheit, um die Liza sie beneidete. Josiah würde einen Anfall bekommen, wenn sie es versuchte.

Plötzlich fürchtete sie sich. Was, wenn sie wie ihre Mutter war? Was, wenn sie bei der Geburt *stürbe?* Als sie in Josiahs Zimmer spähte, war auch er nicht da, und sie musste ein Schluchzen zurückdrängen. Sie brauchte Hilfe. Wo steckten die beiden?

Als Liza hinausschaute, sah sie ihn ausgestreckt unter dem Baum liegen, wo er zuvor getrunken hatte. Sie wartete, bis eine weitere Wehe verging, dann schleppte sie sich hinüber und schüttelte ihn. »Jos, ich bekomme das Baby. Kannst du bitte losgehen und Dorothy holen?«

Aber er rührte sich nicht, lag nur neben dem umgekippten Hocker und atmete so laut, dass es fast wie ein durchgehendes grollendes Schnarchen klang.

Liza schüttelte ihn erneut, änderte damit jedoch nur kurz das Muster der Geräusche. Wieder fuhren Schmerzen durch sie, so heftig, dass sie sich an den Baum lehnen musste und ängstlich stöhnte. Niemanden würde ihr beistehen. Sie würde mutterseelenallein sterben.

Mittlerweile schluchzend wandte sie sich zurück zum Haus, stolperte aber und fiel auf die Knie. Dann schlang jemand einen Arm um sie. Als sie Dinny neben sich erblickte, schluchzte sie erneut laut auf, diesmal vor Erleichterung, und sie klammerte sich am Arm ihrer Freundin fest. »Das Baby kommt!«

Nachdem Dinny ihr ins Bett geholfen hatte, hob sie Lizas Rock an und untersuchte sie. Dabei schien sie genau zu wissen, was sie tat. Sie lächelte. »Und schnell kommt es auch noch. Du hast Glück.«

»Glück? *Oooh!*« Als die nächste Wehe vorüber war, lag Liza mit einem Arm über den Augen da. Plötzlich wusste sie, wen sie brauchte. »Bitte, Dinny, gehst du Benedict holen?«

»Du willst einen *Mann* hier haben?«

Liza brach in Tränen aus. »Ich will Benedict. Ich brauche ihn. *Bitte!*«

Dinny schüttelte zwar missbilligend den Kopf, aber sie eilte aus dem kleinen Haus in die warme, stille Nacht, wich dem bewusstlosen Josiah mit einem verächtlichen Blick aus und rannte dann mit federnden Schritten durch den in Mondlicht getünchten Wald.

Allein geriet Liza in Panik, als die nächste Wehe einsetzte. Zwischen ihrem Schluchzen flehte sie das Baby in Gedanken an, noch zu warten, bis Benedict eingetroffen wäre. Für sie bestand keinerlei Zweifel daran, dass er kommen würde, um ihr zu helfen. Nur würde er es rechtzeitig schaffen?

Nach den nächsten beiden Wehen hörte sie zu weinen auf, lag da und beobachtete, wie eine große Motte vor dem mit Musselin verhangenen Fensterrahmen flatterte. Die leisen Geräusche der Nacht säuselten durch das Haus und beruhigten sie.

Die nächsten stechenden Schmerzen überraschten sie, aber sie presste den Mund zu und versuchte, sie zu ertragen, stöhnte nur leicht, als sie anschwollen und schließlich wieder abflauten.

Die Krämpfe traten in immer kürzeren Abständen auf. Tatsächlich schien alles wesentlich schneller als je bei ihrer Mutter abzulaufen. Mühsam schälte sie sich aus ihrem gewöhnlichen Nachthemd und schlüpfte in das kürzere, das sie für die Geburt bereitgelegt hatte. Nach der Anstrengung atmete sie schwer.

Die Minuten zogen sich quälend hin, und eine Wehe nach der anderen rollte über sie hinweg. Dann hörte sie jemanden auf das Haus zurennen. Als Liza aufschaute, erblickte sie Benedict keuchend an der Tür und Dinny hinter ihm. Sie streckte die Arme nach ihm aus, so erleichtert, dass sie wieder und wieder seinen Namen rief.

Er eilte zu ihr, hielt sie fest und strich ihr das feuchte Haar aus der Stirn. »Wie schlimm ist es, Liebes?«

Bei den Worten schaute Dinny mit scharfem Blick zwischen den beiden hin und her, doch sie bemerkten es nicht. Als Liza stöhnte, schob Dinny ihn sanft zur Seite und untersuchte sie erneut.

»Draußen habe ich Josiah gesehen. Dinny sagt, er ist betrunken.« In Benedicts Stimme schwang unüberhörbare Verachtung mit.

»Er hat nicht gewusst, dass es losgeht. Bevor die Wehen eingesetzt haben, war er schon weggetreten«, stieß Liza japsend hervor, als abermals pulsierende Schmerzen ihren Körper durchliefen, diesmal anders als zuvor.

Dinny stupste ihn. »Sie muss sich aufsetzen.«

Er sah sie an. »Du weißt, was du tust?«

»Oh ja. Meine Mutter hat Frauen geholfen, ihre Kinder zu bekommen. Sie hat es mir beigebracht, damit ich einmal Arbeit finden würde.«

Trotzdem blieb Benedict besorgt und wusste nicht recht, wie sehr er ihr vertrauen sollte. Er wandte sich an Liza. »Darf ich bleiben und helfen? Es kann nicht so viel anders als bei Tieren sein. Und damit habe ich reichlich Erfahrung.«

»Ich will sogar, dass du bleibst. Ich brauche dich. Ist das in Ordnung für dich?«

Einen Moment lang sahen sie sich gegenseitig tief in die Augen, und alle Barrieren zwischen ihnen fielen.

»Für dich würde ich alles tun«, sagte er in sanftem Ton. »Das weißt du, oder?«

»Ja.« Während Liza eine weitere Wehe ertrug, hielt Benedict ihre Hand, und sie verspürte reine Freude. Er empfand etwas für sie – dasselbe wie sie für ihn. Vorläufig genügte das. Es verlieh ihr Mut und Hoffnung. Und plötzlich war sie ungemein froh, dass Josiah nicht bei ihnen war.

Dann verlor sie sich im verzweifelten Verlangen, zu entbinden. Als die Wehen immer heftiger über sie hereinbrachen, ließ sie sich von ihrem Körper leiten. Als Dinny es verlangte, kauerte sie sich hin. Manchmal umklammerte sie Benedicts Hand, blind für alles außer dem Drang, ihr Kind auf die Welt zu bringen.

Als die Schmerzen plötzlich verflogen, blinzelte sie und öffnete zum ersten Mal seit Längerem die Augen. Dinny half ihr aufs Bett. Benedict tauchte über ihr auf und hielt etwas in ein Handtuch Gewickeltes in den Armen. Etwas, das sich wand und weinte. »Du hast eine Tochter, Liza.«

Einen Moment lang starrten beide das winzige Bündel an. Dann liefen Liza Freudentränen über die Wangen. »Geht es ihr gut?«

Seine Stimme klang belegt vor Emotionen. »Sie ist perfekt.«

Eine Atmosphäre des Staunens beherrschte den Raum, als Liza in ein zerknittertes Gesichtchen mit einem Schopf dunkler Haare hinabblickte. Sie hörte die leisen, schniefenden Atemzüge des Säuglings. Und als sie die kleine Hand berührte, schlossen sich die Fingerchen um ihren Zeigefinger, und innige Liebe breitete sich in ihrem Herzen aus. »Eine Tochter«, hauchte sie ehrfürchtig. »Ich habe eine Tochter.«

»Sie ist wunderschön«, flüsterte Benedict, ohne zu bemerken, dass auch ihm Tränen über die Wangen kullerten. »Oh Liza, sie ist so wunderschön.«

Ihre Blicke begegneten sich, und einen Moment lang fühlte es sich an, als wären sie eine Familie, er der Vater, sie die Mutter, zwischen ihnen ihr neugeborenes Kind. Dann kehrte die Wirklichkeit zurück. Liza holte tief und zittrig Luft, bevor sie sich die Worte abrang: »Ich hoffe, Josiah wird sie mögen.«

Benedict wich bei der Äußerung ein wenig zurück, und Liza wusste, dass der Herzschlag ihrer Verbindung verflogen war. Sie war nicht mit diesem Mann verheiratet. Und obwohl sie ihn liebte, konnte sie sich dem Gefühl nicht hingeben. Aber zumindest hatte sie nun ihre Tochter. Tränenreich lächelte sie auf den Säugling hinab und wisperte: »Catherine. Ich werde dich Catherine Mary nennen.«

»Dann überlasse ich es mal Dinny, dir zu helfen.« Benedict ging nach draußen. Sein Blick fiel auf Lizas sogenannten Ehemann, der schnarchend auf der Lichtung lag – auf den Mann, der versprochen hatte, sich um sie zu kümmern, und sie dann sich selbst überlassen hatte. Da überkam ihn solche Wut, dass er den unbändigen Drang verspürte, irgendetwas zu unternehmen. Er stapfte hinüber, schüttelte ihn heftig und brüllte: »Wach auf! Verdammt noch mal, wach auf!« Aber Josiah stöhnte nur und wandte sich ab. Benedict ließ den schlaffen Körper zurück auf den Boden sacken. »Sie brauchte dich!« Die Worte troffen vor loderndem Zorn. »Verflucht noch eins, sie verlangt so wenig, und du lässt sie sogar dabei im Stich.« Danach ließ er Josiah liegen und trat langsam den Rückweg durch den vom Mond erhellten Wald zu seiner eigenen winzigen Hütte an.

Noch nie zuvor hatte es sich dort so einsam angefühlt. Benedict ging nicht mehr aus dem Kopf, wie sehr er Liza liebte. Das ganze Ausmaß war ihm vor dieser Nacht nicht bewusst gewesen. Sie mochte mit einem anderen Mann vermählt sein, er mit einer anderen Frau, doch beides änderte nichts an der Tiefe seiner Gefühle. Tränen liefen ihm über die Wangen. Als er sie wegwischte, verblieb eine an seinem Finger und funkelte kurz im Mondlicht. »Oh, Liza, Liza. Was für ein Schlamassel das alles ist!«, murmelte er mit brüchiger Stimme. »Warum nur bin ich so überstürzt eine lieblose Ehe eingegangen?«

Er legte sich aufs Bett, fand jedoch keinen Schlaf.

Sobald es hell wurde, marschierte er hinüber zu Dorothy und teilte ihr mit, dass Liza entbunden hatte. Zu seiner Erleichterung versprach sie ihm, sie zu besuchen.

»Ist ja lächerlich, was für Aufhebens wegen ihr gemacht wird!«, kam gehässig von Kitty. »Wisst ihr, Frauen ihres Stands bekommen Babys sehr leicht.«

Man musste Benedict die Abscheu über ihre boshaften Worte angesehen haben, denn sie errötete heftig und verschwand in die Küche, die Miene so unglücklich und mürrisch, wie er es von Josiah kannte.

Dorothy begleitete ihn zur Eingangstür. »Mach dir keine Gedanken. Ich gehe gleich nach dem Frühstück zu ihr.«

»Sie hat nur ihr Dienstmädchen«, erwiderte Benedict besorgt. »Josiah ist so nutzlos, als wäre er überhaupt nicht da.«

»Also, mir scheint Dinny eine sehr tüchtige junge Frau zu sein. Sie und Liza verstehen sich gut.«

Er seufzte. »Ich weiß, dass sie tüchtig ist. Trotzdem mache ich mir einfach Sorgen um Liza. Vor allem jetzt.«

»Du kannst aber nichts tun. Sie hat einen Ehemann.«

Als Dorothy ihm mütterlich die Wange tätschelte, erkannte Benedict, dass man ihm seine Gefühle anmerkte. »Ich weiß, dass ich keine Rechte habe.«

»Freunde haben immer das Recht, sich gegenseitig zu helfen.«

Er rang sich ein Lächeln ab. »Ich gehe dann mal wieder nach Hause.«

Unterwegs beschloss er, mehr Land urbar zu machen und zu schuften, bis seine Hände bluteten, sein Rücken zu brechen drohte, seine Muskeln nach einer Pause brüllten. Nur half alles nichts. Wohin er sich auch wandte, sah er Lizas freudestrahlendes Gesicht und das winzige, so zierliche und wunderschöne Baby in ihren Armen. Und der Kummer darüber, dass nicht er derjenige sein konnte, der sich um die beiden kümmerte, drohte ihn weinend und schluchzend in die Knie zu zwingen.

Josiah erwachte mit schmerzhaft pochendem Schädel und einem üblen Geschmack im Mund. Stöhnend hob er den Kopf. Als er auf seine zerknitterte Kleidung hinabblickte und ihm der saure Schweiß an seinem Körper in die Nase stieg, überkam ihn Abscheu. Was war nur in ihn gefahren, dass er so viel getrunken hatte? Und dann die ganze Nacht draußen wie ein Säufer? Was würde Catherine von ihm halten? Er zuckte zusammen. Warum dachte er immer zuerst an sie? Mittlerweile sollte es Liza sein, nicht mehr Catherine. Er war mit einer dummen, ahnungslosen kleinen Dienstmagd verheiratet, die kaum lesen konnte, nicht mit einer Dame von Stand.

Wenigstens fühlte er sich von seiner Verbitterung und Sehnsucht befreit – vorerst jedenfalls. Da von Liza jede Spur fehlte, rappelte er sich auf, stieß einen am Baum lehnenden Spaten um und fluchte, als er darüber stolperte.

Dinny kam an die Tür der Hütte. »Das Baby ist da.«

Abrupt hielt er inne und konnte nicht glauben, was er gehört hatte. »Wie bitte? Was hast du gerade gesagt, Mädchen?«

Sie sah ihn missbilligend an. »Das Kind ist in der Nacht auf die Welt gekommen.«

»Und Liza?« War sie gestorben? Oh Himmel, bitte nicht! Überrascht stellte Josiah fest, dass er trotz all ihrer Unzulänglichkeiten nicht ohne sie sein wollte. Einen Moment lang konnte er sich nicht rühren, nur erneut und eindringlicher fragen: »Geht es … geht es Liza gut? Jetzt sag es mir schon, verdammt!«

Dinny nickte. »Natürlich. Sie ist jung und stark. Dem Kind geht es auch gut.«

Erleichterung durchflutete ihn. Auf steifen Beinen stolperte er zur Hütte und schob Dinny beiseite. Als er am Eingang zum Schlafzimmer stand, verlieh ein durchs Fenster einfallender Sonnenstrahl dem Raum die Atmosphäre einer Kirche, eines Heiligtums. Ein Eindruck, den Lizas Anblick verstärkte, denn sie schlief friedlich im Bett, ausnahmsweise ruhig, statt voller Tatendrang herumzufuhrwerken, zu summen und zu plappern. Neben ihr auf dem Boden befand sich eine Schublade mit einem Bündel darin.

In dem Bündel rührte sich etwas. Auf Zehenspitzen schlich Josiah neben das Bett. Als er auf das Kind hinabschaute, stockte ihm der Atem – so winzig und rosa, der Kopf kleiner als seine Hand. Es schlief, und als er sich vorbeugte, konnte er leise Atemzüge hören, während sich die Brust hob und senkte. Ein Gefühl der Ehrfurcht bemächtigte sich seiner. Er wusste nicht, ob es sich um einen Jungen oder ein Mädchen handelte, doch das spielte keine Rolle. Was immer es sein mochte, er konnte Anspruch darauf geltend machen. Er hatte nie mit dem Privileg gerechnet, Vater zu werden. Und nie geahnt, wie sehr ihm die Vorstellung gefallen würde.

Josiah griff nach dem Säugling, hob ihn unendlich vorsichtig heraus, bettete ihn an seine Brust und stützte das Köpfchen, wie er es bei Frauen gesehen hatte. Das Kind wachte auf, rührte sich, schniefte und suchte nach etwas zum Saugen. Dann schlug es blinzelnd die Augen auf und starrte zu ihm hoch. Dorothy hatte ihm erklärt, dass Neugeborene mehrere Wochen lang nicht richtig sehen konnten. Dennoch fühlte es sich für ihn an, als sähe ihn das Kind direkt an, blickte in sein Herz und ergriffe es.

»Sie ist wunderschön, nicht wahr?«

Beim Klang von Lizas Stimme drehte er sich um und lächelte. »Und wie. Ein Mädchen also?«

»Ja.«

Er trat einen Schritt vor. »Liza, es tut mir leid, dass ich

dich im Stich gelassen habe. Ich schäme mich zutiefst für mein Verhalten gestern Abend.«

»Ich hatte Dinny – und Benedict.«

Abrupt wurde Josiahs Stimme wieder scharf. »Caine war hier? Zur Geburt?«

»Ja. Dinny hat ihn für mich geholt.«

Eifersucht breitete sich durch ihn aus. »Hätte sie nicht Dorothy holen können?«

»Dorothy versteht nichts von Entbindungen.«

»Und er schon?«

»Er ist Bauer – also hat er bei seinen Tieren ständig damit zu tun. Und er war mir ein großer Trost.«

»Verflucht soll er sein!«

»Warum sagst du das?«

»Weil …« Als er den entsetzten Ausdruck in ihrem Gesicht bemerkte, brachte er es nicht übers Herz, das zu sagen, was er eigentlich wollte. Stattdessen entschied er sich für einen Kompromiss. »Weil ich wünschte, ich wäre statt ihm dabei gewesen.«

»Oh. Aber dir hat nicht gefallen, wie mein …« Sie sprach nicht weiter, sondern deutete mit den Händen eine mächtige Erhebung über ihrem nunmehr flachen Bauch an.

Josiah errötete. Sie hatte recht.

Liza sah keinen Sinn darin, auf ihren Problemen herumzureiten, also rang sie sich ein Lächeln ab. »Wie auch immer, jetzt ist es vorbei, und ich hatte Glück – es ist schnell und ohne Schwierigkeiten gegangen.«

»Gut.«

Das Baby begann zu weinen, löste damit die Anspannung auf und bewies lautstark, dass der kleinen Lunge nicht das Geringste fehlte.

»Gib sie mir.« Liza knöpfte das Nachthemd auf. Mittendrin errötete sie, weil Josiah sie beobachtete, obwohl sie es sonst stets vermieden, sich voreinander zu entblößen. Tja, in dem Fall ließ es sich nicht verhindern. Sie nahm die Kleine von ihm entgegen, legte sie sich an die Brust und lächelte darüber, wie schnell der Instinkt der Nahrungsaufnahme funktionierte. Liza vergaß Josiah, vergaß alles und schloss die Augen angesichts der sie durchströmenden Glücksgefühle, während das Kind saugte.

Er stand wie gebannt da und sah zu, denn dieses winzige neue Leben schien ihm das Kostbarste zu sein, was er je gesehen hatte.

Nach einer Weile schaute Liza auf und sagte leise zu ihm: »Sie heißt Catherine.«

»Ein perfekter Name. Catherine. Obwohl wir sie Cathie nennen werden, oder?« Nur nicht Cat. Niemals Cat. »Und vielleicht auch Sophia nach meiner Mutter?«

Darüber schüttelte Liza entschieden den Kopf. »Nein. Catherine Mary. Nach *meiner* Mutter.« Plötzlich konnte sie ein Schluchzen nicht zurückhalten.

»Was ist denn?« Josiahs Stimme klang sanft.

»Ich wünschte nur, ich könnte ihr sagen, dass sie eine Enkelin hat. Aber selbst, wenn ich ihr schreibe, wird sie Cathie nie zu Gesicht bekommen.« Liza blickte nach unten. »Und ich frage mich, was das Leben für die Kleine bereithalten mag. Hoffentlich ist ihr ein Glücklicheres vergönnt als mir.«

Ein ungewöhnlicher Beschützerinstinkt regte sich in Josiah. »Dein Leben hat gerade erst begonnen, Liza. Achtzehn ist noch sehr jung. Und ich bin sicher, es wird sich alles zum Besseren wenden – für uns beide.«

»Ich bin inzwischen neunzehn.«

»Du hast mir gar nicht gesagt, wann dein Geburtstag ist.«

»Hätte es dich denn interessiert?« Sie dachte laut nach, nahm ihn nur halb wahr. »Neunzehn mag nicht wirklich alt sein, aber manchmal fühle ich mich, als hätte ich schon tausend Jahre auf dem Buckel. Als hätte mich das Leben gequetscht, bis es überall schmerzt, und mich dann beiseite geworfen.« Plötzlich fühlte sie sich von Elend überwältigt, nicht nur wegen ihres bisherigen Daseins, sondern auch, weil ihr Benedict fehlte. Sie wollte *ihn* bei sich haben, nicht Josiah.

Ihr Ehemann berührte sanft ihre Hand. »Es wird alles besser werden.« Mit verächtlicher Miene deutete er um sich herum. Als er wieder auf das Kind hinabblicke, schlug der Ausdruck in einen um, der von Hoffnung und Erstaunen zeugte, eine Seltenheit bei ihm. »Eines Tages verdiene ich genug, um dir ein leichteres Leben zu ermöglichen. Mit Bediensteten für die schweren Arbeiten. Es wird nicht immer so sein wie jetzt, das verspreche ich dir. Und wir sorgen dafür, dass Cathie einmal ein glücklicheres Leben als wir beide hat.«

»Ich brauche weder Bedienstete noch Geld, um glücklich zu sein, Josiah. Ich brauche Zuneigung und … und Gesellschaft.« Tränen traten Liza in die Augen. Er nahm sie nicht tröstend in die Arme, wie es wohl jeder andere getan hätte, sondern bewarf sie lediglich mit Worten.

»Aus dir spricht nur die Erschöpfung nach der Geburt. Meine beiden Schwägerinnen haben sich danach auch eine Zeit lang elend gefühlt und schließlich davon erholt. Bestimmt wird es bei dir genauso sein.« Er hatte sie bei der Arbeit summen und singen gehört und gesehen, wie erfüllt von Licht sie war, während er stets tiefe Dunkelheit in sich spürte. Josiah hatte nicht nach England gepasst, und er passte auch nicht an diesen Ort. In Wahrheit konnte er sich nicht vorstellen, in diesem Leben wie erhofft erfolgreich zu werden und in eine angenehmere Umgebung zu ziehen. Vor ihm lagen nur endlos harte Arbeit und ein primitiver Lebensstil. Die Bestrafung seines Vaters zeigte tiefe Wirkung.

Als er durch das dumme, mit Musselin verhangene Fenster schaute, merkte er sich vor, unbedingt Glas zu beschaffen, obwohl es vor dem nächsten Winter nicht mehr kälter werden würde. Draußen sah er weit und breit nur Bäume. In jeder Richtung überschatteten sie alles, schnitten ihn von der Sonne und vom Leben ab, gebaren Düsterkeit und Verzweiflung. Nur auf dem gerodeten Land, wo er freien Himmel über sich hatte, fühlte er sich ein wenig besser.

Josiah verspürte Erleichterung, als er jemanden kommen hörte. Liza und er waren für immer aneinander gebunden, aber er konnte mit ihr weder über seine Gefühle sprechen, noch fühlte er sich lange in ihrer Gesellschaft wohl.

Dorothy eilte ins Haus herein. »Du hättest mich gestern Nacht holen lassen sollen.« Mit strahlender Miene betrachtete sie das Baby. »Du meine Güte, was ist sie bezaubernd!«

»Ich hatte Dinny. Und sie war wunderbar. Sie hat genau gewusst, was es zu tun galt.«

Als Cathie genug zu sich genommen hatte, ließ Liza sie von Dorothy nehmen und ihr die Windel wechseln. Sie fühlte sich müde und litt während der ersten Tage unter Stimmungsschwankungen – in der einen Minute überglücklich, in der nächsten weinte sie hemmungslos in ihr Kissen. Dinny meinte, das wäre völlig normal und hieße bei ihrem Volk »Muttertränen«.

Für Liza fühlte es sich überhaupt nicht normal an. Ihr Leben hatte sich in einen fürchterlichen Schlamassel verwandelt. Aber sie konnte nur noch dem Weg folgen, auf den Catherine sie gedrängt hatte. Zuneigung der Art, wie sie normalerweise zwischen Eheleuten bestand, würde es für Josiah und sie nicht geben. Und Liza konnte sie sich auch nicht bei Benedict holen. Aber wenigstens konnte sie ihn weiterhin sehen, mit ihm reden, in seiner Nähe sein. Das würde ein Trost für sie sein. Und ihre kleine Tochter ein weiterer.

Während sie auf den mittlerweile eingedösten Säugling hinabblickte, vergoss sie noch ein paar Tränen, bevor sie selbst einschlief.

»Sie tut sich leicht beim Gebären«, sagte Dinny zu Dorothy. »Ich glaube, sie wird noch viele Kinder bekommen.«

Dorothy konnte ihren Optimismus nicht teilen. Nicht bei

einem Ehemann wie Josiah. »Ich bin froh, dass alles gut gegangen ist. Der Rest ihres Lebens ist alles andere als leicht.«

KAPITEL 15

Josiah konnte sich erst einige Monate nach Cathies Geburt dazu durchringen, seinem Vater zu schreiben. Natürlich wollte er das Geld einfordern, aber ihm widerstrebte der Gedanke an jeglichen Kontakt mit dem Tyrannen, der ihn alles gekostet hatte, was er liebte, und der Catherines letzte Wochen so elend gestaltet hatte. Im April 1858 jedoch schlenderte er eines Abends hinüber zu Benedict.

»Ich habe es dir bisher nicht gesagt, aber mein Vater hat mir fünfhundert Pfund für die Geburt meines ersten Kinds geboten.«

Benedict starrte ihn an, bevor er leise sagte: »Aber du hast kein Kind.«

»Ich betrachte Cathie als mein Kind. Für die Welt ist sie das. Nur wird *er* mir nicht glauben, dass es sie gibt. Würdest du einen Brief schreiben, der meine Behauptung stützt?«

»Du meinst, ich soll lügen?«

»Nenn es, wie du willst.« Josiah wartete kurz, bevor er mit einem höhnischen Seitenblick hinzufügte: »Das Geld kann für Lizas Leben und Zukunft eine Menge bewirken.«

Benedict musterte ihn und fragte sich, wie viel Josiah von seinen Gefühlen für Liza ahnte. »Ich denke darüber nach.«

Damit musste sich Josiah zufriedengeben. Allerdings wurde er in den nächsten Tagen so reizbar, dass Liza und Dinny ihm bestmöglich aus dem Weg gingen.

Am Morgen fünf Tage später stattete Benedict den Ludlams einen Besuch ab. Dort fand er Liza vor, die leise vor sich hin summte, während sie die Bank draußen schrubbte, auf der sie Essen zum Kochen vorbereitete.

»Du klingst glücklich«, stellte er fest.

Sie drehte sich um und lächelte ihn an. »Das bin ich. Obwohl ich glaube, dass Cathie zahnt. Sie ist in letzter Zeit so unruhig. Und sieh dir nur ihr armes Bäckchen an.«

Er trat zu der improvisierten Wiege, in der die Kleine neben ihrer Mutter lag, und betrachtete das Mädchen. Seit er die Geburt miterlebt hatte, empfand er eine besondere Verbindung zu ihr. »Die Arme.« Er schaute zur Mutter auf, die ebenfalls auf die Wiege hinablächelte. »Hält sie dich wach?«

Liza zuckte mit den Schultern. »Ein bisschen. Macht mir aber nichts aus. Ihr Zahnfleisch muss wehtun. Nur Josiah ist durch die unruhigen Nächte ziemlich griesgrämig.«

»Wird er das oft?«

Sie nickte. »Oh ja. Er zeigt es nicht so sehr, wenn andere in der Nähe sind, aber an manchen Abenden verliert er kaum ein Wort.« Sie wrang ihren Lappen aus und begutachtete zufrieden das Ergebnis ihrer Bemühungen, bevor sie nachdenklich meinte: »Aber so zu leben, drückt zwangsläufig auf seine Stimmung. Und ich weiß, dass er nicht viel Geld übrighat. Ich wünschte ...« Sie ließ den Satz unvollendet und zuckte mit den Schultern. »Was nützt es schon, sich etwas zu wünschen? Man muss einfach das Beste aus dem machen, was man hat.«

»Wo ist er jetzt?«

»Er ist nach Mandurah geritten, um Vorräte zu kaufen. Vor dem Abend wird er nicht zurück sein.« Und er würde weitere Flaschen Rum in den Satteltaschen haben.

»Dann komme ich später vorbei, um mit ihm zu reden.« Für Liza würde er Josiahs Wunsch erfüllen. Und für das Kind.

An jenem Abend begrüßte Josiah ihn steif.

»Ich mache es«, teilte Benedict ihm mit.

»Das sind gute Neuigkeiten. Meinen verdammten Brief habe ich schon geschrieben.«

»Zeig ihn mir besser. Ich will in meinem nichts schreiben, was deinem widerspricht.«

Josiah holte ein einzelnes Blatt Papier hervor und reichte es ihm mit einer spöttisch schwungvollen Geste. »Mein allererstes Sendschreiben an meinen Vater, seit ich hier bin. Und ich wünschte, es könnte das letzte sein.«

Nachdem Benedict den Brief gelesen hatte, sah er Josiah verwirrt an. »Solltest du ihm nicht von Catherines Tod erzählen?«

»Warum?«

»Na ja, ihre Familie hat ein Recht darauf, es zu erfahren, oder?«

Josiahs Lächeln wurde höhnisch. »Die werden glücklicher sein, wenn sie glauben, dass sie noch lebt. Außerdem wird mein Vater das Geld eher bezahlen, wenn er denkt, dass es Cat zugutekommt.«

Mit gerunzelter Stirn las Benedict den Brief erneut. »Mir gefällt dieser zusätzliche Schwindel nicht.«

»Muss er auch nicht!«

Liza hatte bisher still am Feuer gesessen. An der Stelle jedoch meldete sie sich zu Wort: »Ich finde, du solltest es ihrer Familie mitteilen, Josiah. Es ist nicht fair, sie in dem Glauben zu lassen, dass sie noch lebt!«

Er drehte sich ihr zu. »Nun, das sehe ich anders. Und zufällig kenne ich sie alle wesentlich besser als du. Der alte Rawley ist ein bösartiger Widerling, fast so sehr ein Tyrann wie mein Vater. Weißt du, er war rundum glücklich damit, seine einzige Tochter nach Australien ziehen zu lassen, weil für ihn nur der Sohn zählt. Cat hat ihn gebeten, meinen Vater zu überreden, uns nicht so weit wegzuschicken. Er hat sich geweigert und gemeint, es könnte ein Aufstieg für mich werden. Wohl eher ein Abstieg. Und glaubst du, sie wären erfreut zu erfahren, dass ich ein *Dienstmädchen* geheiratet habe? Nach Cat? Denkst du, mein Vater würde so viel Geld für das Balg einer Bediensteten ausspucken? Würde er nicht, da bin ich verdammt sicher.«

»Rede nicht so mit Liza!«, herrschte Benedict ihn an, der den verletzten Ausdruck in ihren Augen nicht leiden konnte.

Josiah wirbelte herum und wirkte in seiner Wut beinah wie ein Wahnsinniger. »Ich rede mit ihr, wie es mir gefällt. Sie ist *meine* Frau, nicht deine, und das Balg trägt meinen Namen. Dafür schuldet sie mir uneingeschränkte Loyalität und Dankbarkeit. Und ich wüsste nicht, welchen Grund zur Klage sie hätte.«

Liza senkte den Kopf über ihre Näharbeit.

Benedict konnte sehen, wie ihre Hände zitterten, aber er wusste, dass es besser war, sie nicht zu trösten. Da er nicht still sitzen konnte, stand er auf und lief rastlos hin und her. Lizas betrübte Miene bewog ihn, bei seiner Zusage zu bleiben. Wenn er ablehnte, würde sie die volle Wucht von Josiahs Launen zu spüren bekommen. Und was machte es schon, wenn Saul Ludlam über den Tisch gezogen wurde? Der Mann hatte rein gar nichts getan, um sich die Liebe seiner Kinder zu verdienen. Wahrscheinlich würde er es nie erfahren.

Benedict hatte sich in Australien niedergelassen und lernte allmählich, das Land zu lieben, das er dem Wald abrang. Aber wie Josiah vermisste er Lancashire manchmal sehr. Und vor allem hegte er einen bitteren Groll darüber, dass er wegen der Launen eines arroganten alten Mannes an dem Ort gelandet war. Wenn er Liza reden hörte, überkam ihn manchmal überwältigendes Heimweh, weil ihr Akzent und ihre kleinen Redewendungen ihn an das Lancashire erinnerten, das er kannte, nicht an die steife, verlogene Welt der Ludlams und Rawleys. Und obwohl sich ihre Sprechweise unter Josiahs Einfluss veränderte, würde in ihrer Stimme wohl immer ein Echo von Lancashire mitschwingen. Ähnlich stand ihr gesamtes Wesen für die unerschütterliche Entschlossenheit der gewöhnlichen Menschen in Lancashire, etwas aus sich zu machen.

»Na schön«, sagte er kurz angebunden. »Ich schreibe deinem Vater. Aber ohne unverhohlene Lügen. Ich bringe den Brief morgen herüber.«

Josiah lächelte ihn an. »Danke.« Liza würdigte er keines Blickes, geschweige denn, dass er sich für seine Unhöflichkeit bei ihr entschuldigte.

Nachdem Benedict gegangen war, legte sie die Näharbeit beiseite. »Ich bin müde. Ich denke, ich gehe jetzt ins Bett.«

»Willst du nicht sehen, was ich geschrieben habe?«, fragte er spöttisch.

»Nein.«

Also teilte er seine Freude nur mit einer Flasche des neuen Rums.

Im September 1858, über ein Jahr, nachdem er Josiah weggeschickt hatte, legte Saul Ludlam Messer und Gabel beiseite und betrachtete die Umschläge auf dem Silbertablett neben ihm. Mit zusammengekniffenen Lippen stellte er fest, dass sich darunter ein Brief von seinem jüngsten Sohn befand. Die Handschrift war unverwechselbar – zu groß, zu rund. In seinen Augen kindlich. Es war der erste Brief, der von Josiah seit seinem Aufbruch nach Australien eintraf, und Saul war sich alles andere als sicher, ob er ihn öffnen wollte.

Mürrisch trug er dem Dienstmädchen auf, die Briefe in sein Arbeitszimmer zu bringen, ehe er das Frühstück fortsetzte, seinen Teller leerte und kein Wort mit seinen Söhnen sprach, die diese frühe Mahlzeit immer mit ihm zusammen einnahmen.

Kaum hatte ihr Vater den Raum verlassen, fragte Matthew: »Was hat die Gewitterwolken diesmal ausgelöst?«

Isaac warf einen Blick über die Schulter, um sich zu vergewissern, dass ihr Vater sie nicht hören konnte. »Da war ein Brief von Jos dabei. Seine Handschrift würde ich überall erkennen.«

Matthew schnaubte zornig. »Tja, hoffen wir, dass keine schlechten Neuigkeiten drinstehen.«

»Ich bin froh, dass Mutter nicht hier war und ihn gesehen hat. Vater wird bestimmt überprüfen, ob er auch nichts enthält, das sie … aufregen könnte, bevor er ihn ihr zeigt.«

»Ihr fehlt Jos. Sie weint ihm immer noch nach.«

Beiden widerstrebte, dass er der Liebling ihrer Mutter war. Sie hatte nie die Hoffnung aufgegeben, von ihm zu hören, obwohl seit seiner Abreise anderthalb Jahre ins Land gezogen waren.

Nach kurzem Zögern murmelte Isaac: »Aber ich hoffe, Jos geht es gut.«

»Bestimmt sogar. Dem Schlitzohr gelingt es immer irgendwie, sich durchzuschlagen.«

In seinem Arbeitszimmer öffnete Saul widerwillig den Umschlag. Auf halbem Weg durch den Brief schnappte er vor Verblüffung nach Luft und ließ einen finsteren Blick durch den Raum wandern, bevor er weiterlas. Er war nicht so leichtgläubig, als Tatsache anzunehmen, dass jemand wie Josiah ein Kind gezeugt hatte. »Catherine Mary! Ein Name macht noch kein Kind. Dafür ist ein Mann nötig. Und er ist keiner. Tja, so leicht holt er nicht fünfhundert Pfund aus mir heraus.«

Allerdings entdeckte er in dem Umschlag ein weiteres Schreiben von Benedict Caine, kurz und bündig gefasst.

An Mr Saul Ludlam.
Hiermit wird bestätigt, dass Mrs Ludlam vor einigen Wochen ein Kind zur Welt gebracht hat, ein kleines Mädchen, das sie Catherine Mary genannt haben.
Die Bedingungen hier sind wesentlich unwirtlicher als erwartet, aber Ihr Sohn arbeitet hart daran, sein Land zu roden, und niemand kann ihm mangelndes Bemühen vorwerfen.
Ich schwöre, dass dies die Wahrheit ist.

B. Caine
(Psalm 85, Vers 11)

Ungläubig starrte Saul auf den Brief. »Wie hat er Caine dazu gebracht, das zu schreiben?« Zornig schüttelte er das Papier. Er konnte sich nicht vorstellen, dass sich Caine an einer Lüge beteiligen würde, denn der Bursche neigte eher dazu, einem ungehobelt die Wahrheit ins Gesicht zu schleudern. Dann holte er natürlich seine Bibel, um die angeführte Stelle nachzuschlagen.

»›*Dass Güte und Treue einander begegnen*‹«, las Saul laut vor, fluchte erneut und ließ die Hand auf den Schreibtisch niedersausen. »Wie kann ich ihm glauben?«

Erst später am Vormittag ergriff er das Schreiben seines Sohns und stapfte damit in den Salon, wo seine Frau aus dem Fenster starrte. Dabei schaute sie so traurig drein, dass sie nur wieder an Josiah denken konnte.

»Ich habe Nachricht von unserem Sohn.« Er warf ihr den Brief auf den Schoß. »Hat ja lange genug gedauert.«

Für einen Moment starrte Sophia ihn ungläubig an. Während er ihrem Blick begegnete, wurden ihre Augen wässrig vor Tränen.

»Von Josiah?«, fragte sie leise.

»Welcher andere Sohn sollte uns denn schreiben müssen? Hast du nicht erst gestern Abend mit Matthew und Isaac gegessen?«

Mit zitternder Hand ergriff sie das Papier. Blind vor Tränen hielt sie ihm den Brief hin und sagte: »Bitte, Saul, lies mir vor. Bitte!« Dann schluchzte sie gedämpft in ihr Taschentuch.

Widerwillig nahm er das Schriftstück entgegen und kam ihrer Aufforderung nach.

»Ein Kind!«, flüsterte sie, als er fertig war. »Josiah hat eine Tochter.«

»Ja.«

»Vor der Abreise hat Catherine mir anvertraut, dass sie dachte, sie könnte schwanger sein.«

Er versteifte sich. »*Was?*«

»Eines Morgens war ihr so übel, deshalb habe ich es vermutet.«

»Bist du sicher?«

»Natürlich bin ich das. Ich dachte, sie müsste das Kind verloren haben, weil sie uns sonst bestimmt schon längst geschrieben hätten. Sie hat sehr krank ausgesehen. Aber das ist bei manchen Frauen so, wenn sie in anderen Umständen sind. Ich vermute, die Reise hat ihr gutgetan. Es heißt doch, Meeresluft kann sehr vorteilhaft sein, nicht wahr? Ach, Saul, Saul, kann er jetzt nicht wieder nach Hause kommen? Muss ich genauso bestraft werden wie er?«

Sie umklammerte seinen Ärmel. Behutsam löste er ihre Finger davon, bevor er einen Moment lang ihre Hand hielt und sie zerstreut tätschelte. Er hatte sich geschworen, ihr nie zu sagen, wie ihr jüngster Sohn war. Und dem Rest der Familie hatte er dasselbe Versprechen abgenommen, nachdem ihm klar geworden war, dass die anderen es längst geahnt hatten. Er hatte keine Erklärung dafür gehabt, wie er davor so blind hatte sein können. Und es hatte seinen Zorn nur zusätzlich geschürt.

»Er ist dort, wo er ist, besser aufgehoben, Sophia. Das körperlich harte Leben eines Siedlers wird einen Mann aus ihm machen.«

»Er wird nie wie du und die anderen Jungs sein, Saul. Ihn hat Gott aus einer sanfteren Form geschmiedet. Warum kannst du dich damit nicht abfinden?«

»Weil ein Mann lernen muss, zu arbeiten und für sich selbst zu sorgen.«

Wieder vergoss seine Frau lautlose Tränen der Hilflosigkeit. »Aber dann werde ich dieses Enkelkind nie zu Gesicht bekommen. Ach, Saul, Saul, du bist so streng zu dem armen

Jungen. Und er muss todunglücklich gewesen sein, dass er bisher nicht geschrieben hat. Du weißt doch, wie niedergeschlagen er manchmal wird.«

Eine seiner Schwiegertöchter trat ein, zögerte und sah ihn an. Ihr Blick fragte ihn wortlos, ob sie bleiben oder wieder gehen sollte.

»Kümmere dich lieber um sie.« Er deutete auf seine Gemahlin. »Wir haben von Josiah gehört. Wie es scheint, ist er Vater geworden.«

Damit kehrte er in sein Arbeitszimmer zurück und verfasste einen Brief an seine Bank, in dem er darin ersuchte, seinem jüngsten Sohn einen Wechsel über fünfhundert Pfund zu schicken. Wenn Catherine persönlich Sophia vor der Abreise anvertraut hatte, dass sie schwanger war, dann musste es wahr sein. Also würde er sein Wort über das Geld halten, obwohl es seinem Vorsatz widersprach, Josiah noch irgendetwas zuzugestehen.

Mit dem gleichen Schiff traf ein Brief von Benedict an seine Familie mit einer angefügten Nachricht für Grace ein. Darin berichtete er von dem Land, das er gekauft hatte, und wie es in Westaustralien war.

Benedicts Mutter weinte genauso bitterlich wie Sophia. Sogar sein Vater tat es ihr gleich, als er allein war. Martin hingegen zeigte sich nur abfällig. »Er kann von Glück reden, wenn er unter so trockenen Bedingungen einen Betrieb auf die Beine stellen kann. Ich beneide ihn nicht.« Er war froh, dass sein jüngerer Bruder fort war – und hoffte, Benedict würde nie zurückkehren.

»Wir sollen Grace den Brief persönlich überbringen, damit ihr Vater ihn nicht zuerst liest«, meinte Jack Caine besorgt zu seiner Frau. »Gefällt mir nicht, einen Nachbarn zu hintergehen, wirklich nicht.«

Sie drehte den Umschlag in den Händen. »Er muss sich

wohl mit dem Gedanken tragen, sie zu heiraten, wenn er ihr schreibt. Tja, Grace wird eine gute Ehefrau für einen Bauern abgeben. Nur habe ich in letzter Zeit nicht viel von ihr gesehen, du etwa?«

»Nein. Wenn ich's mir recht überlege, habe ich gar nicht gehört, ob sie von ihrer Tante zurück ist. Mir ist vor einer Weile zu Ohren gekommen, dass sie krank war.«

»Vielleicht statte ich ihr besser einen Besuch ab«, schlug Sally vor.

Aber als sie mit dem Einspänner zur Farm der Newtons fuhr, teilte Grace' Mutter ihr mit, dass sie nach wie vor bei ihrer Tante weilte. Sally sah keine andere Möglichkeit, als den Brief dort zu lassen. Auf dem Rückweg fragte sie sich, wie sie ihre Nachbarn beleidigt hatte, denn sie hatten sich ihr gegenüber sehr ungewohnt steif verhalten.

Es dauerte zwei Tage, bis Grace den Brief erhielt, der zuvor von ihrem Vater geöffnet und gelesen worden war. Ihre Wut darüber brachte das Fass zum Überlaufen und ließ sie eine Entscheidung treffen, die Benedicts Wünschen widersprach.

Nach reiflicher Überlegung hatte auch Liza einen Brief verfasst, den Josiah für sie nach England abgeschickt hatte. Sie hatte ihn an den Priester der Dochertys geschickt und ihn darin angefleht, die angefügte Nachricht heimlich ihrer Mutter weiterzureichen. Da sie Pater Michael als freundlichen Mann kannte, war sie einigermaßen sicher, dass er es für sie tun würde. In dem Brief erklärte sie dem Priester, dass ihre beiden älteren Brüder ihren Aufenthaltsort nicht erfahren sollten und sie deshalb keine Adresse nannte, weil sie fürchtete, sie könnten ihr sonst nach Australien folgen. Eigentlich konnte sie sich nicht recht vorstellen, dass wirklich jemand von ihren lauten Angehörigen in das ruhige Buschland kommen würde, in dem die bunten, kreischenden und schnatternden Papageien zwischen den hohen, flüsternden Bäumen umhertollten. Dennoch wollte sie nicht das Risiko eingehen, dass Niall und Dermott sie je aufspüren könnten. Den beiden vertraute sie nicht.

Der Brief traf an einem kühlen Tag im September in Pendleworth ein. Der Priester las ihn erst einmal und dann erneut. Ihn freute, dass die kleine Liza eine sichere Zuflucht und einen sich um sie kümmernden Ehemann gefunden hatte. Allerdings zog er die Augenbrauen hoch und stieß einen leisen Pfiff aus, als er sah, um wen es sich bei dem Gemahl handelte. Es fiel ihm schwer zu glauben, dass ein Ludlam je eine Docherty ehelichen würde, ganz gleich, unter welchen Umständen.

Am nächsten Tag besuchte er Mary Docherty, las ihr den Brief mehrmals vor, betete anschließend mit ihr und redete beruhigend auf sie ein, bis sich die Wogen des Sturms ihrer Tränen glätteten. Nach dem letzten Vorlesen ließ er das zerknitterte Papier bei ihr zurück. Zwar konnte sie nicht lesen, doch der Anblick, wie sie den Brief ihrer Tochter berührte, ihn küsste und das Papier streichelte, bewegte ihn zutiefst. Die arme Frau hatte nicht mehr lange zu leben, aber diese Botschaft würde ihr die letzten Monate auf Erden zweifellos aufhellen. Manchmal waren die Wege des Herrn unergründlich, in diesem Fall jedoch hatte der himmlische Vater wahrhaft gütig gehandelt.

Danach widmete sich Pater Michael wieder seinen Aufgaben und dachte nicht mehr an den Brief.

Mary Docherty dafür umso mehr. Sie hatte sich Wort für Wort eingeprägt, was darin stand. Manchmal lächelte sie beim Gedanken an eine kleine Enkelin, die ihren Namen trug. Ihrem Ehemann zeigte sie das Schreiben nicht. Sie hatte beschlossen, es zu vernichten, wenn sie dem Tod näher wäre, denn sie gab sich keinen falschen Vorstellungen über ihren Zustand hin. Aber eine kleine Weile wollte sie den Brief noch behalten und manchmal berühren. Dadurch fühlte sie sich ihrem Lieblingskind näher. Liza fehlte ihr nach wie vor schrecklich, obwohl auch Nancy zu einem braven Mädchen heranwuchs und aus ihrem Kieran ein gutmütiger, liebevoller Junge wurde, völlig anders als seine älteren Brüder.

Ihre zweite heiße Jahreszeit in Australien begann im November. Da gab es für Bauern nicht viel zu tun, und niemand bei klarem Verstand versuchte bei solcher Hitze, Land zu roden. Josiah sehnte sich nach einem Tapetenwechsel und beschloss, für einige Tage nach Perth zu reisen. Vom häuslichen Leben hatte er mehr als genug, vor allem in einem so beengten Verschlag. Und obschon er die kleine Cathie liebte, wollte – nein, musste! – er wieder unter zivilisierte Menschen, unter Leute seines Stands. Liza bemühte sich redlich, zu lernen und sich zu verbessern, das gestand er ihr zu. Aber es reichte nicht. Mittlerweile konnte sie recht gut lesen und sogar einige Melodien auf dem Klavier klimpern, denn sie schien ein feines Ohr für Musik zu besitzen. Doch sie vermochte nicht, sich über Literatur oder die große weite Welt zu unterhalten, und würde gesellschaftlich nie auf einer Stufe mit ihm stehen.

Außerdem zahnte das Baby wieder. Das ununterbrochene Weinen drohte, ihn in den Wahnsinn zu treiben. Normalerweise spielte er gern mit ihr und trug sie manchmal draußen herum, besuchte mit ihr die kleine Kuhherde und die Schafe, um die sich Benedict so gut kümmerte. Mit ihr konnte er reden wie mit niemandem sonst. In unbedachten Augenblicken nannte er sie »Cat« und beschrieb ihr seine Pläne für das Pendleworth-Gehöft. Vor seinem geistigen Auge konnte er das prächtige Haus sehen, das eines Tages auf dem Grundstück stehen würde, und der Gedanke daran spendete ihm ein wenig Trost. Natürlich verstand die Kleine noch kein einziges Wort, aber irgendwann würde sie das. Vorläufig lachte und gluckste sie nur, während er mit ihr sprach.

In Perth lief er Gerard Fenton über den Weg und empfand ihn nach über einem Jahr ländlicher Abgeschiedenheit als angenehme Gesellschaft. Die beiden fuhren zum Besitz der Fentons, für englische Verhältnisse zwar klein, aber um einiges größer als Josiahs Hütte mit drei Zimmern im Busch. Als Agnes vom Besuch bei einer Freundin nach Hause kam, hatten sie bereits eine Flasche recht feinen Rotwein geleert und wollten gerade eine weitere öffnen. Lachend verlangte sie, etwas davon abzubekommen, nachdem sie nach dem kleinen Sohn der beiden gesehen hatte.

Josiah musterte sie anerkennend. Sie trug einen Reifrock, dessen hellblaue Falten beim Gehen um sie wogten. Ihre Hände waren weich und weiß. Beim Reden gestikulierte sie anmutig und brachte die Männer mit ihren ulkigen Beschreibungen des Einkaufens in Perth herzhaft zum Lachen. Wenn einem Ladenbesitzer dort etwas ausging, dauerte es wahrscheinlich mehrere Monate, bis man es wieder bekommen konnte. Das Kind wurde von einer Amme betreut. Wie Josiah wusste, würde Liza das auf keinen Fall wollen, selbst wenn sie es sich hätten leisten können. Er hingegen hatte es satt, dass sie Cathie ständig auf der Hüfte herumtrug, wie es arme Frauen taten. Ebenso hatte er genug davon, dass sich ihre gesamte Aufmerksamkeit allein um das Kind drehte. Sie mochte eine gute Mutter sein, aber sie war auch die Gemahlin eines Mannes von Stand und sollte lernen, sich dementsprechend zu benehmen.

Agnes bestand darauf, dass Josiah das Hotel verließ und ein paar Tage bei ihnen übernachtete. »Ich bin seit Harrys Geburt oft den Tränen nah. Wie ist es Liza ergangen – hat das Kind überlebt?«

Josiah nickte. »Ja, in der Tat. Es ist ein kleines Mädchen. Wir nennen sie Catherine – oder kurz Cathie.«

Nach einer knappen Pause bedachte ihn Agnes mit einem

verschmitzten Lächeln. »Wie passend. Sind Mutter und Kind wohlauf?«

»Es geht ihnen sehr gut. Ich denke, Liza gefällt das Landleben.«

Agnes zog eine Augenbraue hoch. »Und Ihnen nicht?«

»Nein. Mir nicht.«

»Warum sind Sie dann als Siedler hergekommen, Mr Ludlam?«

Er beschloss, ihnen einen Teil der Wahrheit zu offenbaren. »Mein Vater hat entschieden, es wäre das Beste für mich. Und da er die Hand über die Familienkasse hält, hatte ich keine große Wahl. Auch dass ich eine Farm gründe, geht auf ihn zurück. Tatsächlich konnte ich das Geld, das er mir zur Verfügung gestellt hat, für nichts anderes ausgeben. Er war nicht … äh, angetan von Lizas Zustand. Ihre Familie gehört zu unseren Pächtern.« Josiah beobachtete eingehend die Reaktionen und stellte erfreut fest, dass man ihm das Märchen abkaufte. »Aber ich denke, wenn ich etwas anderes als Landarbeit fände, könnte ich hier glücklicher werden.« Dabei ließ er es bewenden. Die beiden würden seine unausgesprochene Bitte um Hilfe verstehen. Die Unterhaltung mit gesellschaftlich Gleichgestellten führte ihm vor Augen, wie falsch es gewesen war, sich im Busch zu verkriechen. Solche Menschen konnten untereinander überaus hilfreich sein. Wie Gerard gesagt hatte, mussten sie zusammenhalten und Standards wahren.

Der Abend verlief so erfreulich, dass Josiah spürte, wie sich sein Elend eine Schicht nach der anderen von ihm ablöste.

In den nächsten Tagen schloss er mit Gerards Hilfe die eine oder andere neue Bekanntschaft. Außerdem sprach er mit dem Assistenten des Gouverneurs und zeigte das Empfehlungsschreiben vor, das Catherines Vater ihm mitgegeben hatte. Er hoffte, dadurch vielleicht eine offizielle Stelle zu finden, um das magere, von einer frisch gegründeten Farm zu erwartende Einkommen aufzubessern. Wäre die Region um Mandurah herum nicht so reich an Fisch und Wild gewesen – und ja, wäre Andrew Pringle kein so geschickter Gärtner, dass sie zu sehr geringen Kosten gut aßen –, hätte Josiah nicht gewusst, wie sie über die Runden kommen sollten, ohne ihr spärliches Kapital anzuzapfen. Er konnte nur beten, dass sein Vater Wort halten und die zur Geburt des ersten Kinds versprochenen fünfhundert Pfund schicken würde. Das Geld würde für ihr Leben viel bewirken.

Als er widerwillig beschloss, er müsste nach Hause zurückkehren, gab es ein stilles Abschiedsessen. Danach begab sich Agnes zu Bett, und Gerard Fenton verweilte bei der Flasche feinem Portwein, die Josiah für den Anlass gekauft hatte.

»Dieser Hafen wird viel bereist. Es könnte sich lohnen, in ein, zwei Monaten noch einmal nach Perth zu kommen.« Gerard hielt das Glas an die Lampe und bewunderte die satte rubinrote Farbe des Weins.

Josiah zog eine Braue hoch. »Ach ja?«

»Ich habe gehört, es sollen sich demnächst ein paar Regierungsposten ergeben – nichts Besonderes, die eine oder andere Stelle als Magistrat oder Aufseher für Straßenbauarbeiten. Aber vielleicht ist ja eine für Sie Geeignete dabei. Ihren Worten habe ich entnommen, das könnte hilfreich sein.«

»Ja. Sehr sogar.«

»Agnes veranstaltet zu meinem Geburtstag im Januar eine Feier. Kommen Sie doch auch. Es wird zwar verdammt heiß sein, trotzdem wollen wir feiern. Nur fürchte ich, wir werden Sie nicht bei uns unterbringen können, weil ihre Cousine aus York herkommt. Dafür können wir Sie einigen, nun, sagen wir *nützlichen* Leuten vorstellen. Und in der Zwischenzeit halte ich die Augen für Sie offen und gebe dem Assistenten des Gouverneurs einen Wink, falls sich etwas ergibt.«

KAPITEL 16

Cathie Ludlam wurde erst im Alter von mehreren Monaten offiziell getauft. Allerdings war Liza so katholisch erzogen worden, dass sie eine inoffizielle Taufe mit gewöhnlichem Wasser bereits am Tag nach der Geburt vollzogen hatte. Als Josiah schließlich verkündete, dass es ihm gelungen sei, eine Zeremonie durch einen Geistlichen zu arrangieren, der in Pinjarra vorbeikam, war Liza begeistert. Gottesdienste besuchten sie kaum, weil es in Mandurah keine richtige Kirche gab und die Fahrt zu der in Pinjarra fast zwei Stunden in eine Richtung dauerte. Sogar das Gotteshaus dort war ein recht armseliges Gebilde, von den Siedlern aus örtlichen Materialien gebaut, mit Stroh gedeckt und geweißelt. Josiah bezeichnete es als Schandfleck.

Da die Taufe unmittelbar vor dem Gottesdienst stattfand, mussten sie natürlich auch dafür bleiben. Während des Großteils der Anreise hatte Cathie geschlafen. Als das Wasser ihre Stirn benetzte, heulte sie laut auf, und Liza brauchte eine ganze Weile, um sie zu beruhigen. Als sich Josiah mit missbilligender Miene ein, zwei Schritte entfernte, kehrte sie ihm den Rücken zu. Eine Frau in der Nähe schenkte ihr ein mitfühlendes Lächeln. Liza genoss den Ausflug. Sie fand es wunderbar, anderen Menschen zu begegnen, und sie hoffte, sie würden im Anschluss noch bleiben und einige davon kennenzulernen.

Aber obwohl sich die Gemeinde danach vor der Kirche versammelte, um gemütlich zu plaudern, erklärte Josiah eisern, seine Frau und er müssten umgehend aufbrechen.

»Warum konnten wir nicht bleiben?«, klagte Liza während der langsamen Fahrt nach Hause. »Ich habe seit Monaten keine anderen Frauen als Dorothy und Dinny gesehen.« Kitty zählte für sie nicht, denn sie ignorierten einander so gut wie möglich.

»Bauern, Ladenbesitzer und Vertreter der Arbeiterklasse sind uns gesellschaftlich *nicht* gleichgestellt, und ich habe keine Lust, mich mit ihnen abzugeben.«

»Tja, mir sind sie gesellschaftlich gleichgestellt!«, murmelte Liza.

»Vielleicht früher mal, aber jetzt nicht mehr. Und ich wäre dir dankbar, wenn du dich in der Öffentlichkeit verhalten könntest, wie es sich für Mrs Josiah Ludlam geziemt!«

Liza saß mit hängenden Schultern auf der Kutschbank, die Freude am Ausflug verdorben. Während sie auf ihren Schoß starrte, dachte sie über seine Worte und seine herablassende Haltung nach. Schließlich drehte sie den Kopf und sah ihre Tochter friedlich schlafend hinten im Wagen in einem Bettchen, das sie aus einer großen Kiste angefertigt hatten. Die Sonne schien, und die Welt hätte ein glücklicher Ort sein sollen. War er aber nicht, weil Josiah es nicht zulassen wollte.

»Wenn du mich wie deine Frau behandelst«, meinte sie nach einer Weile, »könnte es mir leichter fallen, mich auch so zu benehmen.«

Abrupt fuhr er zu ihr herum. »Was zum Teufel meinst du damit?«

Sie deutete zu ihrer Tochter auf der Ladefläche. »Findest du nicht, es wäre schön, noch ein, zwei Kinder zu bekommen?«

Pure Abscheu brannte sich in seine Züge. »Ich dachte, du wärst mit den Bedingungen unserer Vereinbarung einverstanden. Das kommt zwischen uns nicht infrage.«

»Aber mit … mit *ihm* war dafür nur eine einzige Nacht nötig. Dazu könntest du dich doch bestimmt überwinden, oder? Zu ein, zwei Nächten?«

»Nein, könnte ich nicht.«

»Aber Josiah …«

Seine Stimme strotzte vor Verachtung. »Cat hat mir versichert, du hättest die Bedingungen unserer Ehe voll und ganz verstanden.«

»Ja, schon …«

»So etwas ist zwischen uns nicht möglich und wird es nie sein. Krieg das endlich in deinen dummen Schädel und sprich es nie wieder an.«

Während sie schweigend weiterrollten, versuchte Liza, ihre Tränen zu trocknen, ohne dass er es mitbekam. Aber er bemerkte es mit einem Seitenblick doch. »Ich habe etwas im Auge«, behauptete sie schnell.

Diesmal sprach er sanfter, trotzdem immer noch unerbittlich. »Du weinst, Liza, und das tut mir leid. Aber es ändert nichts an den Tatsachen.« Er konnte eine Frau nicht so berühren. Unter keinen Umständen. Und wenn er es schon bei Cat nicht geschafft hätte, wie dann erst mit jemandem wie Liza?

Danach gingen sie mehrere Tage lang sehr förmlich miteinander um. Liza verspürte Erleichterung, als er aufbrach, um erneut seine Freunde in Perth zu besuchen. Zwar hätte sie ihn gern begleitet, um Breda wiederzusehen, und hatte sogar mit dem Gedanken gespielt, es ihm vorzuschlagen – aber wer sollte sich dann um das Haus und die frisch geschlüpften Küken kümmern? Und wie würde Cathie eine solche Reise bewältigen? Nein, es war der falsche Zeitpunkt dafür. Ihr neues Zuhause mochte einsam sein, doch Josiah durchlebte ohnehin wieder eines seiner Tiefs, und sie würde froh sein, eine Weile ihre Ruhe von ihm zu haben.

Rauch trieb von Pendleworth über das gerodete Land zu Benedicts Farm, die noch keinen Namen hatte, weil er keinen fand, der ihm gefiel oder den er für geeignet hielt. Bei dem Anblick runzelte er die Stirn. Er empfand es als Verschwendung, so viel gutes Holz zu verbrennen. Tatsächlich hatte er sich schon gefragt, ob es in Perth nicht einen Markt für seine Schnitzereien oder sogar für Möbel aus diesem wunderschönen Dscharra-Holz geben könnte. Zwar hatte er keine Schreinerlehre gemacht, aber er hatte viel von seinem Großvater mütterlicherseits und von seinem Bruder aufgeschnappt, und die Arbeit begeisterte ihn. Allerdings gelang es ihm nicht, Josiah zu überreden, ihm in der Sägegrube zu helfen. Sein Nachbar weigerte sich zunehmend, überhaupt körperliche Arbeit zu verrichten. Und Andrew hatte dafür nicht die Zeit – oder die Muskeln. Tatsächlich wirkte der Mann neuerdings sehr müde und blass. Er sah älter aus als seine fünfzig Jahre. Und obwohl er behauptete, es ginge ihm gut, schien es für alle anderen offensichtlich zu sein, dass er damit überfordert war, sein Grundstück urbar zu machen.

Mit zutiefst nachdenklicher Miene sah sich Benedict um. Wenn er seine Pläne umsetzen und über Bedarfslandwirtschaft hinauskommen wollte, würde er jemanden einstellen müssen. Vielleicht einen Bewährungssträfling. Aber könnte er jemanden finden, der die nötigen Fertigkeiten besaß – oder sie zumindest erlernen konnte und wollte? Das schien hierzulande immer die Schwierigkeit zu sein – brauchbare Arbeiter zu finden.

Wieder betrachtete er seine neueste Schnitzarbeit, die er unlängst mithilfe einiger vor Ort heimischer Pflanzen perfektioniert hatte. Konnte er sich schon leisten, jemanden einzustellen? Er gab sein Geld bereits schneller aus, als er erwartet hatte. Grundnahrungsmittel wie Mehl, Tee und Zucker waren teuer. Er betrachtete die draußen weidenden Kühe, vorerst nur Fleischvieh, weil er für einen Milchbetrieb niemanden hatte. Butter könnte man nirgendwo verkaufen, und sie würde sich in der Hitze ohnehin nicht gut halten. Aber Käse ließe sich mit einem Keller zum Kühlen herstellen … Nein. Benedict schüttelte den Kopf. Noch nicht.

Er lächelte verschmitzt. An diesem Ort gab es eindeutig keine Möglichkeit, schnell reich zu werden, wie Josiah gehofft hatte, so hart sie auch arbeiteten. Es gab nur eine Zukunft mit Jahren steter Arbeit für den Aufbau einer ertragreichen Farm oder eines gut laufenden Geschäfts. Und selbst dann musste Benedict erst noch den Rest seines Grundstücks kaufen. Eine solche Zukunft mochte genügen, wenn das Herz am Land hing wie bei ihm – was bei seinem Nachbarn nie der Fall sein würde. Dennoch wäre das Leben weitaus erfüllender, wenn man es mit einer Frau teilen könnte, die man liebte. Abrupt kappte er den Gedanken. Das war für ihn vorerst nicht möglich.

Er hatte Grace geschrieben, sie sollte noch nicht herkommen. Das hätte er vielleicht nicht tun sollen. Nur wie könnte er ihr gegenübertreten, während seine Gedanken von Liza erfüllt waren? Der jungen, lebensfrohen Liza mit den funkelnden Augen, voller unbändiger Energie und Begeisterung. Der liebevollen, sanftmütigen Liza, die gern ihre kleine Tochter wiegte und sie mit leiser, heiserer Stimme in den Schlaf sang. Der unglücklichen Liza, deren Miene manchmal so gequält wirkte.

Und was für ein Leben hätte er Grace zu bieten? Benedict sah sich im einzigen Zimmer seiner Behausung um, deren nackter Erdboden mittlerweile durch sein Kommen und Gehen festgetreten war. Vor dem nächsten Winter hatte er sich richtige Fenster aus Glas statt nur der Läden versprochen. Und er sollte allmählich damit anfangen, ein weiteres Zimmer zu bauen, denn eines Tages würde Grace herziehen müssen. Nur im Augenblick erschien es ihm zu mühsam. Außerdem zählte zu Beginn urbares Land am meisten.

Josiah schmiedete große Pläne, sich Ziegelsteine zu beschaffen und »ein anständiges Haus« zu bauen, sobald das Geld seines Vaters für das Kind eingetroffen wäre. Darüber hatten sie erst am Vortag diskutiert. Benedict hatte vor, nur so zu bauen, wie er es sich leisten konnte, und dafür hauptsächlich von ihm selbst gefälltes und zum Reifen gelagertes Holz zu verwenden. Obwohl er keine Gönner und Freunde in hohen Positionen hatte, hegte er die Vermutung, er könnte am Ende besser dastehen als Josiah, wenn er seine Karten richtig ausspielte.

Er nickte, als er letztlich zu einer Entscheidung gelangte. Ab sofort würde er keinen der mächtigen gefällten Bäume mehr verbrennen, die man auch zu Brettern und später zu Möbeln verarbeiten konnte.

Zwar sehnte er sich nicht nach Reichtum, aber wenn er seinen Herzenswunsch nicht haben konnte, dann konnte er sich genauso gut darauf konzentrieren, Geld zu verdienen. Und dafür würde Landwirtschaft allein nicht ausreichen.

An einem heißen, staubigen Tag kehrte Josiah in bester Stimmung von einem weiteren Besuch in Perth zurück. »Wohlan, Eheweib! Du siehst vor dir den neuen Magistrat für den Bezirk Brookley, der in diesem Gebiet entstehen soll. Der Gouverneur beabsichtigt, ein Areal für eine Stadt abzustecken und mehr Familien zu ermutigen, sich dort anzusiedeln. In ein, zwei Wochen kommt der Vermesser dafür her.« Er wartete. Als von Liza nichts kam, fügte er hinzu: »Willst du mich nicht zu meinem Posten beglückwünschen?«

Seine Heiterkeit verwirrte sie. »Nun ja, wenn du damit glücklich bist … Aber ich dachte, du willst nur das Land hier bestellen und einen großen Hof namens Pendleworth darauf errichten.«

Mit einem seiner jähen Stimmungsumschwünge wurde Josiah gehässig. »Nein, das ist nicht, was ich will. Tatsächlich will ich zurück zum echten Pendleworth, wie du sehr wohl weißt. Nur hat mein Vater dafür gesorgt, dass ich das niemals kann. Als Magistrat verdiene ich wenigstens ein Gehalt, damit wir ein Einkommen haben – und ich werde etwas meiner Stellung Angemesseneres tun, statt in Erde zu wühlen.« Mit finsterer Miene blickte er auf seine mittlerweile von der unvermeidlichen körperlichen Arbeit schwieligen Hände hinab. »Ab sofort stelle ich Männer ein, die das für mich übernehmen, und ich bezahle Caine dafür, sie zu beaufsichtigen.«

Liza war dermaßen überrascht, dass ihr nichts anderes einfiel als: »Dann bin ich froh, dass du zufrieden bist.«

»Darüber hinaus werde ich zuständig für Bautrupps sein. Wir sollen ein Magistratsgebäude und eine Unterkunft für Sträflinge errichten. Die Regierung stellt dafür das Material und die Arbeitskräfte zur Verfügung. Dann haben wir ein unserem Stand angemesseneres Haus.«

Liza hörte den unterschwelligen Spott in seinen Worten. Würde er denn nie mit etwas wahrhaft zufrieden sein? Sie für ihren Teil musste nicht in einem Herrenhaus leben, um glücklich zu sein. Das wäre sie ohne seine Launen auch in ihrer bescheidenen Hütte.

»Die erste Straße, die entstehen soll«, fuhr Josiah fort, ohne Liza auch nur anzusehen, »bindet uns an jene von Pinjarra nach Perth und Fremantle an – die genaue Stelle legt der Vermesser fest. Dann sind wir hier wenigstens nicht mehr völlig abgeschieden. Ich schätze, bei trockenem Wetter sollte es möglich sein, Perth mit einem Wagen voller Waren in höchstens zwei Tagen zu erreichen. Das sollte auch Pringle helfen, oder? Dann kann er hektarweise Kohl anpflanzen.«

Er leerte die Tasse Tee, die Liza für ihn zubereitet hatte. Anschließend ging er nach draußen, um das gerodete Land abzuschreiten. Dabei murmelte er vor sich hin und überlegte, wo das neue Gebäude entstehen sollte. Nach einer Weile kam er zurück, holte sie nach draußen und teilte ihr seine Entscheidung mit. »Ich denke, wir bauen es da im rechten Winkel zum Haus und binden es mit einer Veranda daran an, aber als separates Gebäude. Und ich werde dort ein eigenes Zimmer haben, groß genug für sowohl einen Schreibtisch als auch ein Bett. Keine Mönchszelle wie die Kammer, in der ich jetzt hause.« Als er Dinny im Schatten eines Baums bemerkte – sie hielt sich immer so weit wie möglich fern von ihm –, sagte er: »Kannst du diese Frau losschicken, um Benedict zu holen?«

»Sie heißt Dinny. Und du könntest sie genauso gut selbst fragen.«

Aber ihre Freundin war bereits losgeeilt, um Josiahs Wunsch nachzukommen, und er hörte ihr nicht mehr zu, sondern murmelte vor sich hin und lief auf und ab.

Als Benedict eintraf, hatte Liza das Abendmahl fertig und lud ihn ein, mit ihnen zu essen. Zu dritt setzten sie sich im Haus an den großen Tisch, wie immer gedeckt mit einem weißen Tuch und Servietten, worauf Josiah bestand, obwohl es viel zusätzliche Wäsche verursachte. Dinny erlaubte er nicht, mit ihnen zu essen. An diesem Abend bediente sie die Runde. Vereinzelt wechselte sie dabei ein verhaltenes Lächeln mit Liza, während Josiah ihr befahl, dies zu holen und jenes wegzuräumen.

Danach gingen die beiden Männer nach draußen und redeten lange. Gestikulierend bewegten sie sich über das Grundstück. An einer Stelle diskutierten sie ziemlich heftig.

Dinny stellte sich neben Liza auf die Veranda und beobachtete sie. Als offensichtlich wurde, wo Josiah bauen wollte, schüttelte sie den Kopf. »Dort ist schlechter Boden. Kein guter Platz für ein Gebäude. Sag ihm, er soll es auf der anderen Seite errichten.«

»Ich? Wenn er sich etwas in den Kopf gesetzt hat, lässt er sich nicht mehr davon abbringen. Und wann hat er schon je auf mich gehört? Ich bin ja mehr seine Dienerin als eine Frau.«

Dinny stand sehr still da. Einige Herzschläge lang schloss sie die Augen. Schließlich sagte sie mit einer eigenartigen, trägen Stimme, die so gar nicht ihren üblichen sanften Tönen entsprach: »Die Stimmen meines Volks schreien von dort. An dem Ort ist etwas Schreckliches passiert. Und das wird es wieder.«

Liza starrte sie entsetzt an. Als sie sich umdrehte und ihren Mann beobachtete, musste sie sich eingestehen, dass sie Dinnys Abneigung gegen diese besondere Stelle teilte. Dort befanden sich Asche, verkohlte Holzbrocken und die Überreste eines großen Baums. Josiah meinte, ein Blitz müsste darin eingeschlagen haben.

Als die Männer wieder hereinkamen, schlug Liza vor, das neue Haus lieber auf der anderen Seite der bestehenden Hütte zu bauen, doch Josiah entgegnete nur barsch, sie wüsste nicht, wovon sie redete. Danach meldete sie sich nicht mehr zu Wort, erst beim Abschied von ihrem Gast.

Benedict marschierte zurück zu seinem einsamen Zuhause. Die neuen Aussichten ermutigten ihn, auch wenn er Josiah für geradezu sträflich extravagant hielt. Mit der Bezahlung für die Beaufsichtigung der Bauarbeiten würde er jemanden einstellen können. Zu zweit würde es schneller dabei vorangehen, mehr Fläche zu roden, den Sumpf trockenzulegen und einen Holzvorrat zu schaffen.

Beim Schlafengehen kreisten seine Gedanken wie so oft um Liza. Als er sich vorstellte, wie sie mit dem Baby spielte, trat ein Lächeln in seine Züge. Dann verblasste es. Sie verdiente ein anständiges Familienleben. Ihm war nicht entgangen, wie barsch Josiah manchmal mit ihr redete. Und wie sie sich bemühte, ihre Kränkung darüber zu verbergen. Aber hätte Benedict etwas zu ihrer Verteidigung gesagt, hätte er die Lage nur verschlimmert. Josiah wollte sie eigentlich gar nicht, doch sie war seine Ehefrau. Deshalb wachte er so eifersüchtig über sie wie alle Ludlams über ihren Besitz.

Zwei Wochen später traf George Palter, einer der für Westaustralien zuständigen Landvermesser, in Begleitung zweier

Sträflinge in Pendleworth ein. Sie sollten in der Nähe des Grundstücks lagern, während sie die neue Straße abstecken würden.

Palter ging beflissen seinen Pflichten nach und sprach barsch mit den beiden Sträflingen, Liza hingegen behandelte er recht höflich. Als Erstes ritt er mit Josiah die verschiedenen nahen Pfade ab, hielt Ausschau nach einem geeigneten Areal für die geplante Siedlung und überlegte die bestmögliche Route, um es an eine richtige Straße anzubinden. Die Sträflinge, Männer in Josiahs ungefährem Alter, verhielten sich in Gegenwart ihres Aufsehers still. In seiner Abwesenheit weilten ihre Blicke oft und lange auf Liza und Dinny – allerdings nicht unverschämt, eher so, als breitete es ihnen eine schlichte Freude, Frauen zu sehen.

Ihre erste Aufgabe bestand darin, hinter dem Haus der Ludlams eine Hütte für sich selbst zu bauen.

»Ist es auch ungefährlich, wenn sie hier unbeaufsichtigt arbeiten?«, sorgte sich Josiah. »Wie Sie bestimmt nachvollziehen können, denke ich dabei an die Sicherheit meiner Frau und meines Kinds.«

Mr Palter antwortete im Brustton selbstgefälliger Überzeugung. »Oh ja. Für die beiden steht demnächst Bewährung an. Das werden sie sich nicht vermasseln wollen, glauben Sie mir. Sonst müssten sie nämlich zurück ins Gefängnis von Fremantle. Außerdem hat Ihr Verwalter eingewilligt, ein Auge auf sie zu haben.«

»Wer?«

»Dieser Caine, wenn ich mich recht entsinne. Er scheint mir ein kompetenter Bursche zu sein.«

»Oh ja.« Josiah verzichtete auf die Erwähnung, dass Benedict wie er ein unabhängiger Grundbesitzer war und nur gelegentlich für ihn arbeitete.

»Sie können sich glücklich schätzen, ihn zu haben, das kann ich Ihnen sagen. Gute Betriebsleiter sind hier draußen so rar wie Eier von Hähnen.« Palter schmunzelte über den eigenen Scherz.

Josiah versuchte, mit ihm zu lächeln, versagte dabei und wechselte das Thema. »Wie wollen Sie die Straße bauen?«

»Ich fürchte, in England würden wir es nicht mal als Straße bezeichnen. Wir werden lediglich einige der kleineren Bäume entfernen, um freie Durchfahrt für Wagen zu ermöglichen. Größere werden wir umgehen müssen. Es wäre zu aufwendig, sie zu entwurzeln. Die Hauptsache ist, sumpfiges Gelände zu meiden und geeignete Querungen über die Winterbäche zu schaffen. Straßen sind hierzulande bedauerlicherweise eine raue, holprige Angelegenheit, aber sie erfüllen ihren Zweck. Sobald man eine angelegt hat, folgen ihr normalerweise Siedler.«

»Und die Stadt? Wo kommt sie hin?«

»Südlich Ihres Grundstücks, Mr Ludlam. Tatsächlich wäre das beste Areal das Land der Pringles. Ich habe bereits mit ihnen gesprochen und bin überzeugt davon, dass wir eine Einigung erzielen können. Sie haben gesagt, sie verkaufen gern einen Teil zurück an die Regierung. Nur wird dort nichts entstehen, was man als Stadt bezeichnen könnte. Lediglich eine kleine Siedlung, vielleicht mit einem Gasthof, dazu einige Parzellen vernünftiger Größe, damit die Menschen ihrem Handwerk nachgehen und trotzdem genug Grund und Boden haben, um den Großteil ihrer Nahrung selbst anzubauen und die eine oder andere Kuh und ein paar Hühner zu halten. Der Gouverneur hat vor, dort ein kleines Haus für einen Schutzmann bauen zu lassen, der Ihnen direkt unterstellt sein wird. Und ich glaube, für Sie soll hier ein Magistratssitz entstehen.«

Josiah nickte, allerdings mit gerunzelter Stirn. »Wird ein Schutzmann denn ausreichen, wenn wir hier mehr Siedler und Sträflinge auf den Straßen haben?«

»Oh ja. Heutzutage brauchen wir keine Soldaten mehr in diesem Bezirk, weil sich die Eingeborenen weitgehend beruhigt haben. Davor war es allerdings ziemlich schlimm.« Palter zögerte und warf einen Seitenblick zu Josiah. »Mir … äh, ist aufgefallen, dass Sie eine Eingeborene als Dienstmädchen haben. An Ihrer Stelle würde ich sie aufmerksam im Auge behalten. Denen darf man niemals trauen.«

»Oh, Dinny ist harmlos.«

»Das mag sein, aber sie wird grundlos davonwandern und Sie dann im Stich lassen, wenn Sie ihre Hilfe am dringendsten bräuchten. Die kennen nicht das geringste Verantwortungsbewusstsein. Sie wären besser damit bedient, Ihrer Gemahlin eine weiße Dienstmagd zu besorgen, so Sie eine finden können.«

Josiah verkniff sich ein Seufzen. Palters gesamte Art irritierte ihn. Zudem beunruhigten ihn nach wie vor die beiden Sträflinge, die sie zurückließen.

Sein Begleiter schien seine Gedanken zu lesen. »Falls Sie immer noch besorgt wegen der beiden Burschen sind, das ist nicht nötig. Sie sind politische Gefangene. Der Mürrische war ein Gentleman und ist recht gebildet, auch wenn man es bei seinem derzeitigen Anblick nicht für möglich halten würde. Natürlich wird nach seiner Freilassung niemand gesellschaftlichen Umgang mit ihm pflegen wollen, trotzdem wird er sich wohl aus Ärger heraushalten. Beide werden heute hart arbeiten, weil sie für die Nacht keinen Unterstand haben, wenn sie sich keine Hütte bauen.«

»Also sind sie keine Zimmermänner?«

»Nein, aber sie haben schon Hütten gebaut und wissen, dass ich gut abschätzen kann, wie viel Arbeit sich an einem Tag bewältigen lässt. Selbstverständlich müssen Sie ein Auge auf sie haben, während ich weg bin, wenn wir sie Ihnen wie besprochen eine Weile zuteilen. Und vor allem müssen Sie die beiden von der Flasche fernhalten.«

Als Palter seine Warnung vor der Eingeborenen am nächsten Tag Liza gegenüber wiederholte, wurde sie auf Anhieb hitzig. »Dinny ist meine Freundin, Mr Palter. Ich vertraue ihr uneingeschränkt.«

»Tja, dann auf Ihre Verantwortung, Mrs Ludlam. Aber lassen Sie lieber nicht zu, dass sie Ihr Kind aus Ihrem Sichtbereich bringt.«

Liza war froh, als er ging. Sie zog die Gesellschaft der beiden Sträflinge der seinen vor. Nachdem Palter und Josiah gegangen waren, hatte sie ihnen Tee gebracht und mit ihnen geplaudert, denn die zwei hatten sich Dinny und ihr gegenüber ausschließlich höflich verhalten. Einer erzählte ihnen, er hätte in der Heimat ein Kind in Catherines ungefährem Alter zurückgelassen, einen kleinen Jungen, der mittlerweile sechs Jahre alt war. Dabei hatte er so traurig gewirkt, dass es Lizas Herz berührt hatte.

Josiah konnte sie nicht daran hindern, mit ihnen wie mit Gleichgestellten zu reden, wenn sie ihnen Mahlzeiten servierte. Und sie bestand darauf, zu kochen, statt sie mit kargen Essensrationen das Auslangen finden zu lassen.

»Sie sollen sich selbst versorgen«, wandte er ein.

»Nach der Arbeit haben sie keine Zeit, Fleisch zu garen, bis es zart ist. Und welchen Unterschied macht es schon für mich, ob ich ein paar Brocken mehr in den Topf werfe?« Sie aßen nämlich oft Eintopf, da er sich in ihrer primitiven Außenküche am einfachsten zubereiten ließ. Liza störte sich daran nicht, Josiah hingegen sehr wohl. Wenn er in eine seiner düsteren Stimmungen verfiel, bezeichnete er das Gericht zutiefst verächtlich als »Bettlerkost«.

Einmal wurde Liza darüber so wütend, dass sie seinen Teller mit Eintopf einfach über den Tisch kippte und davonstürmte. Er folgte ihr tobend und schreiend, doch ausnahmsweise schrie sie sofort zurück.

Dinny und sie hatten später, nachdem sie sich beruhigt hatte, darüber gelacht, weil er gar so verdattert dreingeschaut hatte.

Danach kritisierte er das ihm vorgesetzte Essen zwar nicht mehr, lobte es allerdings auch nicht, ganz gleich, wie abwechslungsreich sie den Speiseplan zu gestalten versuchte.

Als der lange, heiße Sommer endete und der April mit den ersten Winterregenfällen Einzug hielt, war die Straße fertig, und die beiden Sträflinge waren fort. Ihre schlichte Hütte stand für andere Verurteilte bereit, die man vielleicht zur Arbeit unter Josiahs Aufsicht in den Bezirk schicken würde, während die Ludlams angemessener in einem neuen Gebäude lebten, was Josiah eine Zeit lang in bessere Laune versetzte.

Es stand rechtwinklig zum alten Haus. Eine Veranda und ein Gehweg verbanden die beiden miteinander. Dadurch blieb Liza, wenn er sich abends wie so oft in sein Zimmer zurückzog, mit Dinny und ihrer Tochter als Gesellschaft im alten Teil des Anwesens zurück. Sie versuchte, sich einzureden, es wäre in Ordnung, doch sie fühlte sich dadurch noch unerwünschter als zuvor. *Aus den Augen, aus dem Sinn*, dachte sie bedrückt.

Liza verblüffte der Gedanke, dass bereits zwei Jahre seit der Abreise aus England vergangen waren. Als sie es Josiah gegenüber erwähnte, herrschte er sie an, bevor er in ein Tief verfiel, reichlich seufzte und ausgiebig darüber klagte, wie langsam in diesem vermaledeiten Land alles vonstattenging.

Als der Sträfling Fergal Riordan seine Bewährung erhielt, kehrte er zurück, um für Benedict zu arbeiten, wie die beiden Männer es vereinbart hatten.

»Wenn du willst, können wir dir hinter meinem Haus einen Verschlag bauen, damit du ein eigenes Zimmer hast«, bot Benedict an.

Fergal musterte ihn. »Würden Sie mir auch erlauben, eine winzige Hütte ein Stück weit entfernt in Ihrem Wald aufzustellen?« Sein Blick flehte geradezu um Verständnis. »Ich habe

Jahre in beengten Verhältnissen unter haufenweise ungewaschenen Körpern zugebracht und muss gestehen, dass ich mich ziemlich nach Stille und Abgeschiedenheit sehne.«

»Das muss schlimm gewesen sein«, meinte Benedict leise.

»Aye, war es. Und ist es noch, denn zu meiner Familie darf ich ja nach wie vor nicht zurück. Selbst wenn, würde sie mich wohl nicht mehr wollen. Mein Schwiegervater hat mich im Gefängnis besucht, bevor ich Irland verlassen habe. Er hat gesagt, er würde sich um alle kümmern – aber unter der strikten Bedingung, dass ich nie zurückkomme. Teresa hat mir nicht ein einziges Mal geschrieben. Ich weiß also nicht mal, wie es den Kindern geht. Man sollte doch meinen, zumindest das würde sie mich wissen lassen, oder?«

Benedict streckte die Hand aus, legte sie auf die Schulter des anderen Mannes und drückte sie mitfühlend. »Such dir ein Plätzchen aus, das dir gefällt, Fergal, und ich helfe dir, dort etwas für dich zu bauen. Solange wir das Holz aus meinem Vorrat verwenden, spielt es für mich keine Rolle. Ich zimmere dir sogar einen Tisch und einen Stuhl. Ganz zu schweigen von einem wunderbaren Seilbett.«

»Danke.« Fergal schluckte schwer. Dann setzte er das für ihn so charakteristische schiefe Lächeln auf. Weiß schimmernde Zähne hoben sich von sonnengebräunter Haut ab. Mit dem kurz gestutzten schwarzen Haar wirkte er raubeinig und leicht bedrohlich – bis er lächelte und man merkte, was für ein sanftmütiger Mensch er in Wirklichkeit war. »Sie werden es nicht bereuen, Mr Caine.«

»Da bin ich mir sicher. Und es heißt Benedict. Weder halte ich etwas von Förmlichkeiten noch schert mich deine Vergangenheit, solange du hier hart mit mir arbeitest.« Nach kurzer Überlegung fügte er hinzu: »Wenn du bei mir bleibst, sorge ich dafür, dass du irgendwann ein eigenes Stück Land hast – und die Möglichkeit, wieder auf die Beine zu kommen.«

Fergal starrte ihn an. »Meinen Sie … meinst du das ernst?« Als Benedict nickte, wandte er sich kurz ab und hatte mit den Tränen zu kämpfen. Nach den vergangenen Jahren fiel es ihm schwer, so unerwartete Hoffnung zu verarbeiten.

Benedict schwieg und kümmerte sich einfach ums Kochen.

Von da an arbeiteten die beiden wunderbar zusammen. Nachdem sie die Tiere versorgt hatten, verbrachten sie viel Zeit damit, Holz zu sägen und in gewichteten Stapeln zum Abliegen anzuordnen. Fergal stellte fest, dass er Benedicts Begeisterung für Holzarbeiten teilte. Er lachte sogar über die Plackerei in der Sägegrube, aus der er mit Sägemehl an jedem Quadratzentimeter verschwitzter Haut hervorkam.

Die Änderungen der Landbesitzverhältnisse zur Unterbringung der kleinen Gemeinde hatten den Pringles geholfen. Als Entschädigung erhielten sie neben einem bescheidenen Geldbetrag ein anderes Stück ungerodetes Land. Trotzdem hatten sie nach wie vor Mühe, den Lebensunterhalt zu bestreiten. Andrew pendelte von einer überschwänglichen Idee darüber, was er mit seinem Land anstellen wollte, zur anderen, landete jedoch immer wieder bei seiner geliebten Gartenarbeit. Benedict empfand tiefes Mitgefühl für Dorothy, die müde und entmutigt wirkte.

Irgendwann kam er auf die Idee, die Pringles könnten zusätzliche Zimmer bauen und ihr Haus in einen Gasthof verwandeln – nur einen kleinen, für den eine der billigeren Betriebsgenehmigungen genügte. Er würde ein wenig Geld darin investieren und ihnen beim Errichten helfen. So könnten sie etwas dazuverdienen, indem sie Mahlzeiten und vielleicht sogar frisches Gemüse verkauften. Außerdem schlug er vor, sie sollten Trauben pflanzen und die Früchte trocknen. Die meisten verderblichen Waren konnte man nicht rechtzeitig nach Perth schaffen, um sie dort zu verkaufen. Aber vielleicht gab es einen Markt für Sultaninen oder Rosinen.

Die Anregung fand Andrew ansprechend, und wieder verfiel er in Enthusiasmus, vernachlässigte viele seiner Pflichten rund um das Haus, machte sich stattdessen über Trauben kundig und fand jemanden, von dem er Stecklinge bekam.

Benedict überredete Josiah, ihnen beim Beantragen einer Ausschankgenehmigung zu helfen. Er willigte unter der Bedingung ein, dass sie den Betrieb *Pendle Arms* nennen würden. Wenn er anführte, dass den Pringles wenig an finanziellen Mitteln zur Verfügung stand und er einen Platz zur Unterbringung von Besuchern seines Friedensgerichtshofs brauchte, würde die Genehmigungsgebühr vielleicht sogar vollständig erlassen werden. Es war weithin bekannt, dass sich der Gouverneur lieber auf Kompromisse einließ, die keine tatsächlichen Ausgaben erforderten, weil die Regierung in England die Kolonien nicht gerade verschwenderisch finanzierte.

»Ein gemeiner Gasthof!«, empörte sich Kitty. »Ich kann nicht fassen, dass du mir das antust, Vater.«

»Ehrliche Arbeit ist keine Schande«, entgegnete Andrew nachsichtig.

»Tja, ich finde es sehr wohl beschämend, dass unser Haus in einen Gasthof verwandelt werden soll. Und ich werde darin niemanden bedienen, ganz gleich, was du sagst. Eher sterbe ich.«

»Wenn du nicht bei der Arbeit mithilfst, gibt es auch kein Essen und keine Kleidung für dich«, stellte Dorothy grimmig klar.

»Mutter, das kannst du nicht ernst meinen!«

»Und ob ich das tue.« Nach kurzem Zögern gestand sie: »Meinst du, mir gefällt der Gedanke besser als dir, Kitty? Natürlich nicht.« Dabei bedachte sie ihren Gemahl mit einem finsteren Blick. Er räusperte sich geräuschvoll und ging wie üblich davon, wenn sie sich beschweren oder mit ihm diskutieren wollte. Seufzend wandte sie sich wieder ihrer Tochter zu. »Wir müssen essen, Liebes. Und wenn wir einen Gasthof betreiben, kann zumindest ich die Einnahmen verwalten. Ich sorge dafür, dass etwas davon für dich abfällt. Dein Vater kümmert sich um derlei Dinge nicht mehr allzu sehr und ist glücklicher, wenn er in seinem Garten arbeitet.«

»Er hat uns weit heruntergewirtschaftet, oder? Inzwischen sind wir fast verarmt.« Zornig wischte Kitty eine Träne weg.

»Ja. Aber wenn du mir eifrig hilfst, mein Schatz, dann verspreche ich dir, ich finde einen Weg, dich irgendwann zu deiner Tante nach England zurückzuschicken.«

»Bis dahin wird es zu spät sein. Dann bin ich zu alt, um noch einen Ehemann zu finden.«

»Vielleicht findest du ja hier einen.«

»Ich bleibe nicht in Australien!« Sie warf einen tiefschwarzen Blick reinen Hasses um sich herum. »Das hier ist kein Leben, es ist ein … ein *Vegetieren.*«

Danach wurde Dorothy sehr nachdenklich. Obwohl sie sich mittlerweile damit abgefunden hatte, den Rest ihres Lebens an diesem Ort zu verbringen, wollte sie nicht akzeptieren müssen, dass ihre siebzehnjährige Tochter dasselbe Schicksal erleiden musste. Aus jenem Gespräch entstand die Entschlossenheit, etwas aus dem Gasthof zu machen und genug zu sparen, um Kitty in die Heimat schicken zu können. Tatsächlich hätte Dorothy dafür allein bereits genug beisammen, aber sie konnte es nicht ertragen, sie ohne Reserven ziehen zu lassen. Von dem Geld wussten nur Benedict und sie, und dabei wollte sie es belassen. »Josiah hat mir erzählt, dass sich demnächst Siedler auf dem Gemeindeland niederlassen …«

»Das glaube ich erst, wenn ich es sehe!«

»… und wenn wir dann einen Gasthof mit einem kleinen Laden haben, können wir vielleicht genug für deine Überfahrt nach England sparen.«

»Vater wird mich nicht gehen lassen.«

»Ich sorge dafür, dass du gehen kannst – wenn wir das zusammenbekommen. Mit seiner Erlaubnis oder ohne.«

Einige angespannte Herzschläge lang sahen sich die beiden

Frauen gegenseitig an, bevor Kitty mit tränenerstickter Stimme fragte: »Meinst du das ernst?«

»Natürlich.«

»Wenn ich glauben kann, dass die Hoffnung besteht, von hier zu entkommen, schufte ich mir dafür die Finger wund.« Sie wischte eine Träne weg. »Aber du weißt ja, was passieren wird. Du wirst ein bisschen Geld zusammenkriegen, dann nimmt es Vater und verschleudert es für irgendeine dumme, in die Binsen gehende Idee.«

»Nur wenn er davon weiß. Und ich verspreche dir, diesmal wird er das nicht tun. Ich verstecke es sehr sorgfältig an zwei Stellen.« Ausnahmsweise fühlte sich Dorothy ihrer Tochter nahe. Und ausnahmsweise sprach Kitty nicht mit scharfer Zunge, sondern saß gedankenverloren da, während ihr Gesicht abwechselnd jung und verletzlich und abgehärmt und unglücklich wirkte.

Andrew hatte viel damit angerichtet, dass er sie an diesen Ort verschleppt hatte, und Dorothy würde es ihm nie verzeihen. Manchmal sah sie beim Blick in den Spiegel eine rasant alternde Frau mit tiefen Kummerfalten im Gesicht. Ihre Hände waren mittlerweile zu rau für die feinen Stickarbeiten, in denen sie sich immer ausgezeichnet hatte. Sie würde nicht zulassen, dass ihre Tochter einst an diesem Ort begraben werden würde, was es auch kosten mochte, Kitty wegzuschicken. Und der erste Schritt dazu bestand darin, etwas darüber zu lernen, wie man einen Gasthof führte.